Dieser Roman ist reine Fiktion und dient der Unterhaltung. Die darin erwähnten Namen, Charaktere, Institutionen, Unternehmen und Ereignisse entstammen entweder der Phantasie der Autoren oder wurden auf fiktionale Weise verwendet. Einzig die alte und ehrwürdige Hansestadt Stralsund sowie das Museumshaus Stralsund bilden den realen Rahmen der erdachten Handlung.

Katrin & Peter Hoffmann

DER SCHATZ DER WULFLAMS

Ein Stralsund-Roman

STRANDLÄUFER
VERLAG

Umwelthinweis:
Alle bedruckten Materialien dieses Taschenbuches sind chlorfrei und umweltschonend.

2. Auflage

Originalausgabe September 2020
by STRANDLÄUFER Verlag® Peter Hoffmann • Stralsund

Umschlaggestaltung: Grafikagentur Irina Stein • Germersheim
Titelfoto: Holger Kummerow • Stralsund
Titelmotiv: Museumshaus Stralsund, Mönchstraße 38 • Stralsund
Autorenporträt: Gabriele Messlin • Seebad Bansin
Lektorat: Peter Hoffmann • Stralsund
Layout: Grafikagentur Irina Stein • Germersheim
Grafiken: Auszüge aus der »Stralsundischen Zeitung«
für das Jahr 1840, im Besitz der Autoren,
2012 erworben im antiquarischen Internethandel
Druck: CPI books GmbH • Leck
Made in Germany
ISBN: 978-3-941093-24-9

www.strandläufer-verlag.de

1840. № 1.

Stralsundische Zeitung.

Donnerstag, den 2. Januar.

Verlegt von Joh. Struck's Wittwe.

Zum neuen Jahre 1840.

Ein neues Jahr beginnt: was wird es bringen?
Geheimnißvoll ruh'n noch in seinem Schooße,
Verhüllt die trüben, wie die heitern Loose:
Die Zukunft mag kein Menschenblick durchdringen' —
Bald trägt die Hoffnung uns auf gold'nen Schwingen
Zu Thälern fort, wo Lilie sich und Rose
Mit zarten Armen schwesterlich umschlingen;
Bald faßt die Furcht uns; schwere Seufzer ringen
Sich von dem Herzen los — und Thränen rinnen,
Statt neuen Muth und Fassung zu gewinnen! —
Doch fort mit Furcht und Thränen! Was da komme,
Es kommt aus eines guten Vaters Hand!
Er weiß am besten, was den Kindern fromme,
Sein Aug' ist nimmer von uns abgewandt!
Und schickt er Thränen, schickt er auch das Lächeln,
Und läßt nach Stürmen sanfte Weste fächeln!
Uns Alle, jedes Alter, jeden Stand,
Führt unsichtbarer Liebe treue Hand. —

Drum fröhlich vorwärts, sonder Furcht und Grauen!
Die Hoffnung naht sich zur Begleiterin!
Und wenn wir Klipp und Dornen vor uns schauen,
So wende schnell der Blick sich nach den Auen
Vergang'ner schön'rer Tage dankbar hin:
So von Erinnerungen froh umschlungen,
Wird bald das Weh der Gegenwart bezwungen. —
Und kommen wir an bunte Blumenstellen,
Wo Duft und Klang das Herz mit Lust durchdringt,
So mögen edlere Genüss' uns quellen;
Genüsse, die der Zeitstrom nicht verschlingt;
Die auf des Alters schwer erstieg'nen Zinnen
Uns noch ein heit'res Lächeln abgewinnen. —
Gewähre Jedem denn im neuen Jahre
Des Herzens Wünsch' ein guter Genius!
Die treu sich lieben, führ' er zum Altare,
Den, der nach Ruh' sich müde sehnt, zur Bahre;
Ja, Jeder sehe, wie wir wünschend hoffen,
In Freud' und Leid den Himmel immer offen!

PROLOG
Februar 1988

»Hallo Bernd.«

»Sabine?«

»Ja, grüß dich.«

»Biene! Hallo, mein Schneckchen! Wie schön, dass du dich mal wieder meldest bei deinem großen Bruder. Geht's euch gut?«

»Alle wohlauf. Und bei euch?«

»Ja, ja, alle gesund und munter. Der Große hat gerade seine Lehre begonnen, lässt sich gut an. Sind alle nett zu ihm im Betrieb. Und meine Frau ist mit ihrer Abteilung im Theater. Titelkampf, du weißt schon.«

»Was sehen sie denn?«

»Keine Ahnung. Irgendwas Russisches. Revolution und so. Interessiert mich nicht die Bohne.«

»Nee, ist klar. Solange du nur deinen Fußball gucken kannst. Du warst schon immer ein Kulturbanause.«

»Kultur ist was für euch Frauen. Du bist doch sogar im Theaterklub gewesen damals, oder?«

»Ja, hat mir nicht geschadet. Daran denke ich immer noch gerne zurück. Das war mit das Aufregendste im Abitur.«

»Mein Schneckchen, du warst immer unsere Klügste, ich weiß das doch. Wenn wir dich nicht gehabt

hätten, der Wölfi und der Harro und ich, wir hätten nie unseren Schulabschluss geschafft.«

»Jetzt übertreibst du aber. Ihr habt alle was in der Birne.«

»Außer mir. Stimmt's? Das wolltest du jetzt sagen.«

»Ach Quatsch, Bernd, hör auf zu blödeln. Ich muss was mit dir bereden.«

»Ist was passiert? Mit Vadder was nicht in Ordnung?«

»Vaddern geht's so weit gut, der ist versorgt in dem neuen Heim. Helle Zimmer, alles modern. Nur der andere, mit dem er da zusammen liegt, spricht kein Wort mehr. Und die Schwester hat mir neulich erzählt, er hat sein Essen versteckt und sich dann beschwert, dass man ihn beim Mittag vergessen hat.«

»Wie – versteckt?«

»Naja, die Schwester hat gesagt, er habe seinen Mittagsteller in Zeitungspapier eingewickelt und in den Schrank gesteckt.«

»So zwischen Schlübber und Socken?«

»Hör jetzt auf zu albern, Bernd! Ich muss wirklich was mit dir bereden.«

»Was haste denn auf dem Herzen, mein Schneckchen.«

»Ömchen Anna ist gestorben. Das Haus ist leer.«

»Ömchen Anna? Die muss doch 200 Jahre alt geworden sein!«

»Genau genommen 105.«

»Kann ein Mensch so alt werden? Ganz allein in einem alten spukigen Haus?«

»Wie du siehst: Ömchen Anna konnte das. Hat alles bezahlt bis zum Schluss. Wasser, Strom, alles. Sogar ihre Miete – als Eigentümerin!«

»Pfff, die 20 Mark, paar Zerquetschte. Drauf geschissen.«

»Bernd, bitte. Exakt 23,10 Mark. Aber das ist jetzt gar nicht unser Thema.«

»Und mein kluges kleines Schwesterchen wird mir gleich sagen, was jetzt genau unser Thema ist. Muss ich zur Beerdigung kommen?«

»Musst du nicht, die ist schon am Dienstag gewesen. Ich war da. Waren nur ganz wenige Leute dabei, Ömchen Anna hat allerhand Verwandtschaft überlebt. Aus ihrer Generation ist natürlich keiner mehr übrig. Hinterher habe ich gedacht, dass die Beerdigung vielleicht ein ganz guter Anlass gewesen wäre, uns alle zusammenzutrommeln, damit wir über das Haus reden können.«

»Ich meine, ich hab Ömchen Anna auch gern gehabt. Die hat uns schließlich alle mit großgezogen. Und ihre Bratkartoffeln waren einfach umwerfend, so gute hab ich nie wieder gegessen. Wenn Anna uns nicht mit durchgefüttert hätte, wären wir Burschen nicht so groß und stark geworden, bin ich fest von überzeugt. Aber deswegen gleich auf die Beerdigung gehen? Ich weiß nicht. Ich mag keine Beerdigungen.«

»Bernd, jetzt hör mir doch mal zu, das Telefonat wird sonst so teuer. Es geht gar nicht darum, ob wir um ihren Sarg herumgestanden hätten oder nicht. Es geht darum, dass wir nun endlich entscheiden müssen, was aus dem Haus wird! Es hat immer geheißen, wir können nichts machen, solange noch die letzte Omi drin wohnt. Das haben wir lange vor uns hergeschoben.«

»Abreißen! Das ist doch nur Schrott. Weg damit!«

»Ich hab genau gewusst, dass du das jetzt sagst.

Für einen Betonfacharbeiter in Halle ist das sicher alles nur Schrott. Für mich ist es das nicht. Und für andere auch nicht. Ich hab schon mal mit den Verwandten in Prohn und Wendisch-Langendorf gesprochen …«

»Moment mal, Biene, die in Wendisch-Langendorf haben doch damit gar nichts zu tun. Was weiß der Rainer schon von unserm Haus in Stralsund?«

»Der ist genauso Erbe wie du.«

»Aber doch nicht die ganzen Cousins und Cousinen! Ich mein, dann musst du auch die Rostocker dazuzählen. Und die Kinder von Onkel Paul.«

»Richtig. Und sogar noch die Enkel von Eberhard im Westen.«

»Bist du verrückt, Sabine? Du hast doch wohl nicht auch noch die Westverwandtschaft auf dem Schirm!«

»Tja, Bernd, so ist das nun mal. Zumindest habe ich ihnen nach Osnabrück geschrieben und die Todesanzeige aus der Zeitung mit reingelegt. Die sollen ruhig wissen, dass sie hier in Stralsund noch ein Erbe zu stehen haben, für das sie sich bitte schön auch mal verantwortlich fühlen dürfen.«

»Biene, du bist verrückt.«

»Wieso?«

»Und das alles wegen dem ollen Schrott in der Mönchstraße? Was für ein Aufriss! Wir kriegen noch Ärger mit dem Staat …«

»Wann bist du das letzte Mal im Haus gewesen?«

»Weiß nicht so genau. Hab's den Kindern mal gezeigt. Vor fünf, sechs Jahren vielleicht.«

»Und?«

»Mensch, Biene, die haben sich gegruselt vor dem finsteren Loch.«

»Hat es gestunken?«

»Wie, gestunken? Natürlich hat es gestunken! Nach der schwarzen Küche und dem Dreck einer alten Frau. Und der Kemladen war völlig am Zusammenfallen.«

»Hat es nach Moder gerochen?«

»Was willst du denn jetzt von mir, Schnecke. Es war nicht schön.«

»Nein, schön ist es schon lange nicht mehr. Aber wie hat es gerochen? Feucht und vermodert?«

»Nein. Nein, kann ich so nicht sagen. Vielleicht der Keller, aber da bin ich gar nicht runtergestiegen mit den Kindern.«

»Also, Bernd, wie hat es gerochen?«

»Ach Mensch, Biene. Staubig. Nach altem Krempel. Irgendwie … nach Kindheit.«

»Genau, mein Großer, ganz genau! Nach unserer Kindheit! Die schönste Zeit, die wir vier je miteinander hatten. Nach Ömchen Annas Bratkartoffeln, nach Mudders Käsekuchen, nach gemangelter Bettwäsche und Lederranzen. Und das willst du abreißen?«

»Sabine, Sabine: Du bist ein Luder.«

»Schon immer gewesen, Großer.«

»Wie viele Erben sind wir denn?«

»19, wenn ich das richtig überschaue.«

»Und das alles für 20,10 Mark im Monat?«

»23,10 Mark zum Schluss. Alles korrekt abgerechnet auf dem Hauskonto …«

1

»Ah, haha, hahaha! Das ist ein gaaaanz alter Hut. Hahaha. Das können Sie total vergessen. Reine Legende!« Dr. Müntzer konnte sich das Lachen nicht verkneifen. Wollte er auch nicht. Er konnte diese arrogante Praktikantin nicht ausstehen, die ihm der Chef aufs Auge gedrückt hatte. Keine Bildung, kein akademischer Grad, nur irgendeine Angestellte bei irgendeinem Händler. Was sollte die hier für eine Hilfe sein? In einem Stadtarchiv wie dem Stralsunder, dessen Bestände bis ins 13. Jahrhundert zurückreichten? Pah, die konnte ihm nicht auch nur im Entferntesten das Wasser reichen. Was machte das Dämchen mit seinen kurzen Röcken und hochhackigen Pumps hier überhaupt? Half sie etwa bei der Digitalisierung der Bestände, wie es ursprünglich geheißen hatte? Nein. Die schnüffelte hier nur umher, wühlte ständig in den Regalen. Fotografierte und tippte immerzu auf ihrem Tablet herum. Und ging dem Chef ganz ordinär um den Bart. Das Dämchen klimperte sofort mit den Wimpern und brachte ihre Hüften in Schwung, wenn der Chef nur in der Nähe war. Widerliches Weibsbild. Seine Einladung zum Abendessen hatte sie ausgeschlagen. Aber dem Chef machte sie ungeniert Avancen. Und der war immerhin ein Vierteljahrhundert älter als er. Und als sie sowieso.

Wie schön, dass er dem Dämchen jetzt mal ungehemmt ins Gesicht lachen konnte. Da war sie doch über Wulflams angebliche Schatzliste gestolpert. Auch der allerletzte Praktikant schloss sich irgendwann den Schatzsuchern an. Dabei war da nichts. Er wusste es am besten. Hatte selbst viele Jahre damit vergeudet, nach den Wulflam'schen Schätzen zu forschen. Er, der mit Abstand qualifizierteste, gründlichste und publikumswirksamste Archivmitarbeiter, den Stralsund hatte. Ein würdiger Nachfolger für Professor Ewe, dessen Protegé er am Anfang seiner Laufbahn gewesen war. Längst hätte er die Nachfolge des legendären Archivleiters und Forschers antreten müssen. Aber immer war irgend so ein Bürohengst vor ihm am Drücker gewesen. Dabei sitzen die alle nur ihren Hintern breit mit Verwaltungsarbeit. Wer sucht denn die kniffligen Sachen? Wer hält die ganzen Vorträge? Wer schreibt regelmäßig für die Zeitung? Der einzige wirkliche Wissenschaftler in diesen heiligen Hallen voller historischer Schätze war er, Doktor Norbert Müntzer! Wie konnten sie es nur wagen, ihm diese arrogante Tussi aufs Auge zu drücken? Er war doch kein Babysitter für unterqualifizierte, raffgierige Schatzsucher!

Aber worüber regte er sich überhaupt auf? Die Wulflam'sche Schatzliste oder -karte war nur eine Legende. Ein derart bezeichnetes Dokument tauchte über die Jahrhunderte immer wieder mal auf. Manchmal falsch abgeschrieben, manchmal kreativ ergänzt, manchmal frei erfunden. Alles nicht echt und eine einzige Sackgasse. Die Bestände aus der Entstehungszeit hatte er im Blick. Da gab es noch das eine oder andere in Dänisch oder Norwegisch, was der Übersetzung harrte, aber ansonsten kannte er die Urkunden, Protokollbände und Nachlässe aus dem 14./Anfang 15. Jahrhundert ganz gut. Auf jeden Fall viel gründlicher als diese blöde Kuh, die ihm ihre kleine Entdeckung als Wunderwas verkaufen wollte. Einfach lachhaft!

Das Dämchen stand schmollend da und wartete entnervt, bis Dr. Müntzers Heiterkeitsausbruch abebbte. »Aber könnte das nicht ...«, hob sie dann mit gereizter Stimme erneut an.

»Nein, könnte nicht«, schnitt er ihr bewusst aggressiv das Wort ab. »Diesen Firlefanz haben Heerscharen von Archivaren, Wissenschaftlern und Heimatforschern aller Couleur längst widerlegt. Darunter sehr intime Kenner der Stralsunder Stadtgeschichte, die Rang und Namen haben. Meine hochverehrte junge Dame aus dem fernen Bayern, lassen Sie sich von all diesen Koryphäen gesagt sein: Der Schatz der Wulflams ist ein Märchen! Ein Wunschtraum!«

Die Wulflams, eine der mächtigsten und angesehensten Familien der Hanse-Zeit, erregten die Gemüter bis heute. Sie galten als so aberwitzig reich und mächtig, dass ihre Verschwendungssucht Bewunderer und Neider gleichermaßen auf den Plan rief. Wahrscheinlich waren sie seinerzeit so populär wie heute die royalen Häuser in Europa – Gegenstand von Sehnsucht, Klatsch und Phantasie, die Heerscharen von Illustrierten-Lesern und Magazin-Guckern beschäftigten. Außerdem boten die Wulflams das klassische Drama von Aufstieg und Fall: Bertram Wulflam, der 1364 Bürgermeister von Stralsund wurde, galt schon als »der reichste Mann an der Ostsee«. Er bestimmte die Politik der Hanse in wesentlichen Teilen mit, handelte aber auch selbstherrlich im Namen der Stadt Stralsund, ohne seine Ratskollegen davon auch nur in Kenntnis zu setzen. Sein Sohn Wulfard Wulflam ging nicht zuletzt wegen der überaus prächtigen Hochzeit mit der wunderschönen, hochmütigen Margarethe in die Stadtgeschichte ein. Weil es kurz vor der Trauung geregnet hatte, ließ man vom prunkvollen Bürgerhaus der Wulflams bis hinüber zur Ratskirche quer über den Alten Markt eine Bahn kostbaren Stoffes entrollen, damit die Braut trockenen Fußes zum Altar kam. Für das 14. Jahrhundert eine unvorstellbare Verschwendung. Die Hofhaltung der Wulflams habe sich durchaus mit der des Pommerschen Herzogs in Wolgast messen lassen, hieß es dazu in historischen Quellen. Umso tiefer war der Sturz der sagenhaften Familie: 1409 fiel Wulfard Wulflam auf dem Kirchhof von Bergen einem Anschlag auf sein Leben zum Opfer. Das Vermögen war danach futsch, die Witwe endete in völliger Armut und ging vor der Kirche betteln. Die tragische Figur der Margarethe Wulflam bildete den Stoff für die Stadtsage von der »armen reichen Frau«, die alle Stralsunder kannten. War es ein Wunder, dass manche da noch an versteckte Schätze glaubten, die die Wulflams vielleicht irgendwo vergraben hatten?

Noch einmal versuchte die Praktikantin, zu Wort zu kommen. Doch Müntzer redete mit einer heftigen Kopfbewegung, als wollte er mit einem Schnabel nach ihr hacken, einfach weiter: »Es mag wohl sein, dass die allmächtigen Wulflams hie und da in die Stadtkasse gegriffen haben, um ihre Geschäfte zu befördern. Mit hoher Sicherheit ist das entlehnte Geld irgendwann zurückgeflossen. Aber dass sie systematisch Gold und Gut unterschlagen haben, um es irgendwo in der Erde zu vergraben, ist ein völlig unhistorisches Hirngespinst. Eine phantastische Vision, die ihre zahlreichen Feinde und Neider unters Volk gebracht haben dürften. Und wie gesagt: Ein gaaaanz alter Hut.«

»Aber ...«

»Alter Hut! Erledigt! Total langweilig!«, kreischte Dr. Müntzer, um die Praktikantin aus Nürnberg endlich mundtot zu machen. »Und jetzt stehlen Sie mir bitte nicht länger meine Zeit.«

Mit diesen Worten drehte ihr Müntzer den Rücken zu, drückte energisch die Aktenordner an die Brust, die er eine Etage tiefer zum Lesesaal bringen wollte und marschierte beschwingt auf die Treppe zu. Endlich hatte er es dem Dämchen mal richtig gezeigt. Die neunmalkluge Wessi-Ziege, die sollte ihm nochmal kommen! In seinem Archiv machte ihm niemand etwas vor. Und solche wie die schon gar nicht.

Arschloch, dachte die Praktikantin. Dann setzte sie sich schnell und zielstrebig in Bewegung. Am Treppenabsatz hatte sie ihn eingeholt, befand sich genau hinter ihm. Als er den rechten Fuß hob, um die erste Stufe herunterzusteigen, ging sie blitzschnell in die Hocke, packte sein Hosenbein und zog seinen Unterschenkel daran energisch in die Höhe. Sie hielt genau vier Sekunden fest. Der Archivar geriet wunschgemäß ins Straucheln. Als er vornüberkippte, ließ er das Aktenbündel fallen und ruderte mit den Armen, um das Treppengeländer zu erwischen. Doch er fasste daneben. Sein Sturz die Treppe hinab wurde von der Praktikantin durch einen gezielten Stoß zwischen die Schulterblätter beschleunigt. Er fiel wie ein Brett, den Kopf voran. In der engen Kehre kullerte er über die Aktenblätter, die vor ihm die Stufen hinuntergerutscht waren und überschlug sich. Sein Körper nahm dadurch auf der zweiten Hälfte der Treppe sogar noch mehr Schwung auf, obwohl der Kopf mehrmals gegen Wand, Stufen und Geländer schlug. Zum Schreien blieb Dr. Müntzer keine Zeit mehr. Er wusste nur, dass etwas Schreckliches geschah. Eine ungeheure Angst ergriff von ihm Besitz, die er aber bei seiner Ankunft am Ende der Treppe schon nicht mehr wahrnahm. Ein mehrfacher Schädelbruch hatte ihn gnädig des Bewusstseins beraubt.

Dafür schrie die Praktikantin. Aus Leibeskräften. Gequält und erschrocken sollte es klingen, fassungs- und hilflos. Sie fand, ihr Schrei war gut gelungen. Als sie die ersten Bürotüren auffliegen und Beine loslaufen hörte, eilte sie dem abgestürzten Archivar hinterher. »Zu Hilfe, zu Hilfe! Dr. Müntzer ist gestürzt!«, rief sie und legte so viel Panik wie möglich in ihre Stimme. In der Treppenkehre blieb sie stehen und presste sich mit weit aufgerissenen Augen die Hand auf den Mund. Ein paar Tränen wären jetzt schön, dachte sie, aber das bekomme ich irgendwie nicht hin. Entsetzte Augen müssen reichen.

Sowohl über als auch unter ihr füllten die anderen Archivmitarbeiter und Besucher Treppe und Flur. Auch aus dem Lesesaal drängten Neugierige. Alle standen wie erstarrt vor Müntzers leblosem Körper und glotzten auf die kleine Blutlache, die sich allmählich unter seinem Schädel bildete. Das könnte man doch ein wenig beschleunigen, meinte die Praktikantin. »So rufe doch jemand den Notarzt!«, schrie sie mit sich überschlagender Stimme und simulierte ein Zittern am ganzen Körper. Dann hielt sie sich wieder den Mund zu.

»Haben Sie gesehen, was passiert ist?«, raunte eine ältere Kollegin, die zwei Stufen über ihr stand. Sie nickte und presste dann hervor: »Er ist von ganz oben gefallen. Hat schon die erste Stufe verpasst. Ich wollte noch nach ihm greifen, habe sein Hemd aber nicht mehr erwischt«, presste sie hervor. Und nun kamen sie tatsächlich: Tränen füllten ihre Augen. Es waren Tränen der Rührung. Die Praktikantin war gerührt von ihrer eigenen perfekten Inszenierung.

2

»Frische Bücher. Mhm. Frische Bücher?!«

»Wo?«

»Na da – auf der Scheibe.«

Sabine Prehn wurde hellhörig. Auf dem gegenüberliegenden Gehweg hielten zwei Rentner. Er mit Prinz-Heinrich-Mütze und Kunstleder-Blouson, einen Hacken-Mercedes hinter sich herziehend. Sie ganz in beige: beige Hose, beige Jacke, beige Ballonmütze, schwer auf einen Gehstock gestützt. Ihre Stimmen schallten laut und deutlich durch die geöffnete Ladentür herein. Offenbar kamen die Herrschaften das erste Mal an ihrem Schaufenster vorbei. In der Tat prangte dort unübersehbar die Aufschrift »Frische Bücher! Frische Bücher!«

Jetzt schüttelte die alte Frau den Kopf und setzte wieder an: »Wat soll dat denn sein?«

»Na«, gab er zu bedenken, »vielleicht heißen die Leute *Frische*?«

Kurze Pause. Dann meinte sie: »Nee, dann müsste es ja ›*Bücher-Frische*‹ heißen.«

Beide standen noch ein Weilchen und starrten auf Sabines Schaufenster. Dann winkte der Alte ärgerlich ab: »Können nicht mal richtig schreiben und wollen Bücher verkaufen!«

Das Pärchen setzte seinen Weg in die Altstadt fort.

Sabine schnappte nach Luft. Die Kundin, die neben ihr am Hochregal stand und gerade in einem Buch blätterte, schaute dem betagten Paar schmunzelnd hinterher.

»Haben Sie das eben gehört?«, wandte sich Sabine an die Dame.

Die nickte und fing leise an zu kichern. Sofort war Sabines Ärger verflogen. Auch sie musste jetzt lachen. Dann erklärte sie der Kundin: »Als ich in dieses alte Haus einzog, dachten viele Leute, ich müsste auch mit alten Büchern handeln. Ich konnte die Frage bald nicht mehr hören: ›Sind Sie ein Antiquariat?‹ Nein, im Gegenteil! Ich widme mich besonders Neuerscheinungen, Debütanten und zeitlos modernen Klassikern. Irgendwann hatte ich es satt, die Sache zu erklären. Da habe ich die Werbefrau beauftragt, es direkt auf die Scheibe zu schreiben: *Frische Bücher!*«

»Jetzt ist es so eine Art Humor-Schwelle«, meinte die junge Frau am Tisch mit den Neuerscheinungen, die den Dialog vor dem Laden ebenfalls gehört hatte.

Humor-Schwelle, ja genau, dachte Sabine. »Sehr treffend bemerkt«, lobte sie die Kundin, die vielleicht Ende 20 war.

»Ich fand das auch witzig mit den *Frischen Büchern!*«, bekannte die Dame am Hochregal und wandte sich lächelnd wieder dem Bändchen zu, das sie in der Hand hielt.

Zwei lesende Kunden gegen ein meckerndes Rentner-Ehepaar, bilanzierte Sabine Prehn im Kopf.

Ein einheimisches Paar mit »Morbus Stralsund«. Erst mal meckern, zanken, neiden. Nur nichts Neues, Spritziges. Und bloß nichts, wofür man das Gehirn einschalten müsste. *Kenn' wi doch schon allet. Ham' wi doch schon allet. Brukt kin Minsch meeeehr. Bine, wat machste bloß mit Büchers rum.*

Selbst in der eigenen Familie haben sie so geredet, als sie vor fünfzehn Jahren das Lädchen eröffnete. Und dann haben sie doch alle geholfen. Ihre mauligen Brüder und ihre zickigen Schwägerinnen. Und die Geschwister von Muddern, ihre altersklugen Onkel und Tanten. Die Männer haben die wurmzerfressenen Apothekenmöbel aufgemotzt, die das Museum irgendwo auf dem Speicher stehen hatte. Die Frauen haben in Hamburg und München nach Lampen gesucht, die für die nötige Helligkeit sorgten, im Stil passten und trotzdem unauffällig blieben. Sie kannten einen ehrlichen Tischlermeister, der einen genau eingepassten Tresen baute. Und sie halfen Sabine bei der Liste mit den »Lieblingsbüchern«. Sie ging allen Familienangehörigen damit auf die Nerven, aber dann hatten sie unheimlich viel Spaß dabei, in ihren Erinnerungen nach den besten Büchern zu kramen, die sie je gelesen hatten. Die Liste, die dabei entstand, bildete den Grundstock für ihre »Klassiker-Ecke« voller Evergreens, die bis in die Gegenwart geliebt und gelesen wurden.

»Können Sie mir was zu dem hier sagen?«, fragte die junge Frau am Tisch mit den Neuerscheinungen. Konnte sie, aber klar. Sabine gab der Kundin eine kurze Inhaltsangabe mit einem ordentlichen Cliffhanger und vergaß auch nicht zu berichten, dass ihre jüngere Tochter dieses Buch bereits gelesen und als außerordentlich empfehlenswert für ihre Generation eingestuft habe. Das überzeugte die junge Frau endgültig und sie nahm gleich zwei. Eins für sich, eins für die Freundin in Madrid, der sie es zum Geburtstag schicken wollte.

Sabine ging hinter den Tresen und kassierte routiniert den Einkauf der Kundin. *Tütchen? Ja, natürlich nur Papier. Bon mit rein? Gerne. Und noch ein Lesezeichen dazu. Viel Vergnügen – beim Verschenken und beim Lesen.* Dann widmete sie sich wieder dem Verlagskatalog, in dem sie geblättert hatte, nachdem sie sich über die »Frische Bücher!«-Einlage beruhigt hatte.

Zwar galt sie in ihrer Großfamilie als unangefochtene Autorität in Sachen Literatur, aber fast alle lasen. Der eine mehr, der andere weniger. In ihrer weitverzweigten Verwandtschaft fand sich alles – vom Dr. med. über den Bauingenieur, den Kfz-Meister und den Fußbodenleger bis zum Hundezüchter, der Bäckerin aus Leidenschaft, dem Imker und der Sonnenanbeterin, den Fußballfans und den Schrebergärtnern. Am Ende mehrten sie mit ihren »Schätzchen« den Leseschatz ihrer *Biene*. So wurde Sabine Prehn in der ganzen Familie genannt. Von ihren drei Brüdern, den neun Nichten und Neffen, den drei hochbetagten Onkeln und vier Tanten, den 20 Cousins und Cousinen und nicht zu vergessen den angeheirateten Schwägerinnen, Ex-Schwägerinnen, deren Anhang und sonstigen Vettern und Basen. Und den eigenen Kindern natürlich. Selbst ihre beiden Töchter Claudia und Sandra nannten sie mittlerweile *Biene*. Konnte man denn von zwei selbständigen jungen Frauen, die stramm auf die 30 zueilten und mit großen Schritten die Welt eroberten, erwarten, dass sie noch *Mutti* sagten? Ach, es wäre zu schön. Aber da mussten die Mädels schon mit sehr großem Herzeleid unterwegs sein, um sie mal *Mutti* zu nennen. Wenn alles rundlief, dann war sie eben die *Biene*. Tatkräftig, praktisch, lachlustig, ein Organisationstalent vor dem Herrn. Eben die fleißige Biene, die die ganze Familie mit Herzblut und unablässiger Kommunikation zusammenhielt.

Die Buchhändlerin lächelte still, als ihre Gedanken zu ihren schönen, klugen, selbstbewussten Töchtern schweiften. Die machten ihren Weg, da hatte sie nicht grundsätzlich was verkehrt gemacht. Und das war schon eine Leistung, wo sie sie praktisch allein großziehen musste. 1995 die Scheidung – *oh Gott, erinnere mich nicht daran.* Da waren Claudi und Sandi fünf und drei Jahre alt gewesen. Und dann immer kein ordentlicher Job. Drei Schichten im Krankenhaus, das hätte genug Geld gebracht, ging aber wegen der Mädels nicht. Und nicht wegen der blöden Allergien auf alle möglichen Chemikalien. Schon vor der Wende hatte sie deshalb den Krankenschwester-Kittel an den Nagel hängen müssen und einen Arbeitsplatz in der Verwaltung bekommen. Genauer gesagt in der Stadtverwaltung. Abteilung Gesundheitswesen. Unterabteilung »Mutter und Kind«. Der war dann ganz schnell futsch nach der Wende. Gab es einfach nicht mehr. Gestrichen. Plötzlich war sie ihre ganz privatpersönliche Abteilung »Mutter und Kind«. Und machte alles, was sie kriegen konnte. Ein Jahr ABM im Frauenverein. Dann ein Jahr ABM im Frauenhaus. Wieder ein Jahr Maßnahme Soundso nach Paragraph Irgendwas in der Stadtbibliothek. Da war sie im Paradies angekommen. Wurde sogar nochmal sechs Monate verlängert. Dann war auch da Schluss. Nun baute sie ehrenamtlich die Kinderbibliothek im Hort ihrer Großen auf und beschäftigte dort zweimal die Woche die Kinder. Dazu Schreibarbeiten auf Honorarbasis für einen Rechtsanwalt, den Bruder einer ihrer angeheirateten Cousinen. Dass sie immer so viel gelesen hatte und muttersprachlich geradezu vorbildlich bei Sache war, trotz Rechtschreibreform, half bei diesem Job. Aber zu einer Festeinstellung konnte sich der Herr *RA Dr. Wichtig* nicht durchringen.

Also immer auf der Suche nach Gelegenheitsarbeit. Stammgast in der Bibliothek, an den Schaufensterscheiben des Buchhandels konnte sie sich nur die Nase plattdrücken. Nie Geld, aber alles immer tipptopp in Schuss. Wohnung, Kleidung, Unterlagen, natürlich die Kinder. In der Schule fielen ihre beiden Mädels durch ihre ausgezeichnete Ordnung auf. Da war Sabine eisern, das hatte sie ihnen beigebracht. Manchmal tat ihr die Lütte leid, zum Beispiel, wenn sie den ollen Ranzen von Claudi weiterschleppen musste, weil für einen neuen kein Geld da war. Aber es half ja nichts.

»Ich kann mich nicht entscheiden. Welches soll ich nehmen – das oder das?« Die Dame am Hochregal drehte sich mit einem Seufzen zu Sabine. *Zunächst mal rauskriegen, für wen.* »Ich brauche selbst was zu lesen. Mir geht es im Moment nicht so gut.« *Das ist aber schade. Ein gutes Buch kann helfen, ablenken, entspannen.* »Ja, deswegen weiß ich nicht: Soll ich die Gedichte nehmen oder lieber diese kleine Erzählung? Ich kann mich so schlecht konzentrieren«, klagte die Kundin mit Leidensmiene.

Sollte man sie jetzt erzählen lassen? Sie würde, wenn man sie ließe. Ehemann weg? Beste Freundin im Sterben? Enttäuscht von Kindern und/oder Enkeln? Das Alter fühlen und/oder Einsamkeit? Sabine kannte viele solcher Geschichten. Aber wollte sie sich heute mit fremdem Elend belasten?

»Wissen Sie was: Ich sehe an Ihrer Auswahl, wonach Ihnen der Sinn steht. Lassen Sie beide Bücher stehen. Nehmen Sie dieses hier. Das macht glücklich.« Kurze Inhaltsangabe, ein freundliches Lächeln, vier Minuten später war die Kundin mit dem empfohlenen Buch aus dem Laden.

Sabine sah sich um, ob es etwas zu tun gab. Sie stellte die beiden liegengelassenen Bücher zurück an ihren Platz, schob noch ein paar Titel hübsch in die Reihe, dann wandte sie sich wieder ihrem Katalog mit den Herbstnovitäten zu. Aber ihre Gedanken waren eher in der Vergangenheit, in der Zeit vor ihrem Lädchen.

Ihre drei Brüder standen bald besser da als sie. Die waren alle auf dem Bau oder in der Autobranche tätig. Da floss das Geld in den 90ern üppig. Sie feixten über die *kluge Biene*, ihr *belesenes Schwesterchen*, der nun all die Klugheit aus Büchern nichts half. Die nichts auf der Kante hatte. Dafür erwiesen sie sich als gute Onkels, nahmen ihre beiden Mädchen in den Sommerferien mit den eigenen Kindern mit. Camping im Caravan in der Provence. Oder Badeurlaub in Ägypten. Oder Wanderurlaub in Irland. Oder Pool und Cocktails auf Malle. Da waren ihre Brüder ja echte Kumpels. Der eine oder andere bot auch mal Geld an, aber auch da blieb Sabine diszipliniert. Wohnung renovieren? Gerne. Autofahrt zu IKEA? Super! Aber Bares? Sie wollte es aus eigener Kraft schaffen und keine Schulden bei den eigenen Geschwistern machen.

So gingen die Jahre. Die anderen machten Reisen, sie las sich in Büchern quer durch die Welt. Ihre Brüder machten Karriere, sie jobbte in der Buchhandlung als Aushilfe. Die anderen füllten ihre Konten, sie ihre Bücherregale. Literatur – das war der Luxus ihres Lebens. Auf die beiden Mädels hatte diese Leidenschaft gut abgefärbt. Waren nicht dümmer geworden dadurch. Eher im Gegenteil. Die Große hatte es nach dem Abitur als Reisekauffrau in die Ferne gezogen. Englisch, Französisch, Spanisch im Vorbeigehen – alles kein Problem. Tourismus war genau ihr Ding. Jetzt war sie Chef-Rezeptionistin in einem riesigen, sehr vornehmen Hotel in Sri Lanka. Die Lütte hatte sogar studiert. Medizin, dann Psychiatrie. *Ganz wat Verrücktes*, lästerten sie in der Familie. *Passt nur auf, dass ich euch nicht zwangseinweisen lasse aufm Berg*, hielt sie gewöhnlich dagegen. »Auf dem Berg« – das meinte in Stralsund das Krankenhaus West, die psychiatrische Klinik. Nebst Forensik. Da wollte keiner hin – außer ihrer kleinen Sandra. Mit den ganz harten Nüssen arbeiten, das war ihr Ziel. Vielleicht hatte Sandi doch zu viele Krimis gelesen …

»Haben Sie auch Magneten?«, krähte ein dicklicher, kahlköpfiger Herr um die 60 vom Eingang her.

Sabine zwang sich zur Ruhe. »Nein, Magnete

führen wir nicht«, sagte sie in betontem Hochdeutsch. Es tat ihr geradezu körperlich weh, wie der Mann nach *Magneten* fragte. Leider war er kein Einzelfall.

Zurück zu erfreulicheren Entwicklungen: Als sich abzeichnete, dass ihre Mädels gut geraten waren und ihren Weg gehen würden und es mit ihren vielen Jobs nicht ewig so weitergehen konnte, mischte Sabine die Karten neu. Sie wollte sich selbständig machen. Was mit Büchern. Das liebte sie am meisten. Wenn es keine ordentliche Anstellung für sie gab, musste sie sich ihren idealen Arbeitsplatz eben selbst schaffen. Und dann kam dieser glückliche Moment, dieser ungeheure Zufall, diese einmalige Chance: Sie war mit fünf Kindern – den beiden eigenen und drei von ihren Brüdern – am Markt eine Pizza essen, als sie das Schild im Schaufenster entdeckte: »Räumungsverkauf! 40 Prozent auf alles« stand da. Im Lädchen! In ihrem Haus! Das war 2005, acht Wochen vor ihrem 40. Geburtstag. Und es war – von der Geburt ihrer Töchter abgesehen – die Sternstunde ihres Lebens …

Zum bevorstehenden Trinitatis-Termin ist ein dem klinischen Lazareth zustehendes Kapital von 720 Thlr. Preuß. Cour. gegen pupillarische Sicherheit wieder zu verleihen.

Greifswald, den 28. Decbr. 1839.

Die Direction des klinischen Lazareths.
Dr Berndt. Borries.

Guten Flachs kauft W. Haeger in Greifswald.

Anzeige. Das seit 21 Jahren bestandene unterzeichnete Comtoir hat den fortwährenden Zweck, einheimische und auswärtige Geschäfts-Verbindungen, besonders von ökonomischen und Handlungs-Geschäften, zu leiten, worüber der Plan das Nähere besagt.

Commissions-, Sp.- u. Nw.-Comtoir, Semlstr. 179.
Anderssen.

Ein fettes Schwein ist zu verkaufen Litt. B. 97.

Am Sonnabend, den 4ten, kommt eine Partei großer und kleiner Schweine an der Stadt-Waage zum Verkauf.

Allen seinen geschätzten Gönnern und zahlreichen Freunden und Bekannten in Stralsund und Umgegend wünscht ein frohes seegensreiches Neujahr

Alfred Richard Seebaß.

Berlin, den 1. Januar 1840.

Eine Ausgeberin,

die mit dem Milchwesen und Kochen Bescheid weiß und auf deren Treue man sich verlassen kann, wird gesucht und kann eine solche auf ein sehr gutes Gehalt rechnen, wenn dieselbe sich in Stralsund beim Kaufmann Hrn. J. C. Birnbaum oder zu Breesen auf Rügen meldet.

Heute früh ist ein Goldstück auf der Straße gefunden worden, welches an den rechtmäßigen Eigenthümer, falls er sich als solcher auszuweisen vermag, gegen Erstattung der Kosten zurückgegeben werden soll. Man melde sich deshalb beim Königl. Salzmagazinwärter Schmeckel hieselbst.

Stralsund, den 1. Januar 1840.

In der Gegend des Knieper-Thors ist ein kleiner goldener Ohrring verloren gegangen; der Finder, welcher ihn in der Knieper-Mühle abliefert, erhält den vollen Werth.

I. 7. □. G. A. z. d. 3 Str. 6 U. I. u. △.

In Stralsund in der Löfflerschen Buchhandlung (C. Hingst) und in Greifswald bei L. Bamberg ist zu haben:

Die zweite vermehrte und verbesserte Auflage

A. Rothe's

Der Landmann, wie er sein sollte,

oder

Franz Nowak, der wohlberathene Bauer,

Ein Volksbuch

in welchem naturgetreu die wichtigsten Lehren über die beste Benutzung des Grund und Bodens, ein glückliches Familienleben, geregelte Hauswirthschaft, Viehzucht etc. kurz und bündig mitgetheilt werden. Preis ½ Thlr.

Fast alle landwirthschaftliche Zeitungen Deutschlands haben dieses Buch aufs Rühmlichste erwähnt. — Das Werk ist ferner auf Anordnung eines hohen Königl. Preuß. Ministerii des Innern und auf Staatskosten ins Polnische übersetzt worden, und wird so eben die polnische Ausgabe gedruckt.

Die beste Empfehlung für das Werk ist aber unstreitig, daß bei der jetzt stattgehabten großen Versammlung der (circa 830) deutschen Landwirthe zu Potsdam, in den Verhandlungen über die Mittel zur Verbesserung der bäuerlichen Verhältnisse, wo die Verbreitung populairer landwirthschaftlicher Schriften in Vorschlag gekommen, dieses Werk ganz besonders rühmend hervorgehoben, und dessen Werth anerkannt worden ist. Glogau.

Die Verlagshandlung.

Am 27sten Decbr. wurde von Grimmen bis zum Mecklenburger Paß ein Packet mit Zeug verloren; selbiges war in einer bunten Pferdedecke gewickelt, die auf beiden Seiten mit dem Buchstaben P. und einer Krone gezeichnet war; in demselben befand sich ein blauer Kutscherrock, eine Weste, beides mit Wappen-Knöpfen, und eine braune lederne Hose. Sollte dies irgendwo gefunden sein, so bittet man den ehrlichen Finder, selbiges in Grimmen bei dem Gastwirth Herrn G. Stucker gegen ein angemessenes Douceur abgeben zu wollen.

Das zweite Tanz-Casino für diesen Winter findet am 12. Januar 1840 in meinem Hause statt, und beehre ich mich die Herren Interessenten und die von ihnen einzuführenden Fremden hierdurch ergebenst einzuladen.

Tribsees, den 30. Decbr. 1839.

G. Lebzien.

Kornpreise.

Stralsund, den 30. Decbr. 1839.

		Rthl.	Sgr.	Pf.	bis Rthl.	Sgr.	Pf.
Waizen	à Scheffel	2	—	—	2	15	—
Roggen	dito	1	2	—	1	4	—
Gerste, 2zeilige	dito	1	—	—	1	5	—
dito. 4zeilige	dito	—	26	—	-	28	—
Hafer	dito	—	17	—	-	20	—
Erbsen	dito	1	3	—	1	8	—

Greifswald, den 28. Decbr. 1839.

		Rthl.	Sgr.	Pf.	bis Rthl.	Sgr.	Pf.
Waizen	à Scheffel	2	10	—	2	12	6
Roggen	dito	1	5	—	1	6	—
Gerste, 2zeilige	dito	1	4	—	1	6	—
do. 4zeilige	dito	—	28	—	1	—	—
Hafer	dito	—	19	—	-	20	—
Erbsen	dito	1	5	—	1	8	—

Rostock, den 28. Decbr. 1839.

		von	bis
Waizen	à Scheffel	1 Rthl. 16 ß	1 Rthl. 31 ß
Roggen	dito	30 ß	35 ß
Gerste, 2zeilige	dito	37 „	39 „
do. 4zeilige	dito	34 „	36 „
Hafer	dito	16 „	22 „
Erbsen	dito	36 „	41 „

Hamburger Wechsel- und Geld-Cours vom 27. Decbr. 1839.

Paris	190¼	2 Uso oder 2 Monat date
Amsterdamer Cassa	36,5	2 Uso oder 2 Monat date
Amsterdamer Cassa	35,80	kurze Sicht.
London	13 mk 3½ ß	2 Monat date.
London	13 mk 5¼ ß	kurze Sicht.
Copenhagen	198	kurze Sicht.
Louis- und Frd'or	10 mk 14 ß	das Stück in Banco
Hamburger Courant	22¼	Procent schlechter als Banco
Dän. u. Holst. grob. Cour.	23	Procent schlechter als Banco
Neue Zweidr. für voll	27	Procent schlechter als Banco
Neue Preus. 4 und 8 gGr. ..	50½	Procent schlechter als Banco
Louis- und Frd'or	37 1/16	Procent schlechter als Banco
Neue Zweidrittel	3¼	Procent schlechter als grob Courant.
Louis- und Frd'or	12½	Procent schlechter als grob Courant.
Louis- und Frd'or	8½	Proc. schlechter als NZwdr.

1412

Michael Darne legte seiner Frau eine Hand auf die Schulter. »Wach auf, Katharina, das Kind verlangt nach der Mutter.« Katharina rührte sich nicht. Sie drehte ihm im Bett weiter den Rücken zu und atmete ganz leise, kaum spürbar. Aber Michael wusste, dass sie nicht schlief. Er konnte es an der Spannung unter ihrer Haut spüren. Sicher hatte sie das Kind sogar vor ihm gehört, denn sie hatte nachts immer ein Ohr an der Wiege.

»Meine Liebe, meine Schöne, warum bist du so abweisend zu mir und unserem Kleinen? Der Bursche braucht dich genauso wie ich«, flötete der junge Ehemann und küsste sie in den Nacken. Doch ihr Körper entspannte sich nicht. Im Gegenteil. Jetzt hielt sie krampfhaft die Luft an. Da wusste er, dass sie weinte.

Erfahrenere Väter hatten ihm erzählt, dass Wöchnerinnen zuweilen von unstillbarer Traurigkeit erfasst wurden. Das würde nach kurzer Zeit wieder verfliegen, schon wegen all der Arbeit mit den kleinen Wänstern und dem Haushalt und allem. Aber ihr Bube in der Wiege war mittlerweile sieben Monate alt. Irgendwann musste das doch mal aufhören, dachte Michael. Warum wurde ausgerechnet seine Katharina immer wieder von dieser Trauer gepackt? Hatten sie nicht vielmehr Grund, sich zu freuen über ihr kleines Glück? Die Geschäfte gingen gut, die Taler mehrten sich in der Truhe. Sein Ansehen als Kaufmann wuchs, in Stralsund und anderswo. Ein noch viel größeres Glück war der kleine Bertram, der gesund und kräftig auf die Welt gekommen war. Die Hebamme hatte gemeint, dass die Sache für seine Frau nicht allzu schlimm verlaufen sei, da hätte sie schon viel Schrecklicheres erlebt mit Erstgebärenden. Und jetzt war er ganz kurz davor, seiner kleinen Familie ein würdiges Zuhause zu schaffen. Ein richtiges Kaufmannshaus sollte es sein und er stand bereits in Verhandlungen.

Michael rückte näher an Katharina heran, vergrub sein Gesicht in ihrem Haar, legte den Arm um sie und flüsterte: »Was hast du denn? Wenn du doch deine Sorgen mit mir teilen würdest. Sag mir nur, was dich bedrückt. Erst musst du mir helfen, damit ich dir helfen kann.«

Jetzt bewegte sich der Körper neben ihm. Katharina wischte sich mit einer Hand über das Gesicht, dann drehte sie sich zu ihm um. Eine einsame Träne lief aus dem Winkel ihrer geschlossenen Augen. »Ich bin so kraftlos, Michael. Ich mag gar nicht aufstehen«, flüsterte sie zurück, ohne die Augen zu öffnen.

»Ist es das Kind? Wollen wir eine Amme anstellen?«

Sie schüttelte langsam den Kopf.

Michael fragte weiter: »Liegt es an mir? Lasse ich dich zu viel allein?«

Jetzt schlich sich ein Lächeln in ihre Züge. Sie streckte die Arme nach ihm aus und zog seinen Kopf in ihre Halsbeuge. »Du Dummerchen, du bist doch immer für mich da. Und Bertram ist mein Sonnenschein. Nur manchmal, da kann ich einfach nicht ...«

Ein leises Schluchzen unterbrach ihre Worte. Aber Michael merkte, dass ihr Körper sich allmählich entspannte.

Dafür wollte Bertram jetzt nicht länger auf seine morgendliche Milchportion warten. Hatte er bisher in seiner Wiege gebrabbelt und gestrampelt, legte er nun an Lautstärke zu und forderte mit kräftiger Stimme die Aufmerksamkeit seiner Eltern ein.

Michael befreite sich aus Katharinas Umarmung und stieg aus dem Bett. »Wenn du nicht aufstehen magst, dann hole ich dir eben den kleinen Schreihals herüber. Soll der dich zum Lachen bringen.« Schon beugte sich der junge Vater über seinen Sohn, der das Weinen sofort vergaß. Als Michael den Buben aus der Wiege hob und hoch über seinen Kopf hielt, erklang vergnügtes Quietschen.

Katharina streifte das Hemd von der Schulter und entblößte eine pralle Brust. Nachdem ihr Michael das Kind in den Arm gelegt hatte, begann der kleine Bertram unverzüglich kraftvoll zu saugen. Seine Mutter verzog das Gesicht. »Lange geht das nicht mehr mit der Milch. Seit dem Kleinen die Zähne wachsen, beißt er richtig zu«, erklärte sie.

»Also doch eine Amme?«, fragte sie Darne.

»Nein, nein, das schaffe ich schon allein. Aber bald isst er mit uns am Tisch und bekommt seine Milch von der Kuh«, schmunzelte sie. Die Traurigkeit von eben schien verflogen, aber Michael bemerkte immer noch eine gewisse Melancholie in ihren feinen Zügen.

Er ahnte, woher diese Melancholie kam. Es war der Schatten ihrer Familie, die vom allerhöchsten Gipfel in die tiefste Tiefe gestürzt war. Katharina quälte die

Sorge um ihre Mutter, obwohl die Frau kalt wie Fisch war. Ja, sogar Sorgen um ihren Stiefbruder, den hochnäsigen, brutalen, verzogenen Kerl. Der Sturz der Wulflams glich dem Untergang einer schwer beladenen Kogge. Der versinkende Rumpf erzeugte einen mächtigen Sog. Und in diesem Strudel ruderte auch seine empfindsame Gattin um ihr Leben.

Michael machte das wütend: Die Wulflams waren nie gut zu Katharina gewesen. All die schönen Kleider, der schwere Schmuck, die dicken Pelze, mit denen ihr Vater sie behängt hatte, konnten nicht darüber hinwegtäuschen, dass niemand dem feinfühligen Mädchen Zuneigung und Aufmerksamkeit entgegenbrachte. Die Wulflams waren immer alle nur in einen verliebt – in sich selbst. Wulf Wulflam mochte seine Tochter mit Dingen verwöhnt haben, aber nur, weil es seinem eigenen Geltungsdrang entsprach. Er schmückte sich mit dem zarten Kind wie mit einem eleganten Pferd. Aller Prunk in seinem Umfeld diente stets dazu, ihn selbst besser zur Geltung zu bringen. Und Katharinas Mutter? Die große Dame Margarethe, die mit ihrem Lächeln und ihrem Charme Herzöge verzaubern konnte, hatte kein Herz für ihre eigenen Kinder. Davon war Michael überzeugt. Mütterliche Wärme hatte Katharina von der strengen Frau nie erfahren. Am liebsten hätte sie ihre Tochter ins Kloster gesteckt. Glücklicherweise war er rechtzeitig zurückgekehrt.

Michael sah auf das kleine Glück in seinem Bett herab und seine Wut verflog. Er hatte versucht, mit Katharina über ihre Familie zu reden. Leider ohne Erfolg. Als deutlich wurde, dass die Wulflams alles verlieren würden, hatten sie darüber beraten, ihre Mutter aufzunehmen. Katharina war ganz beseelt von dem Gedanken, aber ihm war das bitter angekommen. Mit der hochnäsigen Margarethe Wulflam unter einem Dach zu leben, die ihn als Schwiegersohn stets abgelehnt hatte, schien ihm schier unerträglich. Aber Katharina bat so sehr, wollte ihrer Mutter unbedingt helfen. Glücklicherweise hatte sie abgelehnt. Lieber würde sie betteln vor St. Nikolai, als bei einem Hungerleider wie Michael Darne unterzukriechen, beschied sie ihrem Schwiegersohn. Katharina war ob dieser neuerlichen Zurückweisung am Boden zerstört.

Sicherlich ein schreckliches Schicksal, das die Wulflams da ereilt hatte. Aber nicht unverschuldet, war dem jungen Kaufmann bewusst. Alle Familienangehörigen hatten daran schwer zu tragen, auch seine Katharina. Aber er konnte seiner Frau ein sicheres Zuhause bieten, die Wärme eines eigenen Herdes. Und etwas, was sie bei ihren Eltern viel zu wenig gehabt hatte: Liebe. Er liebte dieses Mädchen, seit sie sich als Kinder begegnet waren. All die entbehrungsreichen Jahre der Ausbildung in Brügge und London hatte ihn die Sehnsucht nach diesem Mädchen umgetrieben. Und nie gab es für ihn einen Zweifel, dass er eines Tages nach Stralsund zurückkehren würde – um Katharina wiederzusehen.

Zärtlich strich er seiner Frau über die aufgelösten Locken, während sie das Kind stillte. »Mach dir nicht immer solche Sorgen, meine Liebste. Du hast jetzt ein eigenes Leben, eine eigene Familie. Und mit der geht es niemals so den Bach runter wie mit deinen Eltern. Das verspreche ich dir«, sagte er leise.

Noch einmal füllten sich ihre Augen mit Tränen, aber sie lächelte dabei tapfer. Dann küsste sie den kleinen Bertram auf die Stirn und griff über sein Köpfchen hinweg nach Michaels Hand. Dankbar drückte sie sie.

Einen Augenblick blieb Michael noch auf dem Rand der Bettstatt sitzen und genoss die friedliche Szene. Dann sprang er entschlossen auf, schnappte Hose und Wams vom Schemel und schickte sich an, sich anzukleiden. Er hatte heute Großes vor, dafür wollte er gerüstet sein. An der Weste bemerkte er einen kleinen Dreiangel, den er sich gestern an einer Kiste gerissen hatte. Den musste die Magd unbedingt noch schnell nähen. »Soll ich die dunkelgrüne Jacke anziehen? Was meinst du?«, fragte er dann zweifelnd seine Frau.

»Die gute? Warum nicht. Dann musst du aber auch das golddurchwirkte Wams nehmen, das du voriges Jahr zum Zunftball gekauft hast. Und zieh ein sauberes Hemd an«, empfahl sie.

Michael zweifelte: »Dann sehe ich aus wie ein Pfingstochse. Wäre das nicht zu viel des Guten?«

»Man macht einfach einen besseren Eindruck, wenn man sauber und ordentlich gekleidet ist. Dein Hemd zumindest macht diesen Eindruck nicht mehr.«

Michael sah überrascht an sich herab, hob einen Arm und schnupperte an der Achsel. Vom Bett her hörte er leises Kichern.

»Weib, bezichtigst du deinen Herrn und Gatten, zu dreckig für saubere Geschäfte zu sein?«, rief er und riss übertrieben dramatisch die Augen auf.

Jetzt lachte Katharina richtig. »Ich sprach nur von Eurem Hemd, oh mein Gemahl«, versicherte sie treuherzig.

Michael ließ die Schultern hängen und fügte sich in sein Schicksal: »Du hast ja recht. Ich gehe jetzt gleich zum Bader, seife mich ordentlich ab und lasse mich rasieren. Solange kann die Trine meine zerrissene Weste *flicken. Schick sie dann mitsamt einem sauberen Hemd zum Bader. Ein bisschen Brot soll sie auch mitbringen für meinen knurrenden Magen. Und dann gehe ich – schlicht, aber sauber – in die Haakstraße zum Herrn Karnehl und kaufe das Haus, in dem Bertram aufwachsen wird. Und, so Gott will, noch ein gutes Dutzend seiner Geschwister!«*

3

»Wo gibt es denn hier eine Tourist-Information?«

Diese Frage hörte Sabine Prehn oft und beantwortete sie gerne. Sie zog einen kleinen Stadtplan aus der Schublade, nahm den Kuli zur Hand und skizzierte den Neuankömmlingen den Weg quer durch die Stralsunder Altstadt. Dabei vergaß sie nicht, ein paar Sehenswürdigkeiten zu erwähnen und einen Tipp zu geben, wo man gut Kaffee trinken und die Seele baumeln lassen konnte. Oder wo es die Original-Bismarck-Hering-Brötchen gab. Wenn es Touristen waren, die ihre schicke Kamera mit riesigem Objektiv demonstrativ vor der Brust trugen, zeichnete sie ein paar Punkte auf, die schöne Motive versprachen: der Blick vom St. Marien-Turm, die »Gorch Fock« an der Hafeninsel, die romantischen Innenhöfe des Johannisklosters. »Und ein ganz besonderer Geheimtipp ist dieses Haus hier, in dem sich meine Buchhandlung befindet. Das ist wirklich ein Ort für Entdecker!« Diesen Satz hatte sie schon oft gesagt, wurde seiner aber nie müde.

Sabine liebte das Haus wie ein eigenes. Was ja auch nicht ganz verkehrt war: Ihre Großmutter und deren Schwester hatten hier gelebt. In den niedrigen Stübchen und der dunklen Küche der beiden Frauen, die in ihrer Erinnerung schon immer alt gewesen waren, hatte sie die glücklichsten Tage ihrer Kindheit verbracht, schien es Sabine heute. Erst als Erwachsene erfuhr sie, dass Inge und Anna das Haus auch gehörte. Wegen dieser verwandtschaftlichen Bande gehörten sie und ihre Geschwister zu der ausgedehnten Erbengemeinschaft, der das Haus schließlich in den Schoß gefallen war. Da war es allerdings schon leer, baupolizeilich gesperrt, schlicht eine Ruine. Allen war klar, dass damit nichts Rechtes anzufangen war. Kein Baumaterial, keine Handwerker, kein Nutzen. Also Fenster zumauern, gründlich abschließen. Damit die Assis im Winter nicht einstiegen, besoffen einschliefen und in der Kälte womöglich nicht mehr aufwachten. Selbstschutz sozusagen. Alle wussten, dass Biene den Schlüssel für die Ruine hatte. Das genügte ihnen. Ansonsten fragte keiner nach.

Sabine Prehn indes schlich alle paar Monate durch das leere Haus und schaute nach dem Rechten. Manchmal hatte sie ihre Töchter dabei, manchmal einen Verwandten, den die Neugier trieb. Am liebsten ging sie jedoch allein und hing ihren Erinnerungen nach. An heißen Sommerabenden, wenn es lange hell war, stieg sie die knarrenden Stiegen zu den ausgedehnten Dachböden hinauf, wo es nach Staub und altem Holz roch. So manches Mal ließ sie Schmetterlinge frei, die drinnen geschlüpft waren und nun, verzweifelt torkelnd, einen Weg durch die blinden Scheiben ins Freie suchten. In der Spitze stand das alte Aufzugsrad, aus der Halterung gehoben, aber vollkommen heil. Sabine versetzte sich gern in die Zeit zurück, als der Aufzug die Lebensader des alten

Kaufmannshauses war. Wie musste es geschnurrt haben, wenn ein Sack nach dem nächsten, ein Fass, eine Kiste nach der anderen in die unterschiedlichen Speicherböden gezogen wurde.

Dies waren die Orte gewesen, an denen die sagenhaften Reichtümer der alten Hansestadt Stralsund erwirtschaftet wurden. Hier war die Quelle all der Pracht und Herrlichkeit gewesen. Ohne diese Kaufmannshäuser hätte es die himmelsstürmenden Backsteinkathedralen nicht gegeben. Und auch nicht das ganze Gold und die Schätze in ihrem Inneren. Da steckte viel Bürgerstolz drin.

Im Winter nahm sie indes eine große Taschenlampe mit und kletterte über die wackelige Holzstiege in den Keller. Dort roch es nach Kohlengruß und vergammelten Kartoffeln. Die uralten Balken, unter denen man nur gebückt hindurchkriechen konnte, waren in der Nähe der kaputtgeschlagenen Kellerfenster mit einer dünnen Schicht Reif bedeckt. Die Kristalle funkelten im Licht ihrer Lampe, während ihr Atem in weißen Wölkchen kondensierte. Und in der Mitte stand dieser sagenhafte Stamm. Sabine Prehn hatte damals noch keine Ahnung, wie alt er wirklich war. Aber schon immer hatte sie gewusst, dass er das ganze Haus trug. Der Hausbaum. Sie legte die Hände an das zerkerbte Holz und versuchte, die Zeit zu spüren, die in diesem Eichenbalken steckte. Dann wurde sie ganz ruhig und sie empfand so etwas wie Ehrfurcht für die Altvorderen, die an diesem Ort gelebt hatten. Es erfüllte sie mit Stolz, dass sie als »Schlüsselverwahrerin« etwas hütete, das so alt und so besonders war.

Als Kind hatte sie sich vor dem niedrigen Keller eher gegruselt, in dem Oma Inge und Oma Anna die Kohlen aufbewahrten. Aber dann hatten sie in der Schule »Timur und sein Trupp« gelesen und Sabine war geradezu elektrisiert von der Idee, bei alten Menschen *Timur-Hilfe* zu leisten. Sie stachelte ihre Geschwister, Cousins und Cousinen zum Mitmachen auf, schrieb Pläne und verteilte Arbeiten. Einkaufen, abwaschen, die Weißwäsche zur Mangel schleppen, Altpapier wegbringen – was auch noch das Taschengeld aufbesserte. Ganz oft Kohlen schleppen. Mit roten Wangen und Feuereifer erwartete sie weitere Aufträge von ihrer Oma und anderen alten Leutchen, die ebenfalls im Häuschen wohnten. Nur bei Herrn Kuhlmann im Kemladen durften sie nicht klingeln. »Belästigt den Mann mal nicht, der will seine Ruhe haben«, mahnte Oma Inge. Was zu Deutsch hieß: Der ist meist besoffen und immer übel gelaunt.

Irgendwann zogen dann alle Mieter aus. Feuchtigkeit, Kälte und Verfall waren niemandem mehr zuzumuten. Nur Inge und Anna blieben. Weil ihnen als Hauseigentümer kein kommunaler Wohnraum zustand. Sie galten als versorgt in einer Stadt, in der jeder Dritte dringend eine Wohnung suchte. Oma Inge starb in gesegnetem Alter Anfang der 70er. Dann schloss der letzte Laden, der zur Straße raus gelegen war. Eine alte Schneiderin hatte ihn noch betrieben, die Nähmaschinen reparierte und Kurzwaren anbot. Ins Schaufenster hängte sie ausgebreitete Schnittmusterbögen, die allmählich in der Sonne vergilbten. Sabine konnte sich an das bröselige Papier mit den mysteriösen Linien noch erinnern. An der Hand der Mutter stand sie vor dem Schaufenster und konnte die Zeichen nicht deuten. Schließlich sagte sie: »Guck mal, Mutti – da ist ein Tisch drauf. Und da ein Drache.«

»Ach Quatsch. Damit näht man Kleider«, beschied ihre Mutter und zog sie weiter.

Sabine folgte schamrot. Sie schämte sich ob ihrer Dummheit. Und sie konnte sich beim besten Willen nicht vorstellen, wie man *damit* Kleider nähte. Mit seltsam bedrucktem Papier? Die 17-jährige Tochter der Nachbarin hatte zwar ein Papierkleid, aus Polen mitgebracht, aber das hatte knallbunte Blumen drauf und nicht solche krakeligen Striche, die hierhin und dorthin liefen. Eine peinliche Erinnerung. Erst als Jugendliche hatte sich ihr der Sinn von Mutters ruppiger Antwort erschlossen, als sie selbst ein bisschen mit der Nähmaschine experimentierte.

Jedenfalls wurde es immer stiller im alten Haus. Anna hielt schließlich alleine aus. Wo sollte sie auch hin? Wer eine ordentliche Wohnung hatte, bewohnte zwei Zimmer, Küche, Bad. Abgemessen und ausgezirkelt. Mit Kindern auch mal zweieinhalb Zimmer. Ihr ältester Bruder galt als *kinderreich*, weil er vier Sprösslinge hatte. Dreieinhalb Zimmer Neubau in Knieper West! Wahnsinn. Schöne Wohnung. Aber *kinderreich* – das hieß eine Akte bei der Abteilung »Mutter und Kind«. Das hieß schon halb asozial. Da musste die Fürsorgerin ein Auge drauf haben. Obwohl doch in der DDR jedes Kind willkommen war. Und ab dem vierten Kind gratulierte sogar der Staatsratsvorsitzende mit einer Glückwunschkarte. Typisch!, ärgerte sich Sabine bis heute. Offiziell kinderfreundlicher Staat hoch drei, inoffiziell die Nase rümpfen über jeden, der mehr als zwei Bälger bekam.

Jedenfalls schützte sie ihren Bruder vor dem sozialistischen Arbeitseifer ihrer Abteilungskollegen, wo sie nur konnte. Und wenn die Fürsorgerin zum Kontrollbesuch antrabte, wusste seine Familie immer vorher Bescheid. Dann gab es einen Geschwister-Subbotnik, bis alles blitzte. Gardinen gewaschen, Flecken aus dem Teppich geschrubbt, Fahrräder geputzt. Alle Schubladen entleert und Krümel rausgesaugt. Wäsche komplett gebügelt im Schrank. »Wie in einer kinderlosen Arztfamilie mit Haushaltshilfe«, pflegte Sabine zu sagen, wenn sie das Ergebnis ihres kollektiven Arbeitseinsatzes begutachtete.

Schönes neues Wohnen da draußen in den Plattenbauten. Kaufhalle »8. März« gleich um die Ecke, Rosa-Luxemburg-Schule auch. Nach Knieper West I kam Knieper West II. Dann war schon Grünhufe im Gespräch. Fanden alle toll. Endlich trocken und warm wohnen. Jeder konnte die Tür hinter sich zumachen und abschließen. Die Altstadt verfiel unterdessen im Zusehen. So wie ihr Oma-Häuschen. Die Mieter hatten über Jahre zwischen 18 und 27 Mark pro Monat bezahlt. Da blieb nichts übrig für Handwerker, die man ohnehin nicht bekam. Und wenn man die Handwerker bekam, dann hatten die kein Material. Ihre Brüder waren ständig auf der Suche nach Ziegeln, Kabeln, Schaltern und Fliesen, um hier und da mal was zu reparieren. Aber irgendwann sahen die Behörden dann schließlich ein, dass der hochbetagten Anna das Hausen in der Ruine nicht mehr zuzumuten war. Auch nicht als Besitzerin der Immobilie.

Die Stromleitungen hingen frei in der Luft. Brandgefahr durch marode Öfen und defekte Abzüge. Wasser- und Abwasserrohre hoffnungslos verrottet. Dazu wuchs der Schwamm. Es war nur eine Frage der Zeit, bis das Dach und die Fußböden einbrechen würden. Im Kemladen war schon alles eingestürzt. Also sollte Oma Anna ins Altenheim. Auch so ein Neubau in Knieper West. Die Plattenbauten hatte Anna noch nie gemocht. Sie überlebte den Umzug genau 13 Wochen, von denen sie zwölf stumm im Bett lag. Sabine ging alle paar Tage zu ihr, brachte frische Blumen und las ihr aus einem Buch vor. Anna würdigte sie keines Wortes und keines Blickes. Diese Besuche deprimierten Sabine derartig, dass sie hinterher lange Spaziergänge rund um den Moorteich brauchte, um sich von der Traurigkeit des Verfalls zu befreien.

Nachdem sie Anna beerdigt hatte, begann ihre Recherche zur Geschichte des alten Hauses. Sie schrieb auf, was sie aus Erzählungen der beiden alten Damen behalten hatte. Und sie kämpfte gegen die Baubehörde, die das Häuschen einfach als »Volkseigentum« einziehen wollte. Würde sich am Zustand dadurch etwas ändern, fragte sie die Verantwortlichen. Nein, mussten die »Kollegen« zugeben. Abriss ging nicht, dann wäre zumindest ein Nachbarhaus hinterhergerutscht. Außerdem war dafür kein Geld bilanziert. Renovierung ging nicht, keine Kapazitäten. Restaurieren schon gar nicht, da reichte es nur für einige wenige Prestige-Objekte wie die Stadtmauer oder das Scheele-Haus in der Fährstraße. Aber so ein unscheinbares, schmuddeliges, dazwischengequetschtes Bürgerhäuschen in der Mönchstraße? Keine Chance.

Also blieb alles beim Alten. Und Sabine Prehn hütete den Schlüssel.

Einige Male hatte es bei ihren Besuchen in der Ruine angemutet, als würde das Haus mit ihr reden. Oder es zumindest versuchen. Es war ein Raunen, eher ein Hauchen, das sie auch bei allergrößter Anstrengung nicht entschlüsseln konnte. Wahrscheinlich nur Ohrgeräusche, das Rauschen des eigenen Blutes in der toten Stille des uralten Gemäuers, beruhigte sie sich. Und: Sabine verspürte keine Angst bei diesen seltsamen Sinneswahrnehmungen. Vielleicht war dieses Gemäuer ein Dimensionsloch und sie hörte Stimmen aus einem Paralleluniversum? Oder erzeugte die Zeit selbst, die an diesem unglaublichen Ort sichtbar und greifbar war, ein verhaltenes Räuspern? Wie dem auch war: Sabine bedauerte, dass sie das Geheimnis nicht erkennen konnte, das das Haus ihr mitteilen wollte, und schloss sorgfältig hinter sich ab.

Dann kam die Wende. Privateigentum zählte plötzlich wieder etwas.

Einige ihrer Brüder hatten wohl Lust, die alte Kiste auszuweiden und zwei, drei Eigentumswohnungen für sich darin zu bauen. Die versammelte Bau-Kompetenz in ihrer Familie in allen Ehren, an Eigenleistungen hätte es sicher nicht gemangelt. Aber keiner von ihnen galt 1990 als kreditwürdig für die Banken. Und die Verwandtschaft aus dem Westen, die ja wenigstens mit ihrem Namen hätte bürgen können, wollte Geld sehen und keines ausgeben. Schon gar nicht irgendwo am Rande des Universums – in Stralsund! Am liebsten abreißen, Grundstück verkaufen, Erbe auszahlen.

19 erbberechtigte Parteien waren sie 1990 gewesen. Nach einem kurzen Vereinigungstaumel mit großfamiliärem Besäufnis in Hamburg strebten die deutsch-deutschen Mitglieder sofort wieder auseinander und vergaßen sich erneut. Sabine kämpfte damals an vielen Fronten. Ihr oberstes Ziel war, das Haus zu erhalten. Denn dass sie da einen Schatz hütete, war ihr immer bewusst gewesen. Sie redete mit jedem Erben. Mal am Telefon, mal am Küchentisch. Denn sie hatte da so eine Idee: Das Oma-Häuschen sollte Museum werden. Ein Museum, das zeigte, wie Inge und Anna gelebt hatten. Und die Generationen davor. Ein Museum des Alltagslebens in Stralsund. Das wäre doch was, oder? Alles schien plötzlich möglich in diesem neuen, wiedervereinigten Deutschland.

4

»Mensch, Niemann, was ist denn da bloß los bei Ihnen? Drei tote Mitarbeiter in acht Monaten! Die Versicherung will die Beiträge verdoppeln! Wie stehen wir denn da in der Statistik?«

Der Stralsunder Oberbürgermeister Joachim Drechsler schäumte. Vor ihm saßen zwei Herren, in Schweigen gehüllt, die Blicke gesenkt, das Donnerwetter des Stadtoberhauptes mit leeren Gesichtern über sich ergehen lassend. Der eine war Axel Röhrich, der Kulturdezernent der Hansestadt, gleichzeitig stellvertretender Bürgermeister, in dessen Zuständigkeit unter anderem das Archivwesen fiel. Bei dem zweiten handelte es sich um Dr. Günter Niemann, Leiter des Stralsunder Stadtarchivs seit nunmehr 28 Jahren, noch fünf Monate von der Pensionierung entfernt. Auch wenn er mit stoischer Ruhe das cholerische Temperament seines obersten Chefs ertrug, brodelte es in ihm. Er, ein promovierter Historiker und langjähriger Leiter einer überaus ehrwürdigen städtischen Einrichtung, musste sich das völlig unsachliche Gebrüll dieses Partei-Kaders gefallen lassen? Eine Frechheit, der Kerl konnte ihm akademisch nicht das Wasser reichen, war mit der Wende einfach so emporgespült worden.

Als wenn er den unseligen Dr. Müntzer persönlich die Treppe hinuntergestoßen hätte! Und auch die Sache mit dem Transporter war ganz klar die Schuld von Ulf Müller gewesen. Solche Sachen passieren eben. Zumal der Müller wirklich keine Leuchte gewesen war. Dass der irgendwann buchstäblich unters Auto geriet, hätte man fast voraussagen können. Dummerweise war es aber im Dienst geschehen, auf dem Hof des Johannisklosters. Genau wie der Treppensturz von Müntzer, diesem eingebildeten Pinsel. Auch ein recht passendes Ende, giftete Niemann. Hochmut kommt eben vor dem Fall. Und was seinen alten Kollegen Christoph Kammer betraf: Herzinfarkt ist nun mal Herzinfarkt. Der kommt, wann und wo er will. Und Christoph hatte sein halbes Leben geraucht wie ein Schlot. Jeder ist eben seines Glückes Schmied. Selber schuld.

»Was ist denn bloß los in Ihrer Bude? Machen Sie keine Arbeitsschutzbelehrungen? Oder ist das Arbeitsklima bei Ihnen so schlecht, dass die Leute umfallen wie die Fliegen?«, wütete der OB weiter, ehe ihn ein Raucherhusten-Anfall unterbrach.

Apropos *fliegen* … Der Scherz brannte Niemann auf den Lippen, aber er getraute sich nicht, den Chef zu unterbrechen. Es muss wirklich spektakulär gewesen sein, wie der Müntzer die Treppe runtergesegelt war. Eine Zeile von Brecht kam ihm in den Sinn: *Bischof, ich kann fliegen!* Im ganzen Haus hatte man das Poltern und Krachen gehört. Leider kam er erst darauf zu, als der Müntzer schon unten auf dem Flur in seinem eigenen Blut lag. Für den kam jede Hilfe zu spät, das hatte man gleich gesehen. Natürlich haben sie trotzdem den Rettungsdienst gerufen. Alles vorschriftsmäßig in die Wege geleitet. Aber er hat sich dann vor allem um die Praktikantin gekümmert, die alles mit ansehen musste. Das arme Ding, hat am ganzen Leib gezittert. Hat sich richtig gegen ihn gelehnt, als er sie in den Arm genommen und ganz vorsichtig in sein Büro geführt hat. Oh bittersüße Last …

»Drücke ich mich irgendwie unklar aus, *Herr Doktor* Niemann? Oder warum grinsen Sie jetzt?« Der OB schäumte.

Niemann riss sich zusammen und richtete sich auf seinem Stuhl auf: »*Herr* Drechsler, ich muss doch sehr bitten! Solche Anschuldigungen habe ich nicht verdient. Sie können dem Unfallbericht entnehmen, dass wir alle Vorschriften in Sachen Arbeitsschutz erfüllen. Dass die Treppe nicht den heute gültigen Baunormen entspricht, ist nicht zu ändern, wenn man ein Archiv in einem historischen Gebäude unterbringt. Jahr um Jahr warten wir auf den Neubau …«

»Der sich in den letzten Zügen befindet«, warf Kulturdezernent Röhrich an dieser Stelle mit leiser Stimme ein.

»Richtig! Wir geben *Millionen* für den Archivneubau aus. Bei der Planung wurde jeder Furz berücksichtigt, den Sie anzumelden hatten. Wird alles vom Feinsten. Aber Sie schaffen es scheinbar nicht, die paar Monate bis zum Umzug noch Ihre Truppe zusammenzuhalten. Und vor allem am Leben! Haben Sie heute mal in die Ostsee-Zeitung geguckt?« Der OB griff sich das zusammengefaltete Blatt, das auf seinem Schreibtisch lag und hielt dem Archivleiter den Titel vor die Nase: »*Todesserie im Archiv reißt nicht ab*« stand dort in fetten Lettern.

»So eine Presse können wir wirklich nicht gebrauchen«, schimpfte der Bürgermeister weiter und schlug mit der Zeitung mehrere Male auf die Tischkante.

Noch einmal raffte Niemann seinen Mut zusammen und entgegnete: »Was die Journaille da schreibt, sollte uns kultivierte Menschen doch kaltlassen. Sie müssen das Schicksal der Menschen sehen, das hinter jedem einzelnen dieser unglückseligen Todesfälle steht. Das ist doch keine Serie, das sind doch alles nur dumme Zufälle.«

»Meine Wähler sind aber nicht alle so kultivierte Menschen! Die lechzen danach, mit dem Finger aufs Rathaus zu zeigen und zu schreien: Vielleicht wissen die zu viel da im Archiv? Vielleicht serviert man die nacheinander ab?« Der OB redete sich immer mehr in Rage.

Jetzt räusperte sich der Kulturdezernent. »Joachim, das ist Krimi-Stoff. Kein Mensch glaubt an Verschwörungstheorien«, besänftigte er seinen Vorgesetzten mit leiser Stimme.

»Kann doch aber sein«, setzte der schmollend nach.

Es war wichtig, dass der Chef das letzte Wort behielt. Deshalb schwieg die Runde eine kleine Weile, ehe sein Stellvertreter mit sanftem Tenor den Faden aufgriff: »Sehen Sie irgendeinen Zusammenhang zwischen den drei Unglücken in Ihrem Haus?«, fragte er den Archivleiter, ohne ihn direkt anzusehen.

»Diese Frage habe ich sowohl der Polizei als auch der Unfallkasse bereits beantwortet. Und ich kann mich hier an dieser Stelle nur wiederholen.

Nämlich mit einem ganz klaren Nein! Es gibt keinen Zusammenhang. Außer, dass wir in einem alten Gebäude unter lausigen Arbeitsbedingungen schuften. Und zwar wirklich schuften, weil ich auch nur zwei Drittel der beantragten Planstellen besetzen darf.«

Jetzt war es raus. Jetzt würde das nächste Donnerwetter über ihn hereinbrechen, das wusste Dr. Niemann genau. Der Oberbürgermeister und sein Dezernent sahen sich einen langen Moment in die Augen, dann brachen sie in Gelächter aus. »Mein lieber Niemann, ich kenne Ihr jahrelanges Gejammer um mehr Personal in- und auswendig. Wir haben schon drauf gewartet, dass Sie mit der alten Leier wieder anfangen. Aber die DDR-Zeiten, wo im Archiv fast zwei Dutzend Angestellte rumstehen und in alten Büchern schnüffeln konnten, sind endgültig vorbei. Ein modernes Verwaltungsarchiv hat klar umrissene Aufgaben, und die schaffen Sie auch mit den vorhandenen Leuten. Ganz sicher«, säuselte Röhrich mit süffisantem Grinsen. Solche Abfuhren machten ihm augenscheinlich Spaß.

»Außerdem bekommen Sie jetzt den Neubau, in dem die Arbeitsabläufe wesentlich effizienter gestaltet werden können«, fügte der Bürgermeister hinzu.

»Ja, alles richtig, aber denken Sie an die historischen Bestände, die dringend der musealen Aufarbeitung …«, versuchte Niemann noch einmal einzuwenden.

»Vergessen Sie den alten Krempel, schauen Sie nach vorne. Wichtig ist nur die korrekte Aktenarchivierung, dass wir da alle Vorschriften erfüllen. Es geht um die Einhaltung der geltenden Standards. Wir sind eine moderne Verwaltung. Die Vergangenheit dürfen Sie getrost den Hobbyhistorikern überlassen, von denen es in Stralsund ja reichlich gibt. Da gehören Sie nach Ihrer Pensionierung vielleicht selbst bald dazu«, meinte Drechsler und lachte gönnerhaft.

Niemann schluckte schwer. »Und was ist mit der Wiederbesetzung der Stellen von Müller, Kammer und Müntzer? Können wir eine Ausschreibung vorbereiten? Wenigstens intern?«

Schon wieder kicherten seine Chefs. Schließlich entschloss sich der Dezernent, die Antwort zu liefern: »Die Stellen bleiben vorerst unbesetzt. Wir müssen den Wählern die Millionen-Investition irgendwie plausibel machen. Vor allem mit Stelleneinsparungen.«

Dem Archivleiter blieb der Mund offen stehen.

»Nun gucken Sie nicht so, Niemann. Niemand reißt Ihnen den Kopf ab wegen der ständigen Unfälle. Insgesamt können wir damit den Personalabbau ganz unauffällig vornehmen«, meinte der OB abschließend und griff nach einer neuen Akte.

»Ich kann doch den Umzug unmöglich mit vier Leuten bewältigen!« Jetzt schrie Niemann fast.

»Sie kriegen Hilfspersonal aus der Abteilung Zentrales Gebäudemanagement und vom Wachschutz. Wir können da auch den Auftrag für die Umzugsfirma erweitern, dann packen die selbst ein paar Bücher ein. Wenn Sie noch mehr Leute zum Kistenpacken und Schleppen brauchen, wenden Sie sich an den Museumsverein oder Ähnliches. Machen Sie mal Ihre privaten Kontakte flott«, forderte Röhrich in einem Ton, der keinen Widerspruch duldete.

Mein Archiv geht völlig vor die Hunde, dachte Niemann und fühlte plötzlich die Last der Jahre auf seinen Schultern. Wie sollte das nur weitergehen mit den Stralsunder Kulturschätzen? Bei dieser Obrigkeit war doch keine Rille auf der Platte für die ideellen Werte dieser Stadt.

Mühsam erhob er sich von seinem Stuhl und wollte sich verabschieden. Doch das Stadtoberhaupt hielt ihm noch nicht die Hand hin: »Dr. Niemann, ehe ich es vergesse, wie weit sind denn Ihre Bemühungen zum Verkauf der alten Schulbücher gediehen? Kann ich da bald mit einer Vorlage in den Finanzausschuss gehen? Wäre gut für die Haushaltsplanung, wenn wir mal mit ein paar Einnahmen aus Ihrem Ressort aufwarten könnten.«

Ein wenig überrumpelt von dem abrupten Themenwechsel stotterte der Archiv-Chef: »Ja, ja, sind wir dran. Graf van Hagnat aus Nürnberg hilft uns bei der Sichtung und Taxierung. Hat uns extra eine junge Mitarbeiterin zur Verfügung gestellt, die übers ganze Jahr verteilt immer mal ein paar Wochen hier ist.«

»Haben Sie die etwa eingestellt? Als Hilfskraft? Wer bezahlt das?«, fragte Dezernent Röhrich spitz.

Niemann drehte sich zu ihm um und winkte ab: »Sie arbeitet nur als Praktikantin bei uns. Unbezahlt, ganz legal. Graf van Hagnat kommt sogar für ihre Unterkunft auf. Dadurch entstehen der Stadt keine Kosten. Ich schätze mal, in etwa vier Wochen kann ich dem Haushaltsausschuss einen Vorschlag zum Verkauf unterbreiten.«

»Und dieser Nürnberger Antiquar nimmt die Sachen dann selbst?«, hakte der OB nach.

»Nein, nein, so einfach ist das nicht. Er hilft nur beim Erfassen der Bestände und bei der Schätzung der Preise. Dann schreiben wir den Verkauf aus. Es gibt nur eine Handvoll spezialisierter Antiquare in Europa, vielleicht noch einen in Übersee, die dafür Interesse haben dürften. Ich denke mal, dass eine beschränkte Ausschreibung mit vier oder fünf Teilnehmern reichen dürfte, dann kriegen wir schnell ein Ergebnis. Aber das mache ich alles mit der Beschlussvorlage fertig.«

»Am 28. des Monats tagt der Finanzausschuss. Dann sind Sie bitte so weit damit«, meinte der Oberbürgermeister und reichte ihm die Hand.

Am 28.? Das waren ja gerade mal zehn Tage! Wieder kriegte er Druck. Wie sollte er das alles nur schaffen? Niemann biss die Kiefer aufeinander, dass es wehtat und reichte dem Chef wortlos die Hand. Für Röhrich hatte er dann nur noch ein Nicken übrig, ehe er aus dem Büro schlich.

5

»Haben Sie schon mal was von Wilhelmine Fleck gehört? Hochdramatische historische Erzählungen und Romane. Oft hat sie die Stoffe dafür aus der Stralsunder Stadtgeschichte geschöpft.« Sabine Prehn hielt eines ihrer Lieblingsbücher in die Höhe.

»Oh ja, historische Stoffe interessieren mich immer. Ich bin zwar noch nicht lange in der Stadt, aber die Geschichten scheinen ja hier geradezu auf der Straße zu liegen«, meinte die Kundin lächelnd, mit der sich Sabine gerade unterhielt.

Eine sehr elegante junge Frau, registrierte die Buchhändlerin. Hautenge Jeans, schwarzer Pulli, darauf ein herrlicher Bernsteinschmuck. Die hat Geschmack und Bildung. Kam auch nicht das erste Mal zu ihr ins Lädchen. Hatte neulich diesen wunderbaren Begriff von der *Humorschwelle* geprägt. Gerne gab sie der Kundin recht: »Ja, es sieht so aus. Stralsund ist eine alte Stadt mit Geschichte und Charakter. Und es gibt tatsächlich eine ganze Reihe von Autoren, die hier ihre Stoffe gefunden haben. Wilhelmine Fleck ist eins der besten Beispiele, obwohl sie den größten Teil ihres Lebens in Schwerin verbracht hat. Trotzdem ist es ihr gelungen, sehr tief in die Historie von Stralsund einzudringen. Wahrscheinlich hat sie sich jahrelang durchs Stadtarchiv gelesen.«

Die Kundin horchte auf. »Dann nehme ich doch glatt diese Wilhelmine Fleck. Mal schauen, was sie mir über die Stadtgeschichte erzählt, was ich noch nicht weiß.«

»Ach, gehören Sie hier auch zu den Stadtforschern?«, fragte Sabine interessiert, während sie das Buch einscannte und in eine Papiertüte steckte.

»Nicht so direkt. Interessiert mich eben einfach«, sagte die Kundin, ohne ihr in die Augen zu sehen.

Sabine verkniff sich jede weitere Frage. Offenbar mochte die Käuferin nicht über ihre Beschäftigung in Stralsund plaudern. Solch aufgeschlossenes Lesepublikum sollte man nicht mit allzu neugierigen Fragen bedrängen.

In diesem Moment ging im Flur die große Tür zum Museumshaus auf. Eine Gruppe von sieben, acht Personen quetschte sich in den Vorflur. Die Leute reckten die Köpfe in alle Himmelsrichtungen und betrachteten mit größtem Interesse Decke, Windfang, Boden und Wände. Als Letzter kam ein großer Endfünfziger mit schlohweißem Haar und gepflegtem Bart herein. Sabine erkannte ihn sofort: Das war kein Geringerer als Dr. Harald Kron, der Architekt aus Stuttgart, der dem uralten Händlerhaus seinerzeit neues Leben eingehaucht hatte.

Die Buchhändlerin bekam vor Freude rote Wangen, als sie die hochgewachsene Gestalt erkannte. Harald Kron hatte sich während der Restaurierung mehrfach mit ihr getroffen, sie immer wieder auf die Baustelle eingeladen, wenn es neue Entdeckungen gab. Sabine Prehn war eine wichtige Zeitzeugin für den Architekten, die das Haus noch in Aktion gekannt hatte. Ihr Wissen konnte helfen, das Museum so authentisch wie möglich zu gestalten. Zwar waren sich die beiden von Anfang an sympathisch gewesen, aber ihre Gespräche waren kaum über die Arbeiten im Haus hinausgegangen. Jetzt war Kron nur noch selten in Stralsund, denn seine Erfahrungen im Denkmalschutz führten ihn weit herum. Umso erfreuter war Sabine, wenn er wieder mal vorbeischaute.

Dr. Kron spähte durch die Glastür in ihren Laden und lächelte zurück. Dann bat er seine Gruppe, einen Moment zu warten und kam herein, um Sabine Prehn zu begrüßen. Die junge Dame, mit der sie sich eben noch unterhalten hatte, wandte sich erneut dem Tisch mit den Neuerscheinungen zu, sodass Sabine ihre Aufmerksamkeit dem unerwarteten Besucher widmen konnte. »Schön, dass Sie es mal wieder nach Stralsund geschafft haben«, begrüßte sie ihn mit ausgestreckter Hand.

Kron schlug herzlich ein und sagte: »Viel zu selten.« Lange Reden waren nicht seine Stärke. Außerdem hatte er immer das Gefühl, mit seinem schwäbischen Akzent an der Küste allzu sehr aufzufallen.

»Haben Sie eine Gruppe mitgebracht? Kollegen von Ihnen?«, fragte Sabine, um das Gespräch nicht abreißen zu lassen.

»Potsdamer Schlösserverwaltung. Weiterbildung.« Mehr war ihm nicht zu entlocken.

»Werden Sie denn eine Weile in Stralsund bleiben? Oder geht's gleich wieder weiter?«, hakte Sabine nach und spürte sofort Enttäuschung in sich aufsteigen.

»Morgen fahren wir noch nach Bad Doberan, dann machen die Leute alleine weiter. Ich bin anschließend ein bisschen hier.« Krons Worte hingen in der Luft, aber er wusste nicht recht, wie er weiterreden sollte. Dabei gab es einiges zu erzählen. Aber nicht hier, zwischen Tür und Angel und mit den Kollegen im Schlepptau.

Auch Sabine wusste nicht, was sie sagen sollte. Doch sie nahm sich ein Herz: »Na, dann können wir doch mal einen Kaffee trinken gehen und über das Häuschen reden. Es gibt da so ein, zwei Stellen, die ich beobachte.«

Kron schien sofort alarmiert: »Ist was kaputt?«

»Nein, nein«, beruhigte Sabine ihn schnell. »Die alten Sachen – der Riss im Anbau und so was. Nichts Dramatisches.«

Harald Kron entspannte sich. Hinter ihm reckten sich Köpfe neugierig durch die offene Glastür in den Laden. Sabine beugte sich etwas vor und flüsterte: »Ich glaube, Ihre Gruppe wartet.«

Der Architekt drehte sich um und nickte seinen Begleitern zu. Verlegen steckte er die Hände in die Gesäßtaschen seiner Jeans und wippte auf den großen Füßen hin und her. Dann beugte auch er sich Sabine entgegen und schlug mit leiser Stimme vor: »Wir fahren morgen erst um 10 Uhr los. Wir könnten vorher frühstücken gehen. Dann können Sie auch pünktlich Ihren Laden aufmachen.«

»Echt charmant, dass Sie mich an meine Öffnungszeiten erinnern«, scherzte Sabine, scheinbar beleidigt. Dann beeilte sie sich aber hinzuzufügen: »Gute Idee. Sagen wir halb neun? Im *Café Kielwasser*?«

»Ja, gerne. Dann bis morgen«, entgegnete Kron und zog eine Hand aus der Tasche, um sich zu verabschieden. Im Hinausgehen schloss er die Glastür hinter sich und bat die Besucher mit einer Geste durch den Windfang in die große Diele.

»Klingt, als hätten Sie morgen früh ein Date.« Mit diesen Worten schob sich die junge Kundin, die sich diskret im Laden umgeschaut hatte, bis der unerwartete Besucher gegangen war, wieder in Sabines Blickfeld.

Die Buchhändlerin musste sich alle Mühe geben, um nicht wie ein Honigkuchenpferd zu grinsen. »Das war der Architekt, der dieses Haus hier vor dem endgültigen Verfall gerettet hat. Ich durfte damals einen bescheidenen Beitrag zum Wiederaufbau leisten«, erklärte sie der Kundin.

»Und der bestand worin?«, bohrte diese nach. Die junge Frau wollte zwar nicht über sich plaudern, aber über andere schon ganz gerne.

»Das Haus hat früher mal meiner Familie gehört. Meine Oma und ihre Schwester haben hier viele Jahre gelebt und ich habe es als Kind noch gekannt. In Betrieb gesehen, sozusagen. Ich konnte mit meinen Erinnerungen aushelfen, wenn sich die Bauleute und Restauratoren keinen Reim auf irgendein Detail machen konnten.«

»Wow, wie spannend! Sie hatten recht: Geschichte und Geschichten, wohin man schaut.«

»Waren Sie denn schon mal drin?«

»Wo jetzt?«, fragte die Kundin zurück.

»Na hier, im Museumshaus? Ein magischer Ort, das kann ich Ihnen versprechen.«

Die Kundin seufzte: »Irgendwann schaffe ich das, bestimmt. Aber heute nicht, keine Zeit. Ich nehme jetzt die Fleck und noch das neue Bändchen von Seethaler und dann gehe ich wieder an meine Arbeit.« Sabine Prehn kassierte und bedankte sich bei der Kundin. Als die ihre Büchertüte in die umgehängte Aktentasche stopfte, dachte die Buchhändlerin: Was für eine nette junge Frau.

Harald Kron indes kraxelte mit den Kollegen von der Potsdamer Schlösserverwaltung in den Eingeweiden des Hauses herum. In jeder Etage konnte er auf spannende Details aufmerksam machen. Sofort stiegen die Bilder der abenteuerlichsten Baustelle seines Lebens wieder in ihm auf. In Gedanken nannte er das Haus *die Zwiebel*: Unter jeder Schicht war eine ältere Schicht sichtbar geworden. Unter jeder Malerei eine andere. 20 Tapeten übereinander. Hinter jeder Verschalung neue Zeitzeugen. Wenn er schilderte, was er damals auf dieser Baustelle alles erlebt hatte, fehlten ihm keineswegs die Worte. Noch immer durchströmte ihn Enthusiasmus, wenn er sich das Ergebnis aller Bemühungen vor Augen führte. Sie hatten einem uralten Haus – wahrscheinlich dem ältesten Profanbau in ganz Norddeutschland – Stand und Festigkeit zurückgegeben, sodass eine öffentliche Nutzung möglich wurde. Er hatte Balken entdeckt, die ihm höchsten Respekt vor der Handwerkskunst der Zimmerleute ihrer Zeit abforderten. Und er hatte Balken vorgefunden, die die Konsistenz von Blumenerde aufwiesen, weil sie eben so lange Wind und Wasser ausgesetzt waren. Er hatte immer wieder um Lösungen mit den Denkmalschützern und Restauratoren gerungen – als Verbündete, nicht als Feinde. Denn trotz der Verpflichtung, so viele historische Befunde wie möglich zu bewahren, bestand seine Aufgabe darin, diese Funde dann auch zu zeigen. Und ein Haus mit Publikumsverkehr musste gewissen Mindestanforderungen an Statik und Sicherheit genügen, selbst wenn er laufende Meter Ausnahmegenehmigungen von diversen Bauverordnungen beantragte.

Am Ende all dieser Bemühungen stand ein Kleinod mit erheblichem Seltenheitswert. Ein Privatmann hätte sich niemals die Mühe gemacht, so viele historische Befunde zu bewahren. Zu welchem Nutzen auch? *Die Zwiebel* hätte man nur aushöhlen und völlig neu hochziehen können, um sie bewohnbar zu machen. Einem Museum standen da ganz andere Möglichkeiten offen. Nun war das ganze Haus ein der Öffentlichkeit zugängliches Ausstellungsstück. Im Gegensatz zu manch anderem architektonischen Schatz dieser Stadt.

Fast zwei Stunden führte Harald Kron die Gruppe treppauf und treppab und fühlte sich zurückversetzt in die drei Jahre Arbeit an diesem Gebäude. Drei Jahre, in denen er Stralsund kennen- und lieben lernte. Inzwischen galt er als Experte für die Restaurierung gotischer Gebäude. Gerne wäre er geblieben, denn in Stralsund gab es reichlich Arbeit. Doch wenig Geld. Weitere Aufträge warteten auf ihn. Und seine Frau, die Stralsund und der pommerschen Provinz wenig abgewinnen konnte …

Doch das hatte sich nun alles geändert. Noch ein paar Wochen, dann würde er sein Boot vom

Bodensee an die Ostsee überführen lassen. Und eine Wohnung hatte er hier auch schon in Aussicht. Der Makler tat sein Bestes. Dr. Harald Kron brauchte Erholung. Wahrscheinlich brauchte er ein neues Leben.

6

Noch einmal leckte er ihren langen Hals hinauf, der nach salzigem Schweiß und seinem Speichel schmeckte, dann wälzte er sich auf die Bettkante und richtete sich auf. Armin Graf van Hagnat stolzierte leicht euphorisiert ins Bad und stieg sofort unter die Dusche. Die Tür hatte er weit offen gelassen, um seine Befragung fortzusetzen, die Beatrix mit ihren unvergleichlichen Verführungskünsten unterbrochen hatte. Wenn sie anfing, sich die Bluse aufzuknöpfen und an den Trägern ihrer spitzenbesetzten BHs herumzuzupfen, war er regelmäßig verloren.

»Also hast du wieder allerhand Interessantes gefunden? Hast du denn auch schon was ins Lager schaffen können?«, rief er durch die offene Tür, während das Wasser warmlief.

Beatrix rollte sich wie eine schläfrige Katze im Bett herum und langte mit dem Arm nach ihrem Handy auf dem Nachttisch. Während sie mit rechts geschäftig etwas suchte, gähnte sie herzhaft und strubbelte sich mit der freien Hand im Haar herum. »Hab hier 'ne kleine Liste. Mit Fotos«, meinte sie dann und warf das Handy ans Fußende, bevor sie sich wieder auf den Bauch rollte und die Augen schloss.

»Was hast du gesagt?« schrie der Graf unter der laufenden Dusche heraus, doch sie würdigte ihn keiner Antwort. Solange das Wasser über seinen Schädel lief, konnte er sie sowieso nicht verstehen.

Nach einigen Minuten hörte das Rauschen auf und er stieg aus der Dusche. Noch mit Abtrocknen beschäftigt, schlenderte er zurück ins Zimmer und griff nach dem iPhone, das einladend auf dem Bett lag. Einen Moment war er versucht, ihren strammen Hintern zu tätscheln, der sich appetitlich unter der dünnen Decke wölbte, aber dann obsiegte die Neugier des Jägers.

Armin Graf van Hagnat hielt sich für einen geborenen Jäger. Seine Beute bestand aus Büchern. Aus alten Büchern, schönen, seltenen Exemplaren. Und er hatte doppeltes Vergnügen an seiner Jagd: Er empfand zunächst die Befriedigung des Sammlers, wenn er ein besonderes Stück aufgespürt und in seinen Besitz gebracht hatte. Und er empfand noch größere Genugtuung, wenn er solche Kleinode an andere Sammler mit Gewinn verkaufen konnte. Sammler, die weniger bewandert, aber deutlich betuchter waren als er.

Auf diese Art und Weise hatte sich der bewegliche Holländer mit dem langen, aber gefälschten Stammbaum einen gewissen Ruf erarbeitet. Er galt für viele Sammler im baltischen Raum als sachkundiger, leidenschaftlicher und gewiefter Antiquar, der immer noch ein besseres Stück anzubieten hatte als seine Mitbewerber. Für hübsche Stiche, seltene Urkunden oder unversehrte Erstausgaben fuhr van Hagnat weite Wege und scheute vor keiner Lüge zurück, um sie seinem Imperium einzuverleiben. Die Ladenzentrale in Nürnberg war nur eine hübsche Fassade für das eigentliche Geschäft, das längst auf passwortgeschützten Seiten im Internet lief.

Die Bibliotheken und Archive in Ostdeutschland waren von Anfang an eine wahre Fundgrube für den umtriebigen Geschäftsmann gewesen. Gleich mit der Wende hatte man langjährige Leiter und sachkundige wissenschaftliche Mitarbeiter in Heerscharen entlassen und von ihren Posten gejagt, weil sie als Altlasten der marxistisch-leninistischen Bildungspolitik galten. In nicht wenigen Städten trennte man sich großzügig von Altbeständen, unkontrolliert und ahnungslos. Das war seine hohe Zeit gewesen. In diesen ein, zwei, drei anarchistischen Jahren hatte er fette Beute gemacht und seine Lager gefüllt. Der Ausverkauf der DDR hatte ihn aber auch zu besinnungslosen Ramschkäufen verleitet, die sich äußerst schwer wieder absetzen ließen. Deshalb hatte van Hagnat seine Taktik geändert.

Inspiriert hatte ihn dazu Homers *Ilias*, das Buch seines Lebens. Er liebte die antiken Hexameter, die er in wenigsten drei Sprachen seitenlang frei rezitieren konnte. Der Holländer nahm sich die Geschichte vom Trojanischen Pferd zum Vorbild und scharte eine Handvoll hungriger Kunststudenten um sich, die keine Lust hatten, sich in staatlichen Museen um die wenigen Stellen zu bewerben, die ausgeschrieben wurden. Selbst wenn sie sich unter Dutzenden von Bewerbern durchsetzen konnten, standen ihnen mühevolle Jahre in entwürdigenden Hierarchien, das stete Tauziehen um magere Forschungsgelder und die Willkür öffentlicher Sparmaßnahmen bevor. Schon ein Einstiegsgehalt im Antiquariat van Hagnat war fast doppelt so hoch wie das im öffentlichen Dienst. Dafür verlangte er von seinen Assistenten auch bedingungslose Ergebenheit und eine Skrupellosigkeit, die der seinen nahe kam. Wenn er der Jäger in diesem Revier war, so bildeten seine Assistenten die Meute.

Solche jungen, gierigen Leute, die mit einem guten Spürsinn ausgestattet waren, schickte der Graf dann in kleine und mittlere Städte, unter dem Vorwand, Hilfe zu leisten bei der Bewertung historischer Bestände. Die wenigsten Verwaltungen konnten sich wissenschaftliche Bibliothekare leisten. Kostenlose Praktikanten waren da sehr willkommen. Einige Archivare ahnten wohl, dass historisch interessante Stücke in ihren Archiven lagerten, konnten damit aber im Grunde wenig anfangen. Und keiner wusste, was Sammlerherzen begehrten.

Als so einen Trojaner hatte er Beatrix nach Stralsund geschickt, den besten seiner Bluthunde. Sie hatte Witterung aufgenommen und machte Beute um Beute um Beute. Armin Graf van Hagnat konnte vor Freude laut herauslachen, wenn er daran dachte. Was für ein kluges, schönes, gewieftes Weib! Wenn er nicht schon verheiratet wäre – dieser Frau würde er sein Herz zu Füßen legen.

Eine Wohnung mit Zubehör ist an eine kleine Familie zu vermiethen Fährstraße Nr 62.

Mehrere einzelne möblirte schöne Zimmer in der besten Gegend der Stadt sind an einen oder mehrere Herren zu vermiethen. Das Nähere ist in der Zeitungs-Expedition zu erfragen.

Am Frankenthor B. 323. sind zum 1. April zwei Stuben, Kammer und Keller zu vermiethen. Wwe Wilken.

Ein möblirtes Zimmer ist sogleich zu vermiethen am alten Markt Litt. D. 133.

Ein freundliches Zimmer nebst Schlafkabinet ist zum 1sten Febr. d. J. mit oder ohne Möbel an einen ruhigen Miether zu vermiethen. W. Pilger, Litt D. 138.

Die Neubaute eines Krughauses nebst dazu gehöriger Schmiede in Rakow, Grischower Antheils, soll dem Mindestfordernden überlassen werden. Zimmermeister der Umgegend, die zu dem Bau Lust haben, können im Laufe des Januars auf dem Hofe zu Grischow den Anschlag einsehen und ihre Forderung abgeben. v. Bilow.

Das von dem zu Zingst gestrandeten Schiffe Erwartung, 197 Normallasten groß, geborgene Schiffsinventarium, bestehend in zwei Ankerketten, 87 und 86 Faden lang, 1½ und 1½ Zoll stark, drei schweren Ankern und sonstigen Ketten, 80 verschiedenen Segeln, eisernem Spill, Masten, Böten, dem Tauguk und sonstigen Gegenständen, soll am Mittwoch, als am 8ten Januar d. J., Morgens 9 Uhr, im Hause des Schulzen Parow zu Zingst öffentlich meistbietend verkauft werden. Den Kaufliebhabern gereicht zur Nachricht, daß die Inventarien-Gegenstände von guter Beschaffenheit sind.

Barth, den 28. Decbr. 1839.

Am Freitage, den 10. Januar, Vormittags 9 Uhr, soll das geborgene Inventarium des beim Darßer Orte gestrandeten Schiffs Jupiter, Capt. P. D. Henck, 129 Normal Lasten groß, im Hause des Schulzen Peters zu Prerow öffentlich meistbietend verkauft werden.

Es befinden sich darunter sechzehn Segel, zwei schwere Anker von 3 Schpfd 94 Pfd. und 2 Schpfd. 230 Pfd., zwei Anker-Taue, Wanten und sonstiges Taugut, und ist überhaupt sämmtliches Schiffs Inventarium noch recht gut und in brauchbarem Zustande, indem das Schiff erst vor 10 Jahren ganz neu erbauet ist. Barth, den 2. Januar 1840.

J. N. Rodbertus.

Beste Engl. Silberglätte und grauen Eisen-Vitriol empfehle ich zu sehr billigen Preisen.

C. E. Eckel, Ochsenreiherstraße.

Frische Austern bei J. L. Block.

Eine Partei neuen Berger Kaufmanns-, mittel und kleinmittel Fett Hering empfiehlt J. A. Zeeck.

Präparirten Langfisch bei J. L. Block.

Wildbraten, Hasen und Rebhühner bei J. L. Block.

Frische haltbare Mallaga Citronen, besten Holl. Rahmkäse und Holl. Beutel Taback empfiehlt

C. E. Eckel.

Etablissement.

Hierdurch mache ich die ergebene Anzeige, daß ich die Hübnersche Material-Handlung, am Neuen-Markte belegen, übernommen habe, und von jetzt an für meine Rechnung fortsetze. Mit der Bitte, das der Handlung bereits geschenkte Zutrauen auch auf mich zu übertragen.

Auf gute Waare und billige Preise werde ich besonders sehen. Stralsund, den 1. Januar 1840.

C. Zachow.

Beschäftigungs-Gesuch. Ein Handlungsgehülfe wünscht in einer Tuch-, Manufactur- oder kurzen Waaren-Handlung en detail eine Anstellung.

Dienst-Anerbieten für einen Oekonomen und Gärtner.

Commissions-, Sp.- u. Nw.-Comtoir, Semlstr. 179.

Guten Flachs kauft W. Haeger in Greifswald.

Ein Apfelschimmel, Wagenpferd, von 5 Zoll, 5 bis 8 Jahre alt, am liebsten englisirt, wird zu kaufen gesucht. Näheres bei G. Mönch, auf der Ressource.

Stralsund, den 4. Januar 1840.

Eine Partei größer und kleiner Weinfässer sind zu kaufen bei L. Metzler.

Es steht ein großes gutes Billard mit allem Zubehör zu einem billigen Preise zu verkaufen. Das Nähere in der Zeitungs-Expedition.

Trocknes Buchen Klobenholz ist bei ganzen und Viertel-Klaftern verkäuflich bei J. F. Borgwardt, Tribseerstr.

Bestellungen auf trocknes 2füßiges Buchen-Klafter-Holz (6 und 9 Fuß groß) nimmt entgegen

G. Willert,
Catharinenberg Litt. C. No. 280.

Es werden 2 junge fehlerfreie Bullen von 3 bis 4 Jahren zu kaufen gesucht, und giebt hierüber nähere Auskunft der Klosterschreiber Schäfer, im St Johannis Kloster.

Ein gutes Fortepiano steht hinterm Rathhause Litt. D. No 3. zur Vermiethung.

Eine Klasse niedrig denkender Leute bestrebt sich, nach Kräften mich in meinem Geschäfte zu beeinträchtigen; ich erlaube mir daher dem geehrten Publikum meinen beliebten ord. Rum das Quart zu 3 sgr., nach wie vor zu empfehlen.

G. C. Köhn.

Unterzeichneter wünscht bei seinen drei Töchtern sogleich eine Lehrerin zu engagiren, die außer den gewöhnlichen Wissenschaften auch im Französischen und in der Musik allen Anforderungen genügen kann, und bittet daher um recht baldige gefällige Anmeldungen.

Kirch-Baggendorf, den 1. Januar 1840.

W. Lietz, Pastor.

Ein junger Mann, in den dazu erforderlichen Jahren, wünscht die Landwirthschaft zu erlernen. Hierauf Reflectirenden wird der Stellmacher-Altermann Hr. Gabriel nähere Auskunft ertheilen.

1412

Michael Darne wollte sich seine Aufregung nicht anmerken lassen, deshalb schritt er entschlossen durch das weit geöffnete Eingangstor in die Diele. Weil er aus der Sonne kam, machte ihn die Dämmerung im Haus fast blind. Nach einem kurzen Moment der Verwirrung gewahrte er dann aber die gebeugte Gestalt des Kaufmanns Gerwin Karnehl, der etwas verloren zwischen den letzten Säcken und Fässern stand.

Karnehl hatte fast sein ganzes Leben in diesem Haus verbracht. Er war hier geboren, aufgewachsen und bei seinem Vater in die Lehre gegangen. Dann hatte er einige Jahre im Ausland verbracht, wie sich das für hanseatische Händler gehörte. Er hatte eine Frau geheiratet, einige Kinder großgezogen, Getreide eingekauft und verkauft, auch Bohnen und Linsen, Äpfel, Kohl und Pflaumen, Speckseiten und Salzfisch, was sich eben so anbot. In diese Diele hatten seine Knechte Tonne um Tonne, Sack um Sack geschleppt und mit dem Aufzugsrad nach oben auf die Speicherböden verteilt. Und jetzt war er alt. Seine Frau war lange gestorben, die meisten seiner Kinder auch. Die anderen nahmen eigene Wege, keiner wollte das renovierungsbedürftige Haus bewirtschaften. Seine Geschäfte gingen schlecht, weil er nicht mehr die Kraft hatte, auf alles zu achten. Die Knechte hatten ihn bestohlen, die Käufer übers Ohr gehauen, die Bauern stellten sich stur. Nein, Gerwin Karnehl hatte keine Lust mehr, sich weiter zu plagen. Krumm und schief hatte er sich gearbeitet, tagaus, tagein. Und wofür? Für ein paar Münzen in einer kleinen eisernen Truhe. Jetzt wollte er sie auffüllen, damit die Münzen bis ans Ende seiner Tage reichten. Die einzige Tochter, die ihm geblieben war, war gut verheiratet und wollte ihm ein Stübchen im Kemladen herrichten, wenn er einen Groschen zum Unterhalt ihres Haushaltes beitrug. Erst war er beleidigt ob dieser Forderung, dann lobte er das Weib für diesen Geschäftssinn. Was ihm vorher noch zu tun blieb, war der Verkauf seines Hauses, dann konnte er sich aufs Altenteil zurückziehen.

Den jungen Darne hatte er schon länger im Auge. Der hatte Verstand und Biss, aus dem konnte was werden. Ein paar Mal hatte ihm der Jungspund schon eine schöne Partie Saatgetreide weggeschnappt. Das zeugte von dessen Fähigkeiten beim Verhandeln. Flink im Kopf und entschlossen in der Tat – so musste ein Kaufmann sein, befand der alte Karnehl. Mit einem wohlwollenden Lächeln stakste er auf seinen Besucher zu, schwer auf einen krummen Stock gestützt.

Michael Darne kam ihm flink entgegen. Heute würde er dem alten Fuchs das Haus abluchsen, das er so dringend für die Ausweitung seines Geschäftes benötigte. Bisher hatte er mehr oder weniger am Zwischenhandel verdient, war umhergereist, hatte mit Vögten die Ernte eingeschätzt und vorausgezahlt, hatte Schiffsladungen für die großen Handelsherrn zusammengestellt und nach seltenen Partien gesucht, die man gewinnbringend anbieten konnte. Doch jetzt hatte Darne neue Ziele: Er wollte sesshaft werden, ein eigenes Handelshaus eröffnen, seine Kontakte in England nutzen und ins Wollgeschäft einsteigen. Mit einem Wort: sich ordentlich machen. Denn es hatte sich etwas Entscheidendes geändert in seinem Leben: Er liebte Katharina, hatte einen Sohn und wollte seiner Familie ein Heim schaffen, in dem sie in Ruhe leben konnten. Da kam ihm das Angebot des alten Karnehl wie gerufen.

Man brauchte schon ein schönes Sümmchen, um so ein Haus zu erwerben. Gerwin Karnehl wurde denn auch nicht müde, die Vorteile zu rühmen. Keine 50 Schritte vom Neuen Markt auf der einen Seite wie vom Katharinenkloster auf der anderen Seite. Gleich um die Ecke der Apollonienmarkt, wo die kleinen Höker standen, immer laut, immer betriebsam. Also Kundenströme von allen Seiten. Von den reichen Patriziern der Neustadt, die die Messe in St. Marien bevorzugten, über die Kloster-Cellerare, die üppig für ihre Brüder einkauften, bis zu den Hausfrauen, die nur kleine Mengen benötigten, aber stetig jeden Tag kamen. Karnehl war mehr ein Krämer als ein Handelsmann, er bot gern viel und frisch an. Das Haus gewährte die besten Voraussetzungen dafür. Ein kühler, großer Keller mit einer breiten Treppe zur Straße, an der man Waren aufstapeln und feilbieten konnte. Eine geräumige Diele mit Licht von vorne und hinten für die Stapelware, die trocken liegen musste. Eine kleine Galerie, in deren tiefen Schatten man sich zu leisen Absprachen treffen konnte. Und ein stilles Kontor mit einem großen Kamin, der im Winter rechte Wärme spendete, sodass die Finger nicht steif wurden beim Schreiben und Rechnen. Für Karnehl hatte das alles immer gereicht. Ob es dem jungen Darne auch genügen würde?

Michael stieg mit dem alten Kaufmann in alle Stockwerke, kroch in die dunkelsten Ecken des Kellers, prüfte den Zustand der Böden und Wände und schaute in die Abzüge der Feuerstellen. Er ließ den Hausbesitzer dabei reden und reden, äußerte sich nur selten und vertraute lieber dem eigenen Urteil. Es gab einiges zu machen am Gebäude, was über das bloße Weißen der Wände hinausging. Da gab es bröckelnden Verputz, reichlich durchgetretene Dielen auf den Speicherböden, die unter größeren Lasten nachgeben konnten. Der Keller sollte dringend von jahrzehntelang festgetretenen Schichten Unrats befreit werden, um ihm ein bisschen mehr Höhe zu geben. Die Treppe zur Straße hinauf war völlig durchgetreten und musste erneuert werden. Was das Dach betraf und die Regenabflüsse, so würde er einen Handwerksmeister bitten, sich die Sache anzusehen. Hier und da schien es reinzuregnen, was dunkle Flecken auf dem obersten Speicherboden bezeugten. Der Holzbock hatte das Haus bislang verschont. Nirgends waren auf den Böden verdächtige Häufchen Holzmehl auszumachen. Auch an den Stellen nicht, wo schon lange, lange niemand mehr mit dem Besen drübergegangen war.

Insgesamt war Michael zufrieden mit dem, was er da sah. Ein solide gebautes Kaufmannshaus, noch keine 100 Jahre alt, das seinen Plänen genügend Platz bot. Den Kemladen würde die Magd gründlich schrubben müssen, Katharina könnte ihnen dort ein gemütliches Stübchen einrichten. Und eine neue Küche würde sie bekommen, denn offenbar hatte Karnehl im Kontor gekocht. Die Feuerstelle dort war umstellt mit schmutzigen Töpfen und Tiegeln – ein Zustand, den der junge Kaufmann als unerträglich empfand. Aber er sah es dem *alten Mann nach, der hier mehr hauste als wohnte. Mit einem Lächeln legte Michael Darne die Hand auf die prächtige Kaminwange aus rotem Sandstein, die einen grimmigen Löwen zeigte. Hervorragende Steinmetz-Arbeit und bestimmt schon so alt wie das Haus selbst.*

Karnehl beglückwünschte sich, dass er den Kaufinteressenten ins Kontor zurückgelockt hatte, denn die beschwerliche Kletterei durch das große Haus hatte ihm tüchtig zugesetzt. Jetzt ließ er sich in einen schartigen Lederstuhl fallen und breitete auf dem Tisch die Dokumente, die er für dieses Treffen vorbereitet hatte. Mehr als 70 Jahre war das Gebäude im Besitz seiner Familie und er hätte es gern weitervererbt an einen Sohn wie diesen da. Aber ein solches Glück war ihm leider nicht vergönnt. Und wenn nicht frisches Leben in das Haus einzog, war es bald dem endgültigen Verfall preisgegeben.

Gerwin Karnehl sah in den lächelnden Augen des jungen Darne, dass er den richtigen Käufer ausgesucht hatte. Der wollte das Haus, da stimmte alles. Also konnte man die Sache nun konkret machen. Schlicht um schlicht, ein Handschlag genügte, dann konnte man beim Stadtnotar eine Urkunde beantragen. Dann würde er eine Truhe packen mit seiner Leibwäsche, dem Kassenbuch seines Vaters und seinem Altersgroschen und dem Darne die Schlüssel in die Hand drücken. Dieser Gedanke wärmte Karnehl wie ein Feuer, sodass er sich unbewusst die Hände rieb. Die Haut des alten Mannes raschelte dabei wie zartes Pergament.

»Nun, mein Herr Darne, ich sah's Euch an: Das Haus erfüllt Eure Erwartungen. So lasst uns die Sache festmachen«, hob der Alte an.

»Ich will es nicht verhehlen: Man könnte was daraus machen. Leider sehe ich erhebliche Ausgaben für Handwerker auf mich zukommen, denn lange hat hier kein Zimmermann oder Steinmetz die Hand angelegt. Aber lasst uns erst noch eine andere Frage klären: Wie steht's mit Eurem Geschäft, Herr Karnehl. Gib es da noch Waren und Gerätschaften, die Ihr mitverkaufen wollt?«

Der Junge stellt die richtigen Fragen, schätzte Karnehl ein und wiegte bejahend den Kopf. »Wie Ihr seht, sind die Speicher weitgehend leer. Aber ich erwarte noch mehrere kleinere Lieferungen von Gütern aus der Gegend, die könntet Ihr ohne Aufwand in Euer eigenes Geschäft stecken. Und ich habe dem Stellmacher Bescheid gegeben, das Aufzugsrad zu richten. Es läuft in letzter Zeit etwas mühsam. Diese Arbeit zu bezahlen, würde ich gern dem neuen Hausbesitzer überlassen.«

Großartig, dachte Michael, es fehlt ihm also schon das Geld, um den Kleinkram zu bezahlen. Umso froher wird er sein, wenn ich seine Rechnungen übernehme. Doch jetzt musste die Katze endlich aus dem Sack: »Gut, darüber lässt sich reden. Nun sagt aber frei heraus: Was wollt Ihr haben für Haus und Grund und Inventar?«

»Frank und frei: 1000 Mark.«

Michael hatte mit so etwas gerechnet und fing schallend an zu lachen. »Dafür könnte ich eine Kogge kaufen und ausstatten und nach Nowgorod schicken«, hielt er dagegen.

»1000 Mark sind für ein so gut eingeführtes Handelshaus durchaus angemessen. Wenn ich allein die Lage betrachte ...«

In diesem Moment kam ohne anzuklopfen ein Knecht hereingepoltert: »Da steht ein Fuhrmann vor *dem Tor, der will zwei Fässer Bier abladen. Hat das seine Richtigkeit?«, fragte er ohne Einleitung.*

Gerwin Karnehl sackte auf seinem Sessel zusammen, jede Spannung schien von ihm gewichen. Dieser grobe Kerl machte immer wieder Scherereien, aber alle anderen Knechte hatte er längst wegschicken müssen. »Hab ich nicht bestellt«, sagte der alte Mann kleinlaut und hob dabei nicht den Blick von den Papieren auf dem Tisch.

Michael Darne sprang in die Bresche: »Seine Fässer kann er behalten, aber zwei Kannen Bier darfst du bei ihm zapfen und uns hereinbringen.«

Der Knecht stockte einen Moment, dann wandte er sich wieder an Karnehl: »Hat der Mann hier was zu sagen?«

Darne machte zwei Schritte auf den unverschämten Kerl zu: »Schon bald! Und wenn du Arbeit in diesem Hause behalten willst, dann spute dich!«

Der Knecht überlegte nur kurz und trollte sich dann. Diesen Ton hatte er lange nicht gehört. Es war der Ton eines wirklichen Herrn.

Gerwin Karnehl hatte den kurzen Wortwechsel mit Erstaunen verfolgt. Zum einen dankbar, denn der Knecht war ihm längst über den Kopf gewachsen und tat nur noch, worauf er Lust hatte. Zum anderen mit Besorgnis, wie couragiert der junge Darne sich zeigte. Die 1000 Mark, von denen er da träumte, konnte er wahrscheinlich vergessen. Es würde wohl doch etwas länger dauern, bis sie sich auf einen Preis geeinigt hatten. Eine Kanne Bier konnte da nicht schaden.

7

»Haben Sie was über Daubensucht?« *Über was bitte?*

»DAUBENSUCHT!«

»Meinen Sie … *Taubenzucht?*«

»Nu! Sach isch doch de ganze Said!«

Nein. Diesem Besucher aus Sachsen konnte sie nicht helfen.

Dann der nächste: »Ich habe da mal so ein Poster mit deutschen Leuchttürmen gesehen. Haben Sie das?«

Nein. Poster leider gar nicht.

»Schellenursli! Das müssen Sie doch kennen! Das ist doch ganz berühmt, das Schellenursli!«

Nein, vom *Schellenursli* hatte Sabine noch nie gehört. Wie sie alsbald unter Zuhilfenahme diverser Suchmaschinen herausfand, handelte es sich um ein semi-antikes Kinderbuch aus der Schweiz, das erwartungsgemäß hoch oben in den Bergen spielte. An der Ostsee also nicht unbedingt Pflichtlektüre. Und: Ja, sie könne das besorgen. Dauert ein bisschen und ist auch nicht gerade preiswert. Aber egal. *Vielen Dank für Ihre Bestellung.*

Heute Morgen kamen die Kunden nur mit solchen seltsamen Wünschen. Sie konnte doch in ihrem winzigen Lädchen nicht für jedes Hobby etwas vorhalten. Und auch nicht alle deutschsprachigen Kinderbücher. Sie hätte sicher was über Taubenzucht gefunden und bestellen können, wenn der Mann aus Sachsen auch nur fünf Minuten Zeit geopfert hätte. Aber er war so schnell wieder draußen, wie er reingestürmt war.

Feuerwehrautos der 50er-Jahre, berühmte Bomberpiloten, Häkelgardinen mit floralen Motiven. Rhododendron-Pflege, Lachtherapie, Fahrpläne der Tokioter Straßenbahn. Schnitzen für Fortgeschrittene. In zwei Schritten zum Cha-Cha-Cha-König. Schritt für Schritt zum Millionär. Ein Schritt vor dem Abgrund. Es gab zu allem und jedem ein Buch. Und zu allem und jedem einen Menschen, der es lesen wollte. Ob Traumdeutung, Besser Sehen ohne Brille oder Marxismus für Anfänger – Sabine versuchte, jedem Kundenwunsch mit der größten Ernsthaftigkeit zu begegnen.

Dabei hatte der Tag so verheißungsvoll begonnen. Sie und Harald Kron trafen pünktlich halb neun gleichzeitig im *Café Kielwasser* ein. Hier hatten sie schon einmal gesessen, als der Architekt seine Arbeit am Museumshaus beendet hatte und sich verabschieden wollte. Sabine hatte damals ganz sicher gespürt, dass sie einen Draht zueinander hatten. Und sie hatte den ganzen Tag geheult, nachdem sie sich zum letzten Mal etwas verlegen die Hand geschüttelt hatten.

Sabine wurde in ihrem Nachsinnen über den heutigen Morgen jäh unterbrochen: Jetzt kam Frau Dr. Schulze-Schmock hereingeschneit, in drei Lagen Wickelröcken, mit Filzjacke und riesigem Rucksack.

Garantiert auf dem Weg nach Hiddensee. Der Rucksack stand wahrscheinlich irgendwo im Keller ihrer Berliner Wohnung, denn er verbreitete sofort einen muffigen Geruch in ihrem kleinen Lädchen. Frau Dr. Schulze-Schmock grüßte knapp und starrte dann feindselig die anderen zwei Kunden an, die sich bereits im Geschäft umsahen. Sie brauchte Platz – vor allem für ihr Ego. Denn Frau Dr. Schulze-Schmock war Kunsthistorikerin. Sie wusste alles über Literatur, davon war sie überzeugt. Und dass so eine kleine Buchhändlerin in Ehrfurcht erstarren müsste, wenn eine belesene, kultivierte Frau wie sie ihr die Ehre erweist, sich in dieser provinziellen Bücherbude umzusehen.

Früher hatte Sabine sich immer etwas eingeschüchtert gefühlt von solchen »Überstudierten«, wie sie sie nannte. Bis sie bemerkte, dass die alle auch nur mit Wasser kochten. Frau Dr. Schulze-Schmock gab gerne damit an, dass sie russische Autoren nur im Original las, weil die deutschen Übersetzungen oft nicht taugten. Da gebe es in der Tat Unterschiede, pflichtete ihr Sabine bei und erläuterte das am Beispiel ihres Lieblingsbuches: »Der Meister und Margarita« von Michail Bulgakow. Da hatte sie alle Übersetzungen gelesen und auch verglichen und für sich befunden, dass man Bulgakow nicht modernisieren müsse, der altere sehr gut ... An dieser Stelle hatte Frau Dr. Schulze-Schmock sie unterbrochen: Von welchem Buch sie denn da schwatze!? Na, von »Meister und Margarita«! Der Ikone schlechthin! Frau Dr. Schulze-Schmock brummelte dann noch irgendwas von »völlig überschätzt« und »kennt doch keiner mehr« und Ähnlichem, aber Sabine Prehn hatte längst begriffen, dass die angebliche Expertin für russische und überhaupt sämtliche Literatur nicht wirklich wusste, wovon die Rede war. Da legte sie nach und fing erst richtig an zu zaubern: Ob Frau Dr. Schulze-Schmock denn etwas mit den modernen Russen anfangen könne? Ob sie schon den neuesten Sorokin kenne beispielsweise? Und dass junge Osteuropäer auch ausgezeichnete deutsche Texte schrieben? Die Bronsky zum Beispiel, die Gaponenko oder die Haratischwili? Sabine redete fast zehn Minuten auf die verdutzte Lodenlagen-Leserin ein, häufte einen interessanten Titel auf den anderen und hinterließ eine am Boden zerschmetterte Kunsthistorikerin. Dr. Schulze-Schmock sagte eine Weile gar nichts, sondern hielt nur eins ums andere Mal die einzelnen Exemplare aus dem aufgehäuften Stapel vor ihre kurzsichtigen Augen. Ihr ganzer Körper drückte Gier aus. Haben wollen!

Als sie sich schließlich gefangen hatte, zog sie mit spitzem Mündchen ein schmales Paperback aus dem Stapel und schob den Rest von sich. »Alles ganz hübsch. Aber auf die *INSEL* schleppe ich nichts mit. Da reicht mir jetzt was Kleines zur Unterhaltung. Man kann ja auch mal leichte Lektüre lesen im Urlaub.«

»Na dann auf dem Rückweg nach Berlin. Oder beim nächsten Mal«, meinte die Buchhändlerin ebenso zuckersüß. Nachdem Frau Dr. Schulze-Schmock das Buch in ihrem muffeligen Rucksack verstaut hatte und davongestapft war, lüftete Sabine den Laden erst mal. Und dann kassierte sie die anderen beiden Kunden ab, die staunend zugehört und sich nach dem Abgang des Lodenluders über den empfohlenen Stapel wunderbarer Erzählungen junger osteuropäischer Sprachgenies hergemacht hatten.

Dann war Sabine wieder allein im Lädchen und sortierte in aller Ruhe die Bücherreihen durch. Dabei dachte sie über ihr Frühstück mit dem Architekten nach. Erst hatten sie nur freundliche Formeln ausgetauscht. Über das allgemeine Befinden, das Wetter, die schönen Seiten Stralsunds. Beim Brötchenkauen erkundigte sich Kron dann ausführlich nach ihrem Eindruck vom Museumshaus. Sabine erzählte von den vielen interessierten Besuchern, aber auch von der Dauerbaustelle auf dem Speicherboden, wo Flatterband seit Monaten eine wackelige Fußbodenplanke absperrte. Keiner wisse, ob und wann das jemals repariert würde. Und dass der Riss im Anbau inzwischen so breit sei, dass sich Fledermäuse ins Haus mogelten und dort einnisteten. Harald Kron schüttelte den Kopf, versprach aber, bei der Stadtverwaltung deswegen vorzusprechen. Den Bereich einfach zu sperren, sei ja auf Dauer keine Lösung, befanden beide. »Es ist wie so oft in Deutschland – da wird einmal was Schönes hingeklotzt und dann kümmert sich keiner mehr darum«, beklagte die Buchhändlerin.

Harald musste schmunzeln. Wie viel hatte sie wohl von Deutschland gesehen, dass sie zu so festgefügten Meinungen kam? War sie überhaupt je aus Stralsund herausgekommen? Er mochte ihre bestimmte Art. Und im Grunde hatte diese Frau Prehn ja recht. Es wurde viel gebaut, vor allem auch mit öffentlichen Mitteln. Aber häufig musste er dann erleben, dass es am Unterhalt mangelte. Und vor allem an Angestellten, die diese aufs Feinste restaurierten Gebäude bewirtschafteten. Der gleiche Mangel wie an Mitteln für Schauspieler, Sozialarbeiter, Musikschullehrer, Hausmeister, Fürsorger, Kuratoren, Lehrer, Erzieher, Sachbearbeiter. Ohne sinnvolle Nutzung machte das schönste historische Juwel keinen Sinn. »Für Steine ist in der Tat immer Geld da. Aber nie genug für Menschen«, merkte er auf seine trockene Art an.

In Sabine schwang dieser Satz nach. Sagenhaft, wie der Mann es mal wieder auf den Punkt gebracht hatte. Vorsichtig beobachtete sie ihn über den Rand ihrer Kaffeetasse hinweg. Und was sie sah, gefiel ihr.

Schließlich brach er das Schweigen und erzählte endlich, was er die ganze Zeit erzählen wollte: »Ich werde demnächst nach Stralsund ziehen.«

Sabine machte runde Augen und stellte schnell ihre Tasse ab. »Das ist ja großartig! Willkommen im Club«, rief sie. Dann dämpfte sie ihre Stimme und fragte sicherheitshalber nach: »So ganz? Für immer, meine ich? Wann?«

Dr. Kron ließ sich etwas Zeit mit der Antwort, auch weil sein Ei-Brötchen beim Abbeißen gemein krümelte. Schließlich sagte er: »Ich habe schon eine Wohnung in Aussicht, die wird in zwei Monaten frei. Am Alten Markt, Obergeschoss. Da kann man rüberschauen über den Sund bis nach Hiddensee.«

»Ist das jetzt schon der Ruhestand?«, wollte Sabine wissen. Konnte nicht sein, schalt sie sich selbst. Wie alt war der Mann denn? Ein bisschen älter als sie, vielleicht Mitte 50? Meist waren es Frührentner oder Pensionäre, die sich die Stadt am Sund als Altersruhesitz aussuchten. Angezogen von der schönen Lage am Wasser und der wunderbar sanierten Altstadt brachten sie häufig Illusionen mit, die dann zu Enttäuschungen führten. Vier Stunden bis zum nächsten Flughafen? Das ist ja eine Weltreise! Ärztehäuser mit langen Warteschlangen vor den Sprechzimmern? Das ist doch eine Zumutung für Privatpatienten! Die neueste Schauspiel-Inszenierung am Theater? Provinziell! Und all diese jungen Leute, die rücksichtslos Fahrrad auf den Gehwegen fahren – skandalös! Als Buchhändlerin tat sie das ihr Mögliche, über solche kleinen Kratzer im Lack hinwegzutrösten. Dr. Kron indes kannte die Stadt gut. Aber sie konnte ihn sich beim besten Willen nicht als Ruheständler vorstellen.

»Ich habe noch ein, zwei größere Projekte abzuschließen. Eins in Passau. Und auch nach Basel muss ich noch einige Male. Aber dann ist Schluss mit den großen Baustellen. Ich will kleinere Brötchen backen. Es wird sich auch in dieser Region Arbeit finden. Die Häuslebauer gehen uns so schnell nicht aus. Und als Gutachter bin ich ebenfalls qualifiziert.« Er machte eine Pause und wischte sich mit der Serviette Mund und Bart. »Mein Boot kommt jedenfalls schon mal in die Marina. Die Überführung ist nächste Woche.«

Sabine wusste nicht genau warum, aber ein unaufhaltsames Lächeln zog ihre Mundwinkel in die Höhe. Und höher. Und höher …

»Wir könnten ja mal einen kleinen Törn machen. Sobald ich das Boot flott habe. Einmal rund Hiddensee zum Beispiel«, lud Harald Kron mit leiser Stimme ein und hob dann langsam seine Teetasse an die Lippen.

Sabine erwachte erschrocken aus ihrer Lächelstarre und riss sich zusammen. Dann verkündete sie mit eingesackten Schultern: »Super Idee! Ich bin die schlimmste Landratte, die Sie sich vorstellen können! Ich werde schon seekrank, wenn ich mit dem Auto auf die Fähre nach Stahlbrode fahre. Da hänge ich kreidebleich an der Reling, ehe sie abgelegt hat.«

Ihr Gegenüber musste lachen. »Danke, dass Sie das so ehrlich zugeben können. Dann muss ich mir was anderes einfallen lassen, um Sie mal auszuführen.«

Jetzt hörte Sabine aber ganz genau hin. Wollte er wirklich Zeit mit ihr verbringen? So richtig? Am Wochenende? Ihr wurde ganz heiß. Solche Gespräche hatte sie schon ewig nicht mit einem Mann geführt. Schnell lenkte sie vom Thema ab: »Kommen wir nochmal zu Ihrem Umzug nach Stralsund: Sie wissen schon, dass hier nicht viel los ist.«

»Naja, hier gibt es zum Beispiel eine hervorragende Buchhandlung!«, fiel er ihr ins Wort.

Sabine richtete sich kerzengerade auf und schimpfte lachend: »Jetzt ist aber Schluss mit der Flirterei! Mich beschleicht gleich der Größenwahn. Heraus mit der Sprache: Muss ich Ihren Umzug in den äußersten Nordosten der Republik als Flucht deuten? Und wenn ja – wovor?«

Jetzt ließ er die Schultern hängen. »Frau Prehn, Sie lesen zu viele Krimis.«

»Das schult die Kombinationsgabe. Eine unerlässliche Waffe im täglichen Kampf um den Kunden.«

»Ich ergebe mich ja schon. Also ...« Hier unterbrach sich Kron noch einmal und suchte nach Worten. Sabine ließ ihm die Zeit.

»Also«, setzte er noch einmal an: »Ich habe mich von meiner Frau getrennt. Um ehrlich zu sein, hat sie sich von mir getrennt. Sie hatte Erwartungen an mich, die ich nicht erfüllen konnte. Das ist es wohl, auf den Punkt gebracht.«

Himmel und Hölle, wie soll man darauf reagieren, überlegte Sabine mit leichter Panik. Am besten gar nicht, lass den Mann erst mal weiterreden. Wieder versteckte sie sich hinter ihrem Kaffeebecher, beobachtete ihn aber genau.

Harald Kron merkte, dass er an dieser Stelle nicht aufhören konnte. Und seltsamerweise wollte er auch weitersprechen. Außer mit seinem Anwalt hatte er noch mit niemandem darüber geredet. Aber zu dieser Buchhändlerin, die seine Lieblingsarbeit hütete, hatte er irgendwie Vertrauen. »Jedenfalls hält mich nichts mehr in Stuttgart. Zu voll, zu laut, von allem zu viel. Ich sehne mich nach menschenleeren Räumen.«

»Menschenleere Räume? Da hätten Sie mal den letzten Sommer erleben müssen. An den Stränden gab es Abschnitte, da hätten Sie kein einziges Handtuch mehr ausbreiten können«, warf Sabine schnaubend ein.

Kron schüttelte den Kopf. »Das ist es nicht, was ich sagen wollte. Saison hin oder her – insgesamt ist diese Gegend sehr viel dünner besiedelt als die, wo ich jetzt wohne.«

»Ich möchte ja auch nur davor warnen, dass Sie mit falschen Vorstellungen hierherkommen. Sicher, der Himmel ist hoch, die Felder weit, das Meer nah. Aber das Leben ist hier nicht einfacher als anderswo. Man muss auf etliches verzichten, wenn man hierherauf nach Vorpommern zieht ...«

»Aber man bekommt auch einiges dafür«, fiel er ihr ins Wort.

»Ja– Jaha!«, erwiderte sie, »zum Beispiel riesige SUVs in engen Gassen, maulige Bäckereifachverkäuferinnen am frühen Morgen, übermüdete Jungärzte, überhaupt gestresste Dienstleister aller Art, irreführende Auskünfte auf dem Amt – hier bekommen Sie wirklich Erstaunliches geboten.«

Harald Kron musste lachen und nach einigen Augenblicken stimmte auch Sabine Prehn ein. Das tat beiden gut. Schließlich nahm der Architekt den Faden wieder auf: »All Ihren Warnungen zum Trotz werde ich nach Stralsund ziehen. Und zumindest ein guter Kunde in Ihrem Buchladen werden. Wenn Sie mir denn schon nicht auf mein Boot folgen wollen ...«

»Ich würde schon gerne, aber ich kann wirklich nicht. Glauben Sie mir, es wäre kein Vergnügen«, meinte Sabine lächelnd. Dann seufzte sie, griff nach dem Tablett und begann, das Geschirr zusammenzuräumen. Die Arbeit rief, sie musste in den Laden.

Mit ein paar schnellen Handgriffen half Harald und trug dann das Tablett zum Abstellregal. Was er loswerden wollte, hatte er gesagt. Trotzdem wollte er den Kontakt mit der Buchhändlerin nicht gleich wieder einschlafen lassen. Er hatte so vieles versäumt in den letzten Jahren, immer gehetzt von einer Baustelle zur nächsten. Wenn er dann am Wochenende nach Hause kam, erwartete seine Frau Wunder von ihm. Reisen, Partys, schickes Essen mit Bekannten, die ihm kaum etwas sagten. Sie wollte bummeln in großen Städten mit teuren Läden, sich und ihn und die Wohnung schmücken mit immer neuem Zeug. Und er wollte doch eigentlich nur die Beine hochlegen und ausruhen. Sein Alltag war so übervoll mit Menschen, Problemen, Absprachen, Terminen, Fahrten und Plänen, dass ihm selbst in der Stille die Ohren davon dröhnten. Als er versuchte, das seiner Gattin zu erklären, hatte sie ihm unwirsch das Wort abgeschnitten: Wenn er einen Tinnitus habe, müsse er zum Arzt gehen! Da hatte er still den Autoschlüssel vom Haken genommen und war aufs Boot gefahren, um dort zu übernachten. Als er am Sonntagnachmittag zurückkam, gewappnet für eine echte Aussprache, lag ein Zettel auf dem Küchentisch: »Ich will die Scheidung«. Er hatte nicht einmal Bedauern gespürt. Nur Ärger, über all den Papierkram, der nun auf ihn zukam.

Jetzt brachte er die Buchhändlerin, die er für ihre Natürlichkeit und Herzlichkeit so schätzte, bis vor ihren Laden. Prüfend ging sein Blick über die Fassade, ehe er sich zum Abschied an sie wandte: »Ich meinte das ernst, dass wir etwas Zeit miteinander verbringen sollten.«

»Einverstanden. Aber jetzt organisieren Sie vor allem Ihren Umzug nach Stralsund. Dann haben wir alle Zeit der Welt. Und wenn Sie dabei Hilfe brauchen, mobilisiere ich gern ein paar meiner Brüder und Neffen.«

»Ah ja, ich erinnere mich – das weitverzweigte Familiennetzwerk!«

»Richtig, ist immer noch voll intakt! Sie wissen ja, wo Sie mich finden«, meinte Sabine mit einem Kopfnicken auf ihr Lädchen.

Herzlich schüttelten sich die beiden die Hand. Dann war er in seinem langsamen Wiegeschritt davongegangen.

Sabine hatte das dringende Bedürfnis, sich diese Szenen des Morgens immer und immer wieder durch den Kopf gehen zu lassen. Sie prüfte die Informationen auf ihren Inhalt und ihre Auswirkungen. Und am Ende kam sie eins ums andere Mal zu dem Schluss, dass sie sich sehr über Harald Krons Umzug nach Stralsund freute. Egal, was dabei herauskommen mochte.

8

Es klopfte forsch an der Bürotür von Dr. Niemann. Unwirsch schob er die Lesebrille ins Haar und knirschte mit den Zähnen. Die Unterredung mit dem OB und dessen Stellvertreter steckte ihm in den Knochen. Die Arbeit türmte sich, aber der Archivleiter war unfähig, auch nur eine Sache zur Hand zu nehmen. Eigentlich wollte er nur dasitzen und aus dem Fenster starren. Überhaupt konnte er unter Zeitdruck ganz schlecht arbeiten, das war schon seit Jugendtagen so. Deshalb hatte er auch die Archivwissenschaften gewählt. Weil er geglaubt hatte, man könne sich in dieser Sparte in dunkle Ecken zurückziehen und genüsslich mit der Vergangenheit befassen. Staubige Akten statt quirliger Menschen, das war sein Wunschtraum gewesen. Spätestens, als er sich 1992 um den Posten in Stralsund beworben hatte, war es aber irgendwie vorbei mit der Ruhe.

Obwohl … Davor hatte ihn die Stasi gehetzt. Immer haben sie was wissen wollen von ihm. Was dieser und jener gesagt habe, in der Mittagspause, bei der Dienstberatung, im Parteilehrjahr. Ob dieser und jener Schriften aus dem nichtsozialistischen Ausland besitze, über regelmäßigen Kontakt zur Westverwandtschaft verfüge, im Intershop einkaufen könne. Ob er gewisse Mitarbeiter und Vorgesetzte als staatstreu oder eher ideologisch unzuverlässig einstufe. Günter Niemann hatte sich nach Kräften bemüht, dieses ständige Drängen zu befriedigen, seinen Führungsoffizier mit Anekdoten aus der Seminargruppe zu füttern, später dann aus dem Kollektiv am Berliner Staatsarchiv. Wobei er manchmal den Verdacht hatte, dass er nicht der einzige Informant in seiner Abteilung war. Zum einen gab es immer mal auch Fragen zu seiner persönlichen Haltung gegenüber der Arbeiter- und Bauernmacht, die an Äußerungen bei nichtigen Anlässen anknüpften, an die er sich selbst kaum erinnern konnte. Und zum anderen gab es immer wieder Kollegen, die auf der Karriereleiter an ihm vorbeikletterten, obwohl ihm doch die diskrete Unterstützung der Staatsmacht zugesagt worden war. Um diesem Verdacht nachzugehen, hätte er selbst mal Einsicht in die Akten beantragen müssen, die in einer eigens gegründeten Behörde für deren Aufarbeitung lagen. Aber das interessierte Günter Niemann heute eigentlich überhaupt nicht mehr. Er war einmal Mitte der Neunziger durch die Stasi-Überprüfung gerutscht, als vorwitzige Bürgerschaftsmitglieder – alles zugezogene Wessis natürlich – eine solche für alle Abteilungsleiter gefordert hatten. Glück gehabt. Nach mehr zu forschen, hieße den Leu wecken …

Wie kam er nur auf so krude Erinnerungen? Er musste doch jetzt zackig reagieren, wenn ihn ein unwillkommener Mitarbeiter oder Gast aus seiner Denkpause riss. Aber Günter Niemann fühlte nur Erschöpfung. Am besten gar nicht antworten. So tun, als wäre er überhaupt nicht im Raum. Der Klopfer würde schon gehen.

Das Gegenteil war der Fall: Noch einmal pochte es laut und vernehmlich an seinem Büro, dann wurde die Tür schwungvoll geöffnet. Der Archivleiter konnte gerade noch nach einem Stift greifen, so als wäre er eifrig mit dem geschlossenen Ordner vor seiner Nase beschäftigt. Doch noch ehe er seinen Unmut über den dreisten Eindringling in Worte fassen konnte, kam mit einem strahlenden Lächeln und ausgebreiteten Armen Armin Graf van Hagnat auf ihn zugeschritten.

Dem Charme des holländischen Buchhändlers, der in ganz Europa zuhause schien und in Nürnberg nur seine Geschäftsadresse hatte, konnte sich Niemann noch nie entziehen. Er warf den Stift wieder auf die Schreibplatte und stand erfreut auf: »Mein lieber Herr Graf, wie schön, dass Sie mal wieder in der Stadt sind! Endlich ein wenig Glanz in der Tristesse meines Büroalltags.« Der Archivleiter kam hinter dem Schreibtisch hervor und nahm dankbar die dargebotene Hand.

In der Tat fiel der hochgewachsene Holländer in seinem cremefarbenen Sommeranzug wie ein Lichtstrahl in einen Keller in Niemanns schattiges Büro ein. Mit polternder Herzlichkeit begrüßte er den Archivleiter wie einen guten alten Freund. »Lassen Sie uns essen gehen, Dr. Niemann! Der Tag ist schön, die Damen tragen kurze Kleider! Da kann man bei einem leichten Glas Wein gleich ein Auge riskieren.«

»Aber, aber, lieber Graf, ich muss doch arbeiten! Ich kann doch nicht einfach mein Büro abschließen und irgendwelchen Damen nachgucken. Allerdings habe ich schon auf Ihren Besuch gewartet. Ich muss dringend mit Ihnen über den Verkauf der Schulbibliothek sprechen.«

»Nicht mit leerem Magen, mein Bester. So kann ich unmöglich über Geschäftliches reden«, meinte Armin Graf van Hagnat und hakte den Archivleiter einfach unter. Der konnte gerade noch sein Sakko von der Stuhllehne reißen, während ihn der Gast schwungvoll aus dem Büro dirigierte.

Fünf Minuten später saßen die beiden Herren auf dem Alten Markt mit Blick auf das Rathaus und die bunten Schirme der umliegenden Gastronomien. Niemann beneidete den Händler um dessen Vitalität. Der Mann schien vor Kraft und Temperament zu strotzen, immer auf der Grenze zwischen jungenhaftem Schabernack und männlicher Dominanz. So wäre er auch gern rübergekommen, sein Leben lang, gestand sich der ältliche Archivar. Aber den Schneid hatte er nie aufgebracht. Im Wesentlichen hatte er sein ganzes berufliches Leben lang alle Energie daran verschwendet, die anderen glauben zu machen, dass er arbeite bis zum Umfallen – und dabei möglichst wenig zu tun. Glücklicherweise war es mit diesem ewigen Versteckspiel nun bald vorbei. Nach der Pensionierung würde er nur noch tun, worauf er Lust hatte. Und wenn dabei nichts herauskam, musste er sich vor niemandem deswegen rechtfertigen.

Sofort fiel Günter Niemann wieder die Unterredung mit dem Oberbürgermeister ein. Und was von ihm erwartet wurde. Ein Archiv-Umzug ohne Mitarbeiter. Und möglichst hohe Einnahmen aus dem Verkauf eines nicht nennenswerten Teilbestandes.

Kulturhistorisch vielleicht eine Sünde, für die ein Archivar ins Fegefeuer kommen dürfte. Aber angesichts des Gesamtkunstwerkes, für das er seine kleine Behörde hielt, eher Peanuts. Das würde Luft schaffen, ein bisschen aufräumen, weniger einzupacken für den Umzug – alle wären zufrieden.

Noch ehe der Kellner seine Weißweinschorle gebracht hatte, musste er van Hagnat erzählen, was ihn quälte. Niemann klagte und klagte, bis ihn das eigene Elend fast zu Tränen rührte.

Der Graf legte ihm beschwichtigend die Hand auf die Schulter: »Nicht verzweifeln, mein Lieber, wir kriegen die Kuh vom Eis.«

Augenblicklich fühlte sich Niemann erleichtert. Endlich ein Freund, der seine Sorgen verstand. Erwartungsvoll blickte er in die lächelnden Augen seines Gegenübers. Der fragte zunächst: »Ist Ihnen denn meine Praktikantin wenigstens ein kleines wenig Hilfe in der Not? Oder eher eine zusätzliche Belastung? Dann können wir Beatrix auch in die Zentrale nach Nürnberg zurück-«

Der Archivar ließ ihn gar nicht ausreden: »Nein, nein, das Fräulein Beatrix ist wirklich eine große Hilfe! Sie hat sich binnen kürzester Zeit einen guten Überblick verschafft, eine hohe Auffassungsgabe bewiesen. Man braucht ihr nichts zweimal zu erklären. Die wichtigsten Zuarbeiten für die Aufbereitung der Schulbibliothek stammen von ihr. Gerade hat sie mich um einen Platz gebeten, die betreffenden – zum Teil sehr verstreut gelagerten – Bestände auch räumlich zusammenzuführen. Ich bin Ihnen immer noch unendlich dankbar, dass Sie mir die junge Frau zur

Verfügung gestellt haben. Ich glaube, aus ihr könnte eine hervorragende Archivarin werden!«

»Oh, aus der jungen Frau könnte vieles werden, da bin ich mir ganz sicher«, gab Graf van Hagnat lachend zurück. »Sie verfügt über die unglaublichsten Talente.«

Er nahm einen kräftigen Schluck aus seinem Glas, ehe er weitersprach: »Ich will ehrlich sein, mein lieber Doktor, auch ich habe Kenntnis von der Liste, die sie für den Verkauf zusammenstellt.«

Niemann runzelte kurz die Stirn. Fiel das nicht unters Dienstgeheimnis?

»Kein Sorge, dahinter steckt keine böse Absicht«, versicherte der Holländer sofort und erklärte mit geheimnisvoll gesenkter Stimme: »Einerseits wollte ich ein Auge darauf behalten, was meine Praktikantin so treibt, falls sie irgendwie in die falsche Richtung laufen sollte. Andererseits habe ich diskret schon mal leichte Abschätzungen vornehmen können, was die Schulbibliothek so wert sein könnte.«

Das wüsste ich auch gerne, dachte Günter Niemann. Tatsächlich konnte er das nicht wirklich einschätzen. Keine Ahnung, ob es für ganze Klassensätze von zerfledderten Mathematikbüchern aus dem späten 19. Jahrhundert überhaupt Interessenten gab. Oder für erbauliche Jugendbücher aus dem 18. Jahrhundert. Oder für Lehrmaterialien über Schönschrift in Sütterlin. Das alles in entsprechendem Zustand, nachdem es durch viele, viele Hände gegangen war. Am Ende war nur die Summe wichtig, die er dem Bürgermeister in die Vorlage für den Finanzausschuss schrieb. Stand da zu wenig, war ihm das Donnerwetter des Chefs sicher. Stand da zu viel, musste er die Summe irgendwie auftreiben, denn sie würde als Einnahme im Haushalt festgeschrieben.

»Und?«, fragte Niemann mit rauer Stimme und musste sich erst mal räuspern. »Sind Sie zu einer Einschätzung gekommen?«

Der Geschäftsmann lehnte sich zurück und spitzte die Lippen. Dann musterte er Niemann mit zusammengekniffenen Augen.

Der zappelte auf seinem Stuhl und meinte schließlich mit deutlich gespielter Gelassenheit: »Ich meine, ich habe natürlich auch eine Summe ausgerechnet. Ich wollte nur wissen, ob sich unsere Standpunkte ähneln. Ob Sie als – sozusagen externer – Experte zu ähnlichen Ansichten gelangt sind wie ich als städtische Behörde.«

Armin Graf van Hagnat näherte sein Gesicht wieder dem des Archivleiters und lächelte breit: »Ich bin nicht nur zu einer Einschätzung gekommen, mein lieber Dr. Niemann, ich bin schon einen Schritt weiter. Ich habe mich bereits nach Absatzmöglichkeiten erkundigt. Kontakte genutzt und potentielle Kunden angesprochen. Interesse geweckt sozusagen.«

Er machte eine Pause und griff erneut zu seinem Weinglas. Auch Günter Niemann musste seinen trocken gewordenen Mund befeuchten. War das überhaupt erlaubt, was er hier tat? Durfte er mit dem Antiquar überhaupt über diese Dinge sprechen? Eigentlich gehörte das ordnungsgemäß ausgeschrieben. Als Verwaltung müsste er immer mehrere Anbieter einbeziehen, sonst wäre die ganze Sache anfechtbar. Da brauchte nur einer der Konkurrenten van Hagnats eifersüchtig zu werden. Aber um eine Ausschreibung zu machen, müsste er zunächst wissen, was der ganze Schrott wert war. Und da tappte er immer noch im Dunkeln.

»Und zu welchem Ergebnis sind Sie dabei gekommen?«, fragte Niemann trotzt aller Zweifel tapfer weiter.

»Wie Sie als Fachmann sicherlich wissen, besteht immer eine Lücke zwischen dem ideellen Wert historischer Güter und ihrem Preis. Ganz sicher ließe sich über den kulturgeschichtlichen Wert veralteter Schulbücher trefflich streiten. Aber um den Zeitgeist Ihrer Schulbibliothek für künftige Generationen zu bewahren, reicht es sicherlich, wenn Sie eine Handvoll exemplarischer Bücher behalten. Der Rest hat dann so viel Wert wie Altpapier.«

Niemann sackte in sich zusammen. Er hatte es immer geahnt. Ein bisschen lokalgeschichtliche Bedeutung, ansonsten nur alte Zellulose. Wie sollte er das bloß seinen Vorgesetzten klarmachen.

»Ganz ruhig, Herr Doktor, ich bin noch nicht fertig«, setzte jetzt der Händler wieder ein und legte ihm erneut vertrauensvoll die Hand auf die Schulter. »Bei aller Bedeutungslosigkeit Ihrer kleinen Bibliothek gibt es doch zwei, drei Menschen, die sich für einzelne Teile davon interessieren könnten. Sammler. Sammler können sich für die nutzlosesten, verrücktesten Dinge begeistern. Mit Hilfe meines bescheidenen Talents haben wir bereits den einen oder anderen Sammler für Ihre kleinen Stralsunder Schätze interessieren können.«

Der Archivleiter atmete auf. Es war nicht hoffnungslos. Van Hagnat hatte offenbar bereits Kunden an der Hand. Die Stadt würde ihm den ganzen Krempel rüberschieben und der konnte dann sein Glück beim Weiterverkauf versuchen. Das Risiko läge allein bei dem Raritätenhändler. Günter Niemann jedenfalls wäre die Verantwortung los. Und könnte endlich wieder ungehetzt in seinem Büro hocken, bis die wenigen Wochen bis zur Pensionierung herum waren. Mit der Erleichterung breitete sich ein zaghaftes Lächeln auf seinem Gesicht aus.

Armin Graf van Hagnat hingegen lachte schon wieder lauthals: »So, mein Bester, und an dieser Stelle müssen Sie mir eine Hausnummer sagen!«

Sofort befiel Günter Niemann wieder die altbekannte Ratlosigkeit. Was wurde von ihm erwartet? Wie sollte er so schnell eine Summe ermitteln? Eine Summe, die dem Grafen behagte, damit er bei der Stange blieb. Und eine Summe, die gleichzeitig den OB befriedigte?

Aufs Geratewohl schoss er heraus: »100 000 Euro.«

Völlig illusorisch, das war ihm sofort klar.

»Na, na, Herr Doktor, nun mal nicht gleich gierig werden. Bedenken Sie meine Aufwendungen«, versetzte van Hagnat und stützte die Hände in die Hüften.

In diesem Augenblick unterbrach sie der Kellner und brachte das Essen. Fischtopf für Günter Niemann, Schafskäse in Pergament gebacken für Armin Graf van Hagnat. Ehe sie ihre Mahlzeit beendeten, hatten sich die beiden Männer auf 60 000 Euro geeinigt.

»Wo ist der Haken?«, versuchte beim abschließenden Aquavit der Archivleiter schüchtern, das schale Gefühl wegzureden, irgendetwas liefe schief. Irgendwie war er es nicht gewohnt, dass drückende Probleme so einfach eine Lösung fanden.

»Der Haken, mein hochverehrter Dr. Niemann, besteht darin, dass Sie die Sachen nun tatsächlich auch an mich verkaufen müssen. Ich glaube nicht, dass Sie einen anderen Narren wie mich finden, der Ihnen das ganze Paket abnimmt. Aber sicher ist sicher.«

»Das dürfte keine allzu hohe Hürde sein. Natürlich müssen wir eine Ausschreibung machen, aber die können wir schon ganz auf Ihr Angebot zuschneiden. Und die beschlussfassenden Gremien werden hundertprozentig meiner Empfehlung folgen, wenn es um den Zuschlag geht. Wissen Sie, außer mir hat niemand in dieser Stadt wirklich Ahnung von Büchern«, behauptete der Archivleiter gutgelaunt.

»Außer unserer guten Beatrix vielleicht. Aber die muss ich Ihnen bald wieder entführen.«

»Oh bitte Herr Graf, noch nicht! Ich habe doch kaum Fachpersonal für den Umzug ins neue Depot. Ihre Hilfe ist mir unentbehrlich!«

»Na, wenn Sie so bitten … Verlängern wir ihren Aufenthalt in Stralsund noch ein bisschen.«

Günter Niemann fühlte das seltene Glück, in fortgeschrittenem Alter noch einmal einen echten Freund gefunden zu haben.

Bibliographische Anzeigen. № 111.

Diese sämmtlichen Werke sind in der Carl Löffler'schen Buchhandlung in Stralsund, so wie bei L. Bamberg in Greifswalde zu haben.

Armangaud (Gebr.), **das Eisenbahnwesen oder Abbildungen und Beschreibungen von den vorzüglichsten Dampf-, Munitions-, Transport- und Personenwagen, von Schienen, Stühlen, Drehscheiben, Ausweich- oder Radlenk-Schienen und sonstigen Vorrichtungen und Maschinen, die auf den Eisenbahnen Englands, Deutschlands, Frankreichs, Belgiens 2c. 2c. in Anwendung stehen. Auf Veranlassung des K. Französ. Ministeriums herausgeg. Median-Folio. In 4 Liefer., jede zu 8 Planotaf. und 4—5 Bogen Text. In farbigem Umschlag. Erste Lieferung. Weimar, Voigt. Subscriptionspreis $1\frac{1}{2}$ Rthl. od. 2 fl. 42 kr. (Gilt [jedoch nur bei fester Bestellung] noch so lange, als das Werk nicht vollständig erschienen ist.) — Späterer Ladenpreis für jede Lieferung 2 Rthl. oder 3 fl. 36 kr.**

(Alle 2 bis 3 Monat erscheint eine Lieferung. Spätestens zu Ostern 1840 wird das Werk ganz vollständig seyn.)

Dieses Prachtwerk, welches die vollständigsten und detaillirtesten Darstellungen und Zeichnungen jeder einzelnen Maschine u. alle zu ihrer Erbauung erforderlichen Anweisungen enthält, ist für den Maschinenbauer, Hüttenmann, Architecten, Werkmeister 2c. ganz unentbehrlich, denn es gibt kein anderes Werk von gleicher Anschaulichkeit und prakt. Brauchbarkeit. Der Maasstab der General-Ansichten bei den herrlich lithographirten Zeichnungen ist $\frac{1}{10}$ der natürlichen Größe, die einzelnen oder speciellen Theile aber sind im doppelten Maasstabe u. außerdem sind die Maase der Haupttheile noch besonders angegeben, so daß jeder Ouvrier mit Sicherheit darnach arbeiten und Jeder mittelst derselben eine vollständige Kenntniß der Maschine u. aller Vorrichtungen erlangen kann.

Fr. v. Sydow (K. Preuß. Major a. D.),

Der Soldat im Krieg und Frieden.

Eine Darstellung aller militärischen Dienstverhältnisse vom Gemeinen bis zum General; wie solche in allen Beziehungen durch Subordination und Auctorität in einander greifen, im Geiste der Ordnung auf einander wirken u. ein, den Anforderungen der Zeit entsprechendes Ganzes bilden. Nebst Beleuchtung der üblichen Militärjustiz, der vorkommenden Arrest-, Leibes-, Ehren- u. andern Strafen, der Verhöre, Stand- u. Kriegsrechte u. Ehrengerichte, der Militärökonomie, des Verpflegungs-, Bequartirungs-, Casernen- u. Lazarethwesens, so wie der niedern und höhern militärischen Bildungsanstalten. Mit vergleichenden Rückblicken in die vergangene Zeit. Ein treuer Wegweiser für alle Grade u. Gattungen des Soldatenstandes in dienstlichen und außerdienstl. Fällen zur Beseitigung oft eintretender Zweifel u. Irrungen. Mit 1 Titelkupf. 8. Ebend. Elegant geheftet. $1\frac{1}{3}$ Rthl. oder 2 fl. 24 kr.

Dieses für alle militärischen Grade gleich interessante u. ganz umfassende Lesebuch, welches eine freisinnige, wahrhafte und sehr anziehende Beleuchtung des ganzen Soldatenstandes und aller seiner verschiedenen Einrichtungen enthält, welches keinem Officier u. Unterofficier, ja kaum einem gemeinen Soldaten entbehrlich ist, hat allen Erwartungen zur Genüge entsprochen, die der im vorigen Winter darüber vorausgeschickte Prospectus erregt hat. Es gibt Bataillons, die auf 20 u. 24 Exemplare subscribirt haben, aber auch ganze Regimenter, von denen noch kein Officier und Soldat von dieser Erscheinung etwas vernommen hat, da sie doch für alle deutschen Armeen und Contingente von gleich großem Interesse ist.

Uebrigens wird fortwährend bei einer festen Bestellung auf 6 Exempl. das 7te gratis gegeben, auf welche Art Jeder, dem selbst der äußerst niedrige Preis für dieses inhaltschwere u. bogenreiche Werk noch zu schwer fällt, sich durch die leichte Mühe des Subscribentensammelns bei seiner Compagnie od. bei seinem Bataillon 1 Expl. ohne baare Unkosten verschaffen kann.

Saucerotte (K. Fr. Cavallerie-Officier u. Remonte-Commiss.),

Uebersichtstafel der Pferdekenntniß.

Enthaltend die nützlichsten Punkte über die Naturgeschichte des Pferdes, seine Vollkommenheiten und Fehler. Dem Herzoge von Orleans gewidmet. Deutsch mit vielen Zusätzen herausgegeben von D. Lentin. In 4 auf eine große Tafel zusammengeleimten Blättern. Ebend. $\frac{1}{2}$ Rthl. od. 54 kr.

Es ist von den hochlöblichen Officiercorps mehrerer deutschen Cavallerie-Regimenter wiederholt der Wunsch ausgesprochen worden, eine Tabelle zu besitzen, welche den Inbegriff der ganzen Pferdekunde für den gemeinen Mann leichtfaßlich darstellen u. sich dazu eignen möchte, als ein treuer Wegweiser beim Stalldienste in den sämmtlichen Zimmern der Cavallerie-Casernen an die Wand geschlagen zu werden, wie es mit der bekannten Saucerotte'schen Uebersichtstafel in den französischen Casernen der Fall ist. — Dieses hat den Verleger bewogen, diese Saucerotte'sche Arbeit dem geschickten Herrn Roßarzte, D. Lentin in Weimar zur Uebertragung ins Deutsche zu überlassen, welcher sie mit beständiger Rücksicht der deutschen Stallwirthschaft u. Pferdebehandlung, wie sonst nöthiger Modificationen frei bearbeitet u. durch seine vielseitigen eignen Erfahrungen u. Einsichten sehr bereichert hat.

Schäfer, Wunder der Rechenkunst.

Eine Zusammenstellung der räthselhaftesten, unglaublichsten u. belustigendsten arithmetischen Kunstaufgaben zur Beförderung der geselligen Unterhaltung und des jugendlichen Nachdenkens. Vierte Auflage. Ebendaselbst. $\frac{1}{3}$ Rthl. oder 36 kr.

Die Leipz. Litztg. 1831. Nr. 191 sagt: „Wer sich gern selbst u. gesellige Kreise mit scherzhaften Rechnungs-Aufgaben belustiget, der findet hier den reichsten Stoff zur Unterhaltung." — Die Aachner Monatsschrift für Schullehrer 1831. pag. 796 sagt: „Dieses kleine Werk entspricht vollkommen dem angedeuteten Zweck, wovon sich Recensent, der Vater einer zahl-

1412

Katharina Darne trug schwer an dem schlaffen Bündel. Der Bube war ihr unterwegs eingeschlafen, durch den gleichmäßigen Schritt der Mutter eingewiegt, nachdem er sich satt gesehen hatte an all dem Treiben in den Stralsunder Gassen. Er war wohlgenährt und es brauchte noch einige Zeit, bis er laufen lernte. Katharina überlegte, ob sie ihre Last mit der Magd tauschen sollte, die einen Korb voller Kartoffeln, Rüben und Äpfel trug nebst einer Kanne Wein. Aber sie mochte den kleinen Bertram auch nicht wirklich aus den Armen geben. Indes war es noch ein gutes Stück Weg. Da vorne kam das Semlower Tor in Sicht, durch das sie hinaus und dann nach links hinunter an den Strand gehen wollten. Um ihre Mutter zu besuchen.

Katharina zog es immer wieder dorthin, obwohl sie sich nicht willkommen fühlte. Seit dem gewaltsamen Tod ihres Vaters und dem Scheitern des Hauses Wulflam waren sie alle verschiedene Wege gegangen. Ihr Stiefbruder, in dem einst viele den Nachfolger von Wulf Wulflam sahen, hatte sich ganz dem Waffenhandwerk verschrieben und verdingte sich an unterschiedlichen Höfen als Söldner. Sie wusste nicht einmal, wo er jetzt gerade war, ob es ihm gut ging an Leib und Leben. Er sandte keine Nachrichten. Es war so, als hätte sie gar keinen

Bruder. Aber das war nicht neu. Als sie klein war, hatte der Bursche sie nur gehänselt und geschlagen. Später dann nahm er sie gar nicht mehr wahr. Sie saß oder stand eben immer nur dabei, wenn er sich spreizte in seiner unbezähmbaren Selbstsucht.

Katharina schalt sich für diese bitteren Gedanken. Vorsichtig lagerte sie das Gewicht ihres kleinen Sohnes in die andere Armbeuge. Sollte er nur schlafen, so lange er wollte. Ihr Stiefbruder war ganz das Ebenbild ihres Vaters. Ein glänzender Stern hoch oben im eisigen Schwarz des Nachthimmels. Wunderschön, aber unerreichbar und abweisend in seinem kühlen Glanz.

Auch zu ihrem Vater, dem allmächtigen Wulf Wulflam, hatte sie immer nur sehnsüchtig aufschauen können. Er war laut, raumgreifend, aufbrausend, stets mit wichtigen Dingen beschäftigt und sah oft über sie hinweg. Früher hatte sie manchmal gegrübelt, ob sie dem Vater wohl nähergestanden hätte, wäre sie als Junge zur Welt gekommen. Aber wenn dieser Junge dann auch wie sie mit einem eher zurückhaltenden Wesen von Gott ausgestattet worden wäre, hätte er bei diesem Vater kaum einen besseren Stand gehabt. Trotzdem liebte sie den Vater und war untröstlich, als die Nachricht von seiner Ermordung eintraf. Auf dem Kirchhof von Bergen einfach hinterrücks niedergestochen – was für ein unpassendes Ende für einen Kämpfer wie ihn. Was sie an dieser Tat noch mehr erschreckte: Der Mörder war ein halbwüchsiger Junge in ihrem Alter. Wie konnte er es überhaupt wagen, sich einem dermaßen überlegenen Mann zu nähern? Und wie konnte es ihm gelingen, diesen niederzuringen? Unfassbar für ein Mädchen, das nie gewagt hatte, dem Vater auch nur ein Widerwort zu geben.

Über die Gründe der Bluttat hatte Katharina nie etwas erfahren. Das wurde in der Familie auch nicht besprochen. Die einzige Sorge der Mutter war nur gewesen, ein möglichst prachtvolles Begräbnis auszurichten. Es sollte alles übertreffen, was Stralsund je gesehen hatte. Der Herzog aus Wolgast musste eingeladen werden, ebenso wie all die großen Patrizier der Hanse, mit denen ihr Vater ein Leben lang verbunden war. An dieses Begräbnis sollten sich die Stralsunder und alle Hansen genauso erinnern wie an die legendäre Hochzeit von Margarethe und Wulf. Immer wieder hatte ihre Mutter mit rotglühenden Wangen davon erzählt, wie sie auf einer breiten Bahn feinsten Tuches über den Marktplatz geschritten war durch ein Spalier gaffender Menschen. Wie herrlich ihr Hochzeitsstaat aussah und der ihres Gatten, wie die Glocken ohne Unterlass geläutet, die Spielleute sie jedoch übertönt hatten.

Katharina kannte diese Geschichte von klein auf an. Es war das einzige Märchen, das ihre Mutter ihr zu erzählen pflegte. Ein Märchen voll strahlendem Glanz und ewiger Glückseligkeit, von Reichtum und Macht. Die kleine Katharina liebte dieses Märchen, denn die Prinzessin darin war ihre leibhaftige Mutter. Und wenn Margarethe ihr davon erzählte, waren das die einzigen Momente, in denen sie Verbundenheit spürte. Ganz einfach, weil sie Weiber waren, deren größtes Glück darin bestand, einen Mann wie Wulf Wulflam zu heiraten. Reich, stark und schön.

Dass der Reichtum nicht für ewige Zeiten reichen würde, zeigte sich indes schon in diesen Tagen nach des Vaters Tode. Die Handwerker, die Margarethe mit den aufwendigen Vorbereitungen für den Begräbniszug beauftragen wollte, fragten unterwürfig – aber direkt – an, wie es denn zunächst mit der Begleichung all der früheren Rechnungen stünde. Ihre Mutter wedelte sie fort wie lästige Fliegen, zahlte jedoch unverzüglich. Und zahlte und zahlte und zahlte. Bis die ersten zaghaften Hinweise kamen, dass das blanke Gold in Truhen und Börsen zur Neige gegangen war. Frau Margarethe wollte das nicht hören, strafte die Pfennigfuchser aus dem Kontor mit Nichtachtung, schlug mit Pantoffeln nach der Köchin und den Mägden, die mit halbleeren Körben vom Markt wiederkamen. Dann fing sie an, wahllos zu verkaufen. Zunächst Waren, Gebäude, Koggen, dann Kleidung, Geschirr und Möbel. Doch die Schar der Gläubiger nahm nicht ab. Eher im Gegenteil. Von überallher kamen Gesandte und Kaufleute, die untertänigst um Ausgleich der Verbindlichkeiten baten. Schließlich wurde das ganze Ausmaß der Katastrophe deutlich: Wulf Wulflam war sein Leben lang ein erfolgreicher Handelsherr gewesen, doch seine Haushaltung verschlang Summen, über die höchstens ein Herzog verfügen konnte. Nur seiner starken Persönlichkeit war es zu verdanken, dass alle immer weiter auf den Namen Wulflam vertrauten und geduldig auf Bezahlung warteten. Irgendwie war es dem Vater ja auch stets gelungen, dass niemand darbte, der Glanz erhalten blieb. Ein Glanz, der blendete und blind machte für die wahren Zustände. Nach dem unverhofften Tod des Vaters rieben sich alle die Augen wie nach langem Schlaf und schärften den Blick. Doch Margarethe war die Letzte, der das gelang.

Katharina kannte wohl die Schwächen ihrer Mutter. Sie kannte deren überheblichen Stolz, ihren Dünkel, Anspruch zu haben auf ein besseres Leben als alle an-

deren Menschen. Ihre Sucht nach schönen Dingen, kostbaren Geschmeiden, Gewändern und Pelzen, ebenso nach Anerkennung, Schmeichelei, ja dem Neid der weniger Betuchten. Ihre schnellen, aber oft fehl gefällten Urteile. Margarethe beurteilte vor allem nach dem äußeren Schein und gab nicht viel auf das Wesen der Menschen. Ob sie sich zum Beispiel je Gedanken gemacht hatte über die Gefühle und Gedanken ihrer Tochter? Katharina glaubte es nicht. Wenn ihre Mutter sich mit ihr beschäftigte, dann nur, um sie zu rügen für ihr schlichtes Erscheinungsbild und bescheidenes Auftreten. Auch ihr Mitgefühl mit Leuten jeden Standes wertete Margarethe als üble Aufsässigkeit. Sie sei schließlich eine Wulflam und es der Ehre des Hauses schuldig, allen mit Nichtachtung zu begegnen, die unter ihr standen. Und überhaupt: Ein blasses, empfindliches Wesen wie Katharina tauge allenfalls fürs Kloster, nicht aber für einen Patrizierhaushalt! »Wie soll ich für dich je einen Ehemann finden, der in unser Haus passt«, musste sie sich immer wieder anschreien lassen.

Katharina fühlte sich ihre ganze Kindheit hindurch nur an einem einzigen Ort wohl: im Nachbarhaus der Darnes.

Die Darnes waren ebenfalls Händler, konnten sich allerdings mit den Wulflams nicht messen. Und wollten das auch gar nicht. Bei ihnen galt es vor allem, die vielen Münder zu stopfen, denn Darnes hatten ein gutes Dutzend Kinder. Hinzu kamen die Eltern und Großeltern, die versorgt und bis ins Grab gepflegt wurden. In dieser lärmenden, aber warmherzigen Enge des Darne'schen Haushaltes, in der jeder ohne Zier redete und bei Tisch nur die notwendigsten Sitten galten, fühlte sie sich tausendmal wohler als in ihrem hochherrschaftlichen Elternhaus. Und was ganz besonders dazu beitrug, war ihre innige Freundschaft zu Michael, dem ältesten Sohn der Darnes. Nur wenige Jahre älter als sie, war er von Anfang an ihr Beschützer und Ritter, verteidigte sie vor den derben Späßen der anderen Darne-Kinder, tröstete sie über die Kränkungen und Misshandlungen durch ihren Stiefbruder und versteckte sie im Garten, wenn die Wulflam'sche Zofe nach ihr suchte.

Als Michael mit 14 Jahren in die kaufmännische Lehre ging, war Katharina untröstlich. Ihre heimlichen Treffen im Nachbarhaus wurden seltener, Michael schien kaum noch Zeit für sie zu haben. Es gelang ihr aber auch immer weniger, der strengen Aufsicht im eigenen Haus zu entkommen. Denn ihr allmächtiger Vater begann, sie wahrzunehmen, als sie den Kinderschuhen entwachsen war. Ein ganz neues Interesse keimte in der Brust von Wulf Wulflam: Jetzt gehörte Katharina zu den Handelsgütern seines Hauses. Mit Ehen konnte man Allianzen schmieden, Verbindlichkeiten schaffen, weitere Kreise erschließen. Während Herr Wulflam langsam die Fühler ausstreckte nach einer gewinnversprechenden Verbindung für seine einzige Tochter, schwebte unablässig die Drohung ihrer Mutter über ihr, sie ins Kloster zu schicken. So machte sich Katharina immer kleiner, versuchte sich wegzuducken vor den Hochzeitsplänen ihres Vaters und der Enttäuschung ihrer Mutter und wartete auf Nachricht von Michael. Denn der setzte seine Ausbildung inzwischen in Flandern fort und wollte bald nach England reisen ...

Katharina seufzte tief.

»Ist Euch der Knabe zu schwer? Wollen wir rasten?«, fragte die Magd, die wohl selbst froh über eine kleine Pause gewesen wäre.

Doch Katharina schüttelte nur den Kopf: »Nein, nein, lass uns noch ein Stückchen laufen. Sonst sind wir nicht rechtzeitig wieder in der Stadt«, meinte sie und rückte das Kind höher. Es war nicht die Anstrengung, die sie seufzen ließ. Es war die Erleichterung, dass dieses Leben der ewigen Bedrohung und des Wartens hinter ihr lag.

Michael war zurückgekehrt nach Stralsund und im ersten Augenblick, als sie sich in die Augen sahen, war die Vertrautheit ihrer Kindertage wieder da. Sie brauchten keine Geheimnisse voreinander zu hüten, sie kannten sich, wie sie wirklich waren. Und von diesem ersten Wiedersehen an liebten sie einander, wie nur füreinander bestimmte Menschen sich lieben können.

Der Gedanke, der sich Katharina jetzt aufdrängte, war kein schöner, aber sie kam immer wieder an diesen Punkt: Michael und sie hätten niemals heiraten können, wenn nicht irgendein dahergelaufener Bursche ihren allmächtigen Vater erstochen hätte. Nie hätten die Wulflams einer Verbindung mit den Darnes zugestimmt, wenn nach Wulfs Ermordung nicht das ganze Handelshaus untergegangen wäre. Das Unglück ihrer Familie eröffnete erst den Weg zu ihrem Glück.

Als Michael bei ihrer Mutter um ihre Hand anhielt, war Margarethe eigentlich schon alles egal. Mit zusammengebissenen Zähnen saß sie auf einem der letzten Stühle in dem fast leeren Haus am Alten Markt und starrte ins Feuer des Kamins.

Eine Mitgift könne er nicht erwarten, beschied sie Michael Darne lediglich. Und ein Hochzeitskleid gebe es auch nicht für Katharina.

Sie könne das Hochzeitskleid einer seiner Schwestern tragen, antwortete Michael ebenso schlicht, und eine

Mitgift sei nicht nötig. Er verfüge über genügend Mittel, um die Feier auszurichten und einen Hausstand anzuschaffen.

Es mache ihn wohl noch stolz, eine Bettlerin zu heiraten und durchzufüttern, die einen so großen Namen trage, meinte Margarethe darauf, ohne die Stimme zu erheben.

Das alles sei nicht von Belang, hielt Michael dagegen, denn er liebe das Mädchen von ganzem Herzen. Und egal, welchen Namen sie getragen habe, jetzt werde sie Katharina Darne und aufgenommen in den Schoß einer großen, ehrenhaften und fleißigen Familie.

Margarethe habe darauf nichts mehr geantwortet und ihn nur müde aus dem Raum gewunken, berichtete Michael später von dieser Begegnung. Katharina hatte die Stimme ihrer Mutter im Ohr und kannte jede ihrer Gesten, die er beschrieb.

Jetzt waren sie und die Magd schon ein gutes Stück am Sund entlanggelaufen und endlich kam der Hof des Fährmanns Budenschön näher. Dorthin hatte sich Margarethe Wulflam zurückgezogen, nachdem man ihr das Betteln vor St. Nikolai verboten hatte. Dass die einst so hochstehende Dame sich derart erniedrigte, schien dem Rat allzu anstößig. Und außerdem glaubte ihr niemand recht, dass sie tatsächlich derart mittellos zurückgeblieben war. Es gab auch mitleidige Seelen, die die Wulflams als Wohltäter und Ernährer in Erinnerung hatten. Zu ihnen gehörte der alte Fährmann Budenschön, der Jahr um Jahr Kisten, Fässer und Ballen im Auftrag der Wulflams über den Sund gerudert hatte und dadurch sein Auskommen fand. Er trat Frau Margarethe einen kleinen Schuppen mit festgestampftem Lehmboden ab. Eine

Schlafstatt und eine winzige Feuerstelle in einer flachen Grube waren die einzige Ausstattung. Die Ritzen und das Dach waren abgedichtet, sodass sie es trocken hatte und die Winde nicht allzu böse hindurchpfiffen.

Häufig, wenn sie sie besuchte, was wenigstens einmal alle sieben Tage geschah, stand ihre Mutter am Saum des Wassers und starrte hinüber nach Rügen. In ein bodenlanges schwarzes Tuch gewickelt, trotzte sie Wind und Wetter wie eine starre Götzenfigur der alten Götter. Es hätte auch ein verwitterter Eichenstamm, dunkel von Sonne und Regen, sein können, der dort am Ufer aufgepflanzt stand. Ob sie sie nicht kommen sah oder nicht wahrnehmen wollte, konnte Katharina nicht ergründen. Jedenfalls drehte sich ihre Mutter erst um, als sie sie leise ansprach und einen winzigen Moment die Stirn an ihre Schulter lehnte.

Als Margarethe sich zu ihr drehte, blieb ihr Gesicht starr, aber der Blick kehrte aus der Ferne zurück auf das schlafende Bündel in ihrem Arm. Dann wanderte er weiter zum Korb der Magd. Mit einem herrischen Kopfnicken schickte Margarethe die Magd in die Hütte, um die mitgebrachten Gaben dort auszupacken. Dann sah sie das erste Mal ihrer Tochter in die Augen.

»Dein Mann kauft ein richtiges Haus in der Stadt?«

Es klang eher wie eine Feststellung, denn als Frage. Katharina war völlig unvorbereitet auf diese Eröffnung.

»Er versucht es zumindest. Aber die Herren sind sich noch nicht handelseinig«, informierte sie ihre Mutter zögernd. Dann keimte plötzlich neue Hoffnung in ihr auf und sie fragte: »Wenn wir das Haus erwerben

können – zieht Ihr dann endlich zu uns? Wir hätten Platz und keine Not ...«

Margarethe unterbrach sie mit einer heftigen Handbewegung. Sofort verstummte Katharina und senkte den Blick.

»Niemals lebe ich von der Gnade eines Darne.«

Obwohl sie nicht scharf gesprochen waren, trafen die Worte Katharina doch schwer. Ihre Mutter würde ihr nie verzeihen, dass sie Michael geheiratet hatte.

»Was ist so schlecht an den Darnes, wenn Euch selbst ihre Gnade zu schrecklich ist?«, fragte sie mit leiser Stimme. Sie drückte ihren Sohn fester an die Brust, als erhoffte sie sich Stärke von dem schlafenden Kind.

»Eine echte Wulflam hätte niemals unter ihrem Stand geheiratet. Ich an deiner Stelle hätte den Schleier genommen«, meinte Margarethe, eher gelangweilt als erregt. Dann wandte sie sich zu ihrer Hütte um und wollte der Magd nachgehen.

»Ich an Eurer Stelle auch!«, rief ihr Katharina hinterher.

Margarethe drehte sich heftig um. Einen Moment blitzte der alte hochmütige Zorn in ihren Augen auf. Doch dann befand sie es unter ihrer Würde, überhaupt darauf einzugehen. Sie schritt einfach davon und ließ ihre Tochter am Ufer stehen.

9

Die Ladentür wurde mit Schwung aufgerissen, sodass das Blechschild, das dahinter hing, überlaut schepperte. »Sandi, mein kleiner Wirbelwind! Immer ruhig Blut!«, kam Sabine hinter dem Tresen hervor und eilte freudig auf die temperamentvolle junge Frau zu, die hereingestürmt kam. Obwohl sie eine wilde Frisur mit blauer Tönung, Fleischtunnel und etliche Piercings in den Ohren trug, sah man unweigerlich, dass es sich um Mutter und Tochter handeln musste. Sandra Prehn hatte die typische Familienähnlichkeit ihres weitverzweigten Clans geerbt.

Die junge Frau drückte ihre Mutter herzlich und fragte dann: »Hast du meine Krimis beisammen?«

»Ja doch, meine Kleine.« Die Buchhändlerin bückte sich hinter den Tresen und zog aus dem Bestellfach einen ganzen Stapel Taschenbücher. »Da hast du wieder echt abgründiges Zeug ausgesucht«, kommentierte sie die Vorliebe ihrer Jüngsten für blutrünstige Thriller.

»Kann gar nicht abgründig genug sein. Meine Jungs sind dagegen langweilig«, winkte sie schmunzelnd ab.

Sabine beunruhigten solche Bemerkungen. Sie wusste nie, ob Sandra das ernst meinte oder nicht. Ihre Tochter war mit Abstand die Intelligenteste unter den Kindern ihrer Generation in der Prehn-Familie gewesen. Deshalb hatte sie auch Medizin studieren dürfen. Früh schon hatte sie sich für Psychiatrie entschieden als Fachrichtung. Was irgendwie ziemlich verrückt war für eine junge Frau. Der gutmütige Spott der zahlreichen Cousins und Cousinen war ihr dafür sicher. Doch Sandra konnte damit umgehen, war nie um eine schlagfertige Erwiderung verlegen. Seit Kurzem arbeitete sie nun in der forensischen Klinik im Krankenhaus West – als jüngste Assistenzärztin, die dort jemals eingestellt worden war. Ein kompetentes Mädel, blitzgescheit, mit einem herrlich trockenen Humor gesegnet und auf dem besten Wege, forensische Psychiaterin zu werden. Sabine war zu Recht stolz auf ihr Kind. Nur mit Sandras Literaturgeschmack konnte sie sich nicht abfinden.

»Tolle neue Stiefel«, bemerkte Sabine mit einem Blick auf die rosenbestickten schwarzen Boots, die ihre Tochter zu knallengen Jeans und einer feuerroten Bomberjacke trug. Überhaupt sehr schick, die junge Dame, fügte sie in Gedanken hinzu. Und fragte sich sogleich besorgt, wie dieser supermodische Aufzug wohl auf die unfreiwilligen Patienten im Maßregelvollzug wirken dürfte. In ihrer Vorstellung saßen dort nur Sexualstraftäter ...

Sandra hob den Kopf von ihren frischen Büchern und blickte auf ihre Schuhe herunter. »Ja, hab ich billig geschossen.«

... und Mörder, woher hat das Kind sonst so ein Vokabular, ergänzte ihre Mutter die Liste der Besorgnisse in ihrem Kopf. Deshalb fragte sie vorsichtig: »Trägst du das auch im Dienst?«

Sie musste etwas sehr Komisches gesagt haben, denn ihre Tochter fing sofort an zu lachen: »Klar, Muddern, damit verdrehe ich allen den Kopf. Müsstest du mal sehen, wie denen der Geifer läuft, wenn ich an ihren Folterzellen vorbeischwebe!«

»Kind, du sollst mich nicht immer verkackeiern. Eine leichte Besorgnis steht mir ja wohl zu, wenn ich daran denke, wo du arbeitest«, schmollte Sabine und boxte Sandra halbherzig auf den Oberarm.

»Ich bin überhaupt nur so geworden, weil du mich immer geschlagen hast«, versetzte die Tochter und zeigte vorwurfsvoll auf die Stelle, auf die Sabine eben geboxt hatte.

»Als Mutter ist das mein gutes Recht«, konterte diese. Dann fielen sich beide lachend in die Arme.

»Ach Mütterchen, mach dir nicht immer solche Gedanken. Es ist eine Klinik wie jede andere«, versicherte Sandra dicht an ihrem Ohr.

»Wenn du das sagst, mein kluges Mädchen, dann muss ich es ja wohl glauben. Aber ich denke, dass die Konzentration an gefährlichen Idioten an deinem Arbeitsplatz doch etwas höher ist als an meinem.«

»Pah, kannst du nicht beweisen. Im Gegenteil: Bei mir gibt's keine Toten. In deiner Branche aber sehr wohl!«

Sabine wusste nichts mit dieser Bemerkung anzufangen: »Hallo? Was meinst du damit? Tote gibt's hier nur *in* Büchern, nicht *durch* Bücher.«

Sandra erklärte daraufhin, dass sie in der Zeitung vom kürzlichen Todesfall im Stadtarchiv gelesen hatte.

»Also bitte, mit dem Stadtarchiv habe ich ja nun wirklich nichts zu tun«, wiegelte Sabine ab.

»Aber Bücherwürmer sind das da schließlich auch, oder nicht? All die schönen alten Schinken … War der Dr. Müntzer nicht sogar Kunde bei dir?«

»Gelegentlich. Ich kannte ihn aber auch aus Vorträgen und von Führungen. Er hat gerne mal sachkundige Gäste hier ins Häuschen gebracht. Ein wirklicher Verlust für die Stadt: Wenn sich einer mit der Stralsunder Geschichte auskannte, dann der Dr. Müntzer. Er soll ganz brutal die Treppe runtergefallen sein. Im Dienst, direkt im Archiv. Das haben die Damen vom Wachschutz im Museum erzählt.«

»Kein ganz typischer Unfall für einen Büromenschen, oder? Und gab es da nicht unlängst schon mal einen Unfall im Stadtarchiv?«, bohrte Sandra weiter.

»Och, das ist aber doch schon Monate her. Irgendein Verkehrsunfall, wenn ich mich recht erinnere«, meinte Sabine mit gerunzelter Stirn und versuchte sich an die Berichterstattung in der Zeitung zu erinnern.

»Und ich habe gehört, da ist schon der dritte Mitarbeiter abgängig. Alles binnen kürzester Zeit.«

»Also bitte, alles bloß Gerücht! Woher willst du das wissen?«

»Haben die Kollegen erzählt. Ist in hiesigen Medizinerkreisen heftig diskutiert worden: Der Zweite war zwar schon ein alter Knacker, den hat man aber zusammengefaltet unter seinem Schreibtisch gefunden. Ziemlich seltsame Stellung für einen plötzlichen Herztod, wenn du mich fragst.«

»Sandra, wie du redest! Das mag ich gar nicht

hören! Wie kannst du nur so herzlos von einem toten Menschen sprechen.« Sabine war ehrlich empört über den schnoddrigen Ton ihrer Tochter.

Die ruderte ein wenig zurück: »Ist doch wahr. Ein Infarkt ist entweder zu schnell, dann fällt man um, wo man gerade geht und steht. Oder er bereitet heftige Schmerzen, Atemnot, Panik und so weiter. Dann reißt man sich vielleicht den Kragen auf, eventuell auch noch das Fenster. Aber weder ich noch meine Kollegen können sich vorstellen, dass man in so einem akuten Zustand unter seinen Schreibtisch kriecht und sich dort ganz klein macht. Hockstellung – total ungewöhnlich. Hochinteressant! Da hätte ich gerne mal Mäuschen gespielt bei der Obduktion!«

Sandra schüttelte den Kopf: »Mein liebes Kind, deine Begeisterung für so obskure Dinge verwirrt mich immer aufs Neue. Vielleicht hätte ich dich mal zum Psychiater bringen sollen in jüngeren Jahren?«

Jetzt lachte ihre Tochter schallend. »Dann wäre ich gleich dageblieben – als Assistentin«, meinte sie und legte ihrer Mutter versöhnlich den Arm um die Schulter.

Ihr Lachen steckte Sabine an. Dann wurde sie jedoch wieder ernst: »Kann das nicht sein, dass jemand sein Ende nahen fühlt und sich deshalb verkriecht? Wie ein waidwundes Tier, sozusagen? Entschuldige den Vergleich.«

»Ist alles möglich. Doch ich tippe da eher auf eine andere Theorie: Der Mann ist vor Angst gestorben!«

»Du meinst, etwas hat ihn in die dunkle Ecke unter seinem Schreibtisch getrieben und er hat sich derart geängstigt, dass er einen Infarkt bekommen hat?«

»Sehr wahrscheinlich. Aber nicht *etwas*, sondern *jemand*. Oder glaubst du an Bären und Wölfe oder giftige Schlangen in den Büros des städtischen Archives Stralsund?« Sandra rollte mit den weit aufgerissenen Augen, bleckte die Zähne und formte die Hände zu Krallen, als wollte sie sich selbst in ein Untier verwandeln.

Sabine war schon wieder versöhnt, als sie ihre Tochter albern sah: »Sandi, wie kommst du denn auf so eine kühne These?«, fragte sie und nahm die Krallenhände der jungen Frau beschwichtigend in die eigenen.

»Solches Kaliber müsste eine Gefahr schon haben, um einen normalen Menschen in einen derart lebensbedrohlichen Angstzustand zu versetzen. Das ist noch Erbteil unserer Stammesgeschichte. Tödliche Bedrohung, Adrenalin raus, Atmung und Herzschlag hoch – schwupp!«

»Was schwupp …?«

»Rennen und rauf auf den nächsten Baum.«

»Kind, du sprichst wirr. Wenn das stimmt, was du erzählt hast, ist er nicht gerannt und auf den nächsten Baum geklettert. Im Gegenteil: Er hat sich verkrochen und zusammengezogen.«

»Verstecken ist auch eine Überlebensstrategie. Aber zurück zu den physiologischen Vorgängen: Wenn ihn *jemand* derartig bedroht und in die Ecke getrieben hat, ist genau soviel Adrenalin im Spiel. Und wenn dann seine Gefäße schon recht alt und verstopft sind, kann ein plötzlicher Herztod eintreten. Voilà – gestorben vor Angst!«

Dieser Logik konnte man sich kaum entziehen. Trotzdem störte es Sabine, dass ihre Tochter den Fall ausschließlich als medizinisches Rätsel betrachtete. Immerhin war dabei ein Mann gestorben. Und das auf ziemlich schlimme Weise, wenn sie sich seine letzten Lebensminuten vorzustellen versuchte. Wer in aller Welt sollte einen harmlosen älteren Archivmitarbeiter derart ängstigen wollen? Völlig absurd!

»Sandi, womöglich hast du recht, was die Biologie hinter diesem Todesfall betrifft. Wie du mit der ganzen Geschichte umgehst, behagt mir allerdings nicht. Da ist jemand unter seinem Schreibtisch zusammengekauert gestorben – ist das nicht schrecklich genug? Muss man daraus einen bösen Krimi machen?«

»Aber Mütterchen ...«

Sabine konnte es schwer ertragen, wenn ihre Tochter sie so anredete. Dann fühlte sie sich nicht nur steinalt, sondern auch arg gefoppt. Und heute hatte sie es schon einmal durchgehen lassen, so genannt zu werden. Also runzelte sie böse die Stirn und stemmte die Fäuste in die Hüften.

»Also, was ich sagen will: Es muss ja keine lebende Gestalt gewesen sein, die den armen Herrn vom Stadtarchiv zu Tode geängstigt hat«, erklärte Sandra und hob beschwichtigend die Hände.

Jetzt war Sabine vollends verwirrt. Sie ließ die Arme herabhängen und starrte ihre Tochter entgeistert an: »Hast du mich nicht gerade zu überzeugen versucht, dass der Mann von einer Person zu Tode erschreckt worden ist?«

»Ja, schon, aber jetzt kommt *meine* Wissenschaft ins Spiel: Es muss ja keine reale Person gewesen sein!«

Sabine sagte nichts und guckte nur.

»Ich meine, kein realer Mensch in Fleisch und Blut. Vielleicht hatte der Archivar schon länger eine Angstpsychose. Ich denke, dass es in den Gemäuern des Stadtarchives spukt, können wir ausschließen.«

»Angstpsychose? Du meinst: Stimmen im Kopf?«, fragte Sabine trocken.

»Ja, landläufig stellt man sich das so vor. Das ist ein weites Feld, da gibt es allerhand Symptome und Varianten«, fing Sandra an zu dozieren. Jetzt war sie ganz in ihrem Element.

Doch Sabine unterbrach sie sofort: »Sandi, ehe du mir jetzt eine Vorlesung hältst, eine simple Frage: Kann man ganz allein an seinen Ängsten im Kopf sterben?«

Sandra überlegte einen Augenblick, dann ließ sie die Schultern hängen: »Die Stimmen im Kopf, wie du das nennst, können einen schon zu allerhand treiben. Aber ich glaube, im vorliegenden Fall brauchte es eine Verstärkung von außen, zum Beispiel durch eine reale Person. Zwangsvorstellungen, die einen Herzinfarkt auslösen, müssten schon ziemlich extrem sein.«

»Mein liebes Kind, das sind doch alles nur wilde Spekulationen einer jungen Psychiaterin, die zu viele blutrünstige Krimis liest«, sagte Sabine und schloss ihre Tochter in die Arme. Die ergab sich mit einem Lächeln und wollte nun endlich ihre bestellten Bücher bezahlen. Aus Gewohnheit tippte die Buchhändlerin einen kleinen Rabatt in die Kasse. Mit dem zähen Stolz einer selbständigen Tochter, die eigenes

Geld verdient, bestand Sandra auf dem vollen Preis. »Du hast genug in uns investiert, Mütterchen, jetzt können wir etwas zurückzahlen«, meinte die junge Ärztin. Sabine bekam auf der Stelle feuchte Augen aus Stolz auf ihr Mädchen.

Als Sandra Prehn aus der Ladentür war, begann Sabine noch einmal über den kleinen Disput mit ihrer Tochter nachzudenken. Dabei ging es ihr gar nicht so sehr um die Todesumstände des unglücklichen Mannes unter dem Schreibtisch. Vielmehr beschäftigte sie die Aufzählung der Vorfälle im Stadtarchiv. Konnte es wirklich sein, dass dort nacheinander jemand vom Auto überrollt wurde, ein Zweiter einen Herzinfarkt erlitt und ein Dritter die Treppe herunterstürzte? Hatte sie je von einer solch engen Abfolge von tödlichen Unfällen in einer städtischen Behörde gehört oder gelesen? Passierte so etwas womöglich viel öfter, als einem bewusst war? Starben andauernd Menschen an ihrem Arbeitsplatz? Sabine konnte sich das nicht vorstellen. Und warum war gerade das Stadtarchiv von solchem Unheil heimgesucht? Sie mochte die stille Behörde in dem alten Klostergemäuer, wo alle Nutzer nur auf Zehenspitzen umhergingen und sich voller Ehrfurcht in betagte Akten und Bücher vertieften. Früher hatte sie selbst gerne dort gelesen, war Facetten der Stadthistorie nachgegangen, hatte vor allem zur Geschichte des Hauses geforscht, das heute Museum war und früher ihrer Familie gehört hatte. Selbst wenn es heute der Stiftung Denkmalschutz gehörte und sie mit ihrem Buchladen dort nur Mieterin war, sah sie es immer noch als ihr Haus an. Eine Art zweites Zuhause.

Sabine musste die Grübelei über die mysteriösen Zufälle im Archiv beenden, denn eine Familie mit drei Kindern und einem riesenhaften Hund strömte herein. »Na? Wer braucht was zu lesen – die Großen oder die Kleinen«, begrüßte sie sie stimmungsvoll.

10

Im Schein einer kleinen Schreibtischlampe und des aufgeklappten Laptops beugte sie sich tief über die Papiere. Eine altnorwegische Grammatik hatte sie aufgeschlagen auf dem Schoß, ein historisches Wörterbuch aus dem frühen 19. Jahrhundert lag neben dem Blatt, das sie immer und immer wieder anstarrte. In den schlanken Fingern hielt sie einen schwarzen Bleistift mit einer goldenen Krone am oberen Ende. Ein Mitbringsel aus dem Londoner Tower. Von allen Reisen brachte sie sich einen Bleistift mit. Auf einem sich langsam mit Erkenntnissen füllenden Blatt zu kritzeln und zu zeichnen, während sie ein kniffliges Rätsel löste, gehörte zu den größten Vergnügungen beim Erforschen alter Handschriften.

Diese Liste ließ ihr keine Ruhe. Sie stammte aus einem großen Konglomerat, das wohl schon verschiedentlich aufgeschnürt worden war, aber keine nennenswerten Gebrauchsspuren aufwies. Eine hochbetagte Akte, eine unsortierte Blattsammlung verschiedener Medien. Das reichte von einer schmalen, ledergebundenen Schrift über die Geschichte Dänemarks seit Harald Blauzahn bis zu Briefen von Geschäftspartnern in Brügge und Bergen sowie Rechnungen für verschiedene Waren und Dienstleistungen.

Was all diese Materialien verband, war ein Name: Michael Darne.

Nach dem Wenigen, was über diesen Stralsunder Kaufmann überliefert war, gehörte er nicht zu den ganz Großen, aber auch nicht zu den Erfolglosen. Muss irgendwo in der Nähe des Neuen Marktes ein Handelshaus betrieben haben. Das verriet eine Liste mit Handwerkern und den ihnen anvertrauten Bauarbeiten, die der Hausherr vornehmen ließ. Datiert auf Mai bis November 1419. Doch das interessierte sie nur am Rande.

Das Paket mit historischen Schriftstücken war ihr mehr oder weniger zufällig in die Hände gefallen, als sie der Frage nachgegangen war, ob die Patrizier der Hansezeit bei ihren persönlichen Nachlässen auch Seekarten aufbewahrt hatten. Oder andere Schnitte geographischen Inhalts. Vielleicht sogar völkerkundliche Illustrationen aus den Ländern, mit denen sie handelten und die sie oft persönlich bereist hatten. Vielleicht frühe Darstellungen eingeborener Völker von jenseits des Polarkreises, die schon zu Zeiten der Hanse als ausgesprochene Exoten gegolten haben dürften. Oder aus Nordafrika, gar China oder Indien. Immerhin bewiesen archäologische Funde, dass die mittelalterlichen Kaufleute sehr wohl Waren von anderen Kontinenten erreichen konnten. Sollte es dazu solche Aufzeichnungen, Karten, Holzschnitte oder Kupferstiche geben und sollten diese denn auch noch recht künstlerisch gestaltet oder wenigstens hübsch anzusehen sein, könnte man sie unbemerkt aus den Akten fischen. Und zügig einen reichen Sack suchen, der sie sich in sein holzgetäfeltes Protz-

Arbeitszimmer hängen wollte. Zu einem entsprechenden Preis natürlich.

Einige nette Stücke hatte sie in den letzten Monaten bereits gefunden. Vorwiegend Pomeranica. Nicht alle waren so alt wie die Hanse. Etliches hatte sie aber zum Beispiel aus der Schwedenzeit ergattert. Nach dem Dreißigjährigen Krieg war Stralsund fast 170 Jahre lang Provinz der schwedischen Krone gewesen. Vielleicht nicht der Hinterhof der gekrönten Häupter in Stockholm, aber ganz sicher auch nicht ihr Ballsaal. Eher so was wie ein zu groß geratenes Landgut ohne nennenswerte Aufenthaltsqualität. Allerdings war unter den Verwaltern dieser grauen norddeutschen Provinz auf dem anderen Ufer der Ostsee einer gewesen, der Verstand und Geschmack mitbrachte in seine kleine Residenzstadt Stralsund: Axel Graf von Löwen. Als Generalgouverneur in Pommern hatte er sich leidenschaftlich für kuriose und bemerkenswerte Dinge aus aller Welt interessiert, hatte gesammelt und besorgt, verhandelt und getauscht, bis ein erstaunliches Kuriositätenkabinett zusammengekommen war. Es repräsentierte im Wesentlichen den Stand der Wissenschaft seiner Zeit. Und zu den wertvollsten Stücken gehörten Bücher. Bücher, an die sie leider nicht ohne Weiteres herankam, um die farbigen Illustrationen herauszuholen, die einzeln verkauft ein Vermögen wert waren. Aber das eine oder andere Stück ließ sich herausschmuggeln. Da brauchte sie nur den Elektriker abzuwarten, der sich für das Raritätenkabinett angesagt hatte. Wegen der Sicherung, die immer mal wieder raussprang. Da standen dann alle Türen offen. Die merkten hier doch nichts.

Neulich hatte ihr einer der Archivmitarbeiter gesteckt, das Stralsunder Rathaus habe nicht nur einen Hausbaum, sondern stehe gleich auf drei solcher Fundamentstämme. Und die trügen die Namen *Zank*, *Neid* und *Missgunst*. Es niste also im Gebälk des Rathauses, wenn sich die Bürgerschaft in endlosem Streit um Grundstücke und Posten zerfasere, während richtungsweisende Entscheidungen an ihr vorbeigingen. Oder eben wirklich gute Geschäfte. Wie die mit den Stralsunder Archivschätzen.

Einzig auf die Inkunabeln hatte dieser triefnasige Archivdirektor ein Auge. Und das auch nur, weil er irgendwo auf einer Fachtagung mal davon gehört hatte, wie wertvoll die Wiegendrucke sein sollten. Sammelte kein Mensch mehr. Alles nur erbauliches Zeug aus der Zeit, als der Buchdruck sich durchsetzte. War nur noch für die Museen und Nationalbibliotheken interessant, aber die verlangten immer einen lückenlosen Herkunftsnachweis. Darauf konnte sie glatt verzichten.

Karten – das war das Geschäft der Saison! Seekarten ganz besonders. All diese beschränkten Rechtsanwälte mit Segelschein, die ewigen Skandinavien-Urlauber aus Ministerien und Zahnarztpraxen, die Jomne-Forscher aus abseitigen Uni-Lehrstühlen, die nicht mehr wussten, wohin mit ihrem Geld. Den Riesen-SUV hatten sie längst, auf den Luxus-Kreuzfahrten trafen sie stets Ihresgleichen. Wandern im Altai und Berg-Radeln in den Anden konnte heutzutage jeder Depp. Jetzt mussten sie alle noch fix eine Ferienwohnung an der Ostsee kaufen oder ihre Landhausküche neu möblieren oder eine Geliebte halten.

Und überall passte ein hübscher Wandschmuck dazu. Wertig sollte er sein, möglichst alt. Historie als Geldanlage sozusagen.

Sie kannte diesen Typ Käufer bereits gut. Keine Ahnung von der Materie, aber überall klug rumquatschen. Denen konnte man den größten Mist verkaufen zu den phantastischsten Preisen – die merkten nichts. Ihre Liste solcher Kunden füllte sich langsam. Sie war gut in ihren Dateien versteckt und hatte nichts mit der Liste zu tun, die ihr Chef führte. Der plagte sich immer noch mit den wenigen Kennern, die gezielt sammelten und spezielle Suchaufträge laufen ließen. Doch diese Funde wurden immer seltener. Ein mühsames Geschäft, das ging ihr alles viel zu langsam. Sie wollte auch nicht warten, bis ihr Chef irgendwann in zehn oder fünfzehn Jahren in Ruhestand ging und sie den Laden übernehmen konnte. Sie musste ihr eigenes Ding aufziehen. Sonst kam man ja zu gar nichts. Lieber jetzt ein paar risikoreiche Jahre mit hohem Gewinn. Und dann abtauchen, die Sparte wechseln, was Neues anfangen.

Aber das war Zukunftsmusik. Hin und wieder gönnte sie sich ein kleines privates Forschungsprojekt. Einfach nur für die persönliche Weiterbildung sozusagen. Man musste schließlich auf dem Laufenden bleiben. Deshalb hatte sie sich an diesem Konglomerat festgebissen. Und an diesem einen ganz besonderen Blatt. Überschrift: *Der Schatz der Wulflams*! Das klang doch wie Indiana Jones, oder nicht? Dieses Gegeifer von *gibt es nicht* oder *längst geklärt* oder *nur eine Legende* konnte sie nicht mehr hören. Auch Troja hatte man für eine Legende gehalten, genauso wie den

Turm von Babel. Hat sich dann doch alles angefunden, nur weil jemand an die Legenden geglaubt und den Spaten angesetzt hatte.

Vielleicht hatten die stinkreichen Patrizier Anfang des 15. Jahrhunderts doch noch was aus ihrem grandiosen Konkurs gerettet, was bisher nicht wieder aufgetaucht war. Wenn sie damals in der Lage der Witwe gewesen wäre, hätte sie Gold beiseitegeschafft, bare Taler. Und Diamanten, Schmuck von Wert. Das war relativ leicht zu verstecken und zu transportieren. Es gab ja landauf, landab immer wieder solche Funde. Schnell zusammengeraffte Münzen unterschiedlicher Währung und Gewichte, die in eine Kanne gestopft oder eine Kassette geworfen waren. Loch in die Erde buddeln, zuscharren, einen Stein draufwälzen – fertig. Oder zwischen die Dachsparren, unter die Bodendielen klemmen, wenn genug Zeit blieb, auch in einer Nische einmauern. Wenn die mordenden Horden kurz nach dem Versteckspiel über den Eigentümer hergefallen sind und ihm den Schädel gespalten haben, finden sich solche Schätze dann womöglich erst Hunderte Jahre später. Weil ja keiner mehr wusste, was wo versteckt war. Meistens war erst die Komplettsanierung oder der Abriss eines alten Gemäuers der Grund für den Zufallsfund. Und der schmückte dann Vitrinen in Museen. Ehrliche Finder vorausgesetzt.

Wenn man davon ausging, dass der Kaufmann, der so einen Schatz in großer Hast verstecken musste, nur das zusammenraffen konnte, was an Barem da war, konnte man sich eine Vorstellung davon machen, was er an unbarem Vermögen in der Hinterhand hatte. Häuser, Grundstücke, Lager. Warenbestände, Schiffe,

Außenstände. Von den privaten Luxusgegenständen ganz abgesehen. Mancher Pelzmantel hätte eine Fischerfamilie monatelang ernähren können. Man brauchte sich ja nur die riesigen Kirchen dieser Stadt anzusehen: alles bezahlt von den privaten Spenden der Stralsunder. Was müssen da für ungeheure Summen zusammengekommen sein. Und das hatten die übrig, diese Pfeffersäcke!

Wie viel wohl dieser Michael Darne zum Gemeinwohl in seiner Stadt beigetragen hat? Ob er einen hübschen Altar für St. Marien aufstellen ließ? Oder ein Stück vom Gestühl, in dem dann jeden Sonntag seine Familie Platz nahm? Wie groß war die eigentlich? Wie viele Kinder? Von wie vielen Frauen? Eltern, Schwiegereltern? Aus seinen Aufzeichnungen ging mehr über seine wirtschaftlichen Aktivitäten hervor als über seine privaten. Hatte er öffentliche Ämter inne? Dafür müsste sie an die Ratsakten, ob er da irgendwo auftaucht. Auch die Kirchenbücher könnten weiterhelfen, was Geborenwerden und Sterben in der Familie Darne betrifft. Aber wollte sie sich so weit darauf einlassen? Spannend war doch vor allem erst mal diese Liste.

Schon der Text war ungewöhnlich. Eine Liste im Sinne einer Aufzählung von Gütern und Werten war es jedenfalls nicht. Eine wilde Mischung aus Niederdeutsch, Friesisch und Norwegisch. Auch ein paar Brocken Latein fanden sich darunter. Und immer wieder Symbole, die sie zu deuten versuchte. Eines mit drei kurzen, auseinanderstrebenden Strichen, die an der Spitze zusammenstießen, könnte auf das Wappen der Stadt hindeuten. Die Pfeilspitze wurde schon zu

Darnes Zeiten verwendet. Heute stand sie aufrecht unter einem Tatzenkreuz. Schlicht, aber sehr einprägsam.

Wie der Pfeil ins Stralsunder Wappen kam, war klar: *Stral* bedeutete im Slawischen *Pfeil* oder *Spitze*. Aber in welcher Bedeutung benutzte dieser Text das Symbol? War es ein Hinweis auf die Stadt als solche? Oder tatsächlich ein Richtungspfeil? Denn die Spitze zeigte mal nach links und mal nach rechts, einmal auch nach oben. Ging sie von der Annahme aus, bei Wulflams Liste handelte es sich tatsächlich um eine Art Schatzkarte, könnten die Pfeilspitzen sehr wohl eine bestimmte Suchrichtung vorgeben.

Und dann dieser liegende Halbmond. Nein, eher ein Halbkreis, an zwei Stellen in Verbindung mit der Pfeilspitze. Wieder ließ sie sich von den ältesten Wappen der Stadt inspirieren: Große Siegel aus dem 14. Jahrhundert wiesen das Symbol in Verbindung mit einer Kogge auf. Und ein moderner Grafiker würde sicher nicht zögern, aus einer starken, breitbrüstig durchs Meer pflügenden Hansekogge ikonographisch einfach einen auf dem Wasser dümpelnden Halbkreis zu machen. Aber konnte man das dem Schreiber dieser geheimnisvollen Liste ebenso zutrauen?

Sie runzelte ärgerlich die Stirn. So kam sie nicht weiter. Vielmehr sollte sie sich an die Worte halten, die sie übersetzen konnte. Und mit jeder Durchsicht der Liste löste sich ein Satzbauteilchen nach dem nächsten aus der jahrhundertealten Stille. Mehrfach fanden sich Vokabeln für *Haus* und *Lager*, die aber auch *Zuhause* und *Schlafstatt* bedeuten konnten. Dass es sich um so private Dinge handelte, dagegen sprachen aber die römischen Zahlen, mit denen diese Worte verbunden waren. Kein Mensch zählte sein Bett nach Dutzenden. Also eher eine Mengenangabe für Lagerbestände und Grundstücke, schlussfolgerte sie. War ja schließlich auch eine Schatzliste, wie sie sich gerne immer wieder ins Gedächtnis zurückrief.

Und dann dieser herrliche letzte Satz. Da tauchte endlich mal ein Name auf: Margarethe. Es gab nur eine Margarethe, die die Stadtgeschichte eindeutig den Wulflams zuordnete: Wulf Wulflams berühmtberüchtigte Ehefrau. Die Dame war so legendär, dass sie sogar in die Sagen der Stadt einging. *Die arme reiche Frau von Stralsund.* Konnte sie immer wieder lesen. Als die Wulflams 1391 die Hochzeit von Wulf und Margarethe ausrichteten, muss das so einen gesellschaftlichen Stellenwert gehabt haben wie 1981 die von Lady Di und Prinz Charles. Ein Traumpaar ihrer Zeit müssen sie gewesen sein, der mächtige Patriziersohn und die schöne Tochter des Münzherrn. Da vermählte sich Geld mit Geld. Und glaubte man der Legende, auch Hochmut mit Prunksucht: Weil es vor der Trauung geregnet hatte, sollen die Knechte quer über den Marktplatz vom Wulflam'schen Palais bis zur Tür von St. Nikolai eine breite Bahn Stoffes entrollt haben, über die das Brautpaar trockenen Fußes schreiten konnte. Stoff, aus dem man viele, viele Kleidungsstücke für Bedürftige hätte nähen können. Aber wie sagt der Volksmund so schön: Hochmut kommt vor dem Fall. Und irgendwann ging es dann mit den allmächtigen Wulflams derart bergab, dass die Witwe Margarethe am Portal der Kirche, durch das sie einst im Hochzeitsglanz geschritten war, um Almosen betteln musste. Die arme reiche Frau von Stralsund mit dem Silberteller in der Hand eben. Tolle Geschichte! Da kühlten doch Generationen sozial-neidischer Stralsunder ihr Mütchen dran.

Wie tief der Sturz der Wulflams im 15. Jahrhundert tatsächlich war, konnte kein Historiker mit Sicherheit sagen. Denn mit der ganzen Hanse ging es schließlich den Berg runter, sodass der Fall eines einzelnen Hauses gar nicht mehr groß aufgefallen sein dürfte. Aber zur Legendenbildung reichte es allemal.

Bislang hatte sie keine Quelle gefunden, die etwas über den Verbleib der hochedlen Bettlerin aussagte. Wann und unter welchen Umständen war sie gestorben? Laut Sage soll ihr der Stadtrat eine kleine Witwenrente gezahlt haben, damit sie ihr Elend nicht in aller Öffentlichkeit zur Schau trug. Glaubte man der historischen Erzählung von Wilhelmine Fleck, die sie kürzlich in dieser bezaubernden kleinen Buchhandlung erstanden hatte, landete die Dame am Ende im Kloster. Aber es gab doch auch reichlich Verwandte, allen voran die eigenen Kinder. Und da kam Michael Darne ins Spiel: Der war nämlich Wulflams Schwiegersohn, hatte dessen Tochter Katharina geehelicht. Kein Wunder also, dass sich in seinem Nachlass eine Liste mit der Überschrift »Wulflams Schatz« fand. Wenn das keine heiße Spur war!

Ein Lächeln huschte über ihre Züge und schnell schrieb sie ein paar Worte auf das Blatt, auf dem sie bisher nur herumgestrichelt hatte. Wieder hatte das widerspenstige Dokument ein Puzzleteil freigegeben. Als sie es aufgeschrieben hatte, lehnte sie sich zurück, streckte die Arme in die Höhe und seufzte zufrieden.

Armin Graf van Hagnat trat hinter sie und legte ihr eine Hand auf den Nacken. Dann beugte er sich über Beatrix und hauchte einen Kuss unter ihr Ohr.

»Na, meine Schöne? Hast du was herausgefunden?«, flüsterte er und begann, an ihrem Ohrläppchen zu knabbern.

Sie nickte langsam und deutete auf das Blatt.

»Lies noch mal vor«, bettelte er und fuhr fort, sie zu liebkosen.

Beatrix griff nach ihrer Notiz und sagte: »Frei übersetzt ist es sogar ein kleiner Spruch.«

»Nun spann mich doch nicht auf die Folter, Liebste. Sag schon!«, forderte er und wanderte mit dem Mund ihr Schlüsselbein entlang.

Da stand sie auf, das Blatt in der Hand und rezitierte mit Pathos:

»Such nur such,
kein Weg führt hin
ohne Margarethens Stundenbuch!«

11

Ja, so musste es laufen. So liebte er seine Arbeit. Kulturdezernent Axel Röhrich öffnete mit Bedacht eine Weinflasche, die seit Wochen in seiner Küche herumstand. Heute würde er sich ein Gläschen gönnen. Die Sitzung war ja so gut gelaufen. Der Chef zufrieden, die Ausschussmitglieder zufrieden, selbst dieser Tattergreis vom Archiv zufrieden. Und nun durfte er auch zufrieden sein.

Das mit dem Stadtarchiv hatte er doch wirklich geschickt eingefädelt. Eine Millioneninvestition für den Neubau durchgedrückt, weil er keine Lust hatte, an dem alten Kloster ewig rumzusanieren. Da musste man doch wirklich mal auf dem Teppich bleiben. Die paar hochbetagten Freaks, die da noch hintippelten, um Details aus der Stadtgeschichte hervorzukramen, für die sich eh kein Mensch mehr interessierte, würden bald von selbst aussterben. Über Stralsunder Geschichte war wahrlich genug aufgeschrieben und verbreitet worden. Das konnte man heute mit einem Link zu Wikipedia abarbeiten. Die Handvoll Stadtführer, die sich von diesem Wissen noch nährten, würde er auch bald abschaffen. Die Tourist-Information klagte ohnehin, wie schwer es sei, all diese Individualisten mit ihren pseudohistorischen Kostümen zu koordinieren. Der eine wohnte im Sommer auf Hiddensee und konnte erst wieder im Herbst, der andere beaufsichtigte dienstags immer die Enkel und konnte deshalb nicht den Nachtwächter spielen, und so ging das immer hin und her. Die ganze Mischpoke wird er durch Audioguides ersetzen. Modern, mobil, leicht zu machen. Da braucht es dann nur noch einen Mitarbeiter der Tourist-Information, der die Technik wartet und die Ausgabe regelt und man kann den ganzen Schwarm Stadtführer nach Hause schicken.

Das war zwar Zukunftsmusik, aber er sollte das bald einmal anbringen an höchster Stelle, denn jetzt konnte er sich in der Gunst des OB sonnen. Die Archivsache war wirklich wunderbar durch den Haupt- und Finanzausschuss gerutscht. Der Niemann hatte seinen Auftritt, durfte ganze fünf Minuten reden. War natürlich vorher alles mit ihm abgestimmt. Ganze Passagen hatte er dem alten Mann vorgeschrieben und zum Ablesen mitgegeben. Hatte der auch brav gemacht. Wenn er dem Niemann kein ordentliches Korsett verpasst, kriegt der ewig das Reden und schwärmt womöglich wieder von *den Schätzen*, die sie da angeblich hätten im Archiv. Nicht auszuhalten das Geschwafel. Dafür hat ein Dezernent keine Zeit. Und OB Drechsler schon gar nicht.

Ein Großteil ihrer gemeinsamen Arbeit ging für strategische Überlegungen drauf. Wobei sein Part darin bestand, kluge Ideen einzustreuen und dem Chef die Möglichkeit zu geben, sie zu seinen eigenen zu machen. Nie widersprechen, konstruktiv bereichern – so macht man moderne Verwaltungspolitik. Und so steigt man auch zur linken Hand des Bürgermeisters auf. Selbst mit einem so schwierigen Ressort wie Soziales, Familie, Bildung, Sport und Kultur, das ewig nur Geld kostet und keines einbringt.

Jedenfalls konnte er das olle Kloster jetzt leerziehen. Die Mitarbeiterschaft war auf ein Minimum reduziert. Hatte sich selbst Stück für Stück demontiert. Was für seltsame Zufälle es im Leben gibt, dachte Röhrich, während er an seinem Wein nippte und langsam von der Küche in den Wohnbereich schlenderte. Der Erste kommt unter die Räder, der Zweite hat ein schwaches Herz, der Dritte stürzt die Treppe runter. Und der Vierte verabschiedet sich demnächst in den Ruhestand. Die Stelle wird intern ausgeschrieben, die kann er gut für die Dame aus der Kita-Planung gebrauchen. Er muss sie ein wenig aus der Schusslinie nehmen, gab allzu viel öffentliche Kritik in jüngster Zeit. Nicht genug Plätze für die Blagen, kein vernünftiger Personalschlüssel in den Gruppen, keine Trägervielfalt, blablabla. Der Fritze von der Ostsee-Zeitung scheint sich regelrecht auf die Gute eingeschossen zu haben. Die arme Frau braucht dringend eine Atempause. 20 Jahre Kita-Planung sind genug, soll sie sich in ein neues Sachgebiet einarbeiten. Steigt sogar noch eine Besoldungsgruppe höher. Sie wird zu schätzen wissen, was er für sie tut. Vielleicht kommt noch mal so eine nette Nacht zustande wie damals am Seminarwochenende in Bad Sülze …

So, und was das ewige Palaver über die ach so wertvollen Bestände des Stadtarchivs betrifft, dürfte jetzt auch mal Ruhe sein. Alles nur Plunder, wie die erste ernsthafte Schätzung durch diesen Fachmann aus Nürnberg bewiesen hat. Wenn sie davon ein paar

Kartons loswerden und das noch 60 000 Euro in die Stadtkasse spült, können doch alle zufrieden sein. Zwar keine große Summe, aber endlich mal was auf der Habenseite. In einer Abteilung, die sonst immer nur nimmt.

Er jedenfalls war zufrieden. Axel Röhrich ließ sich mit einem wohligen Seufzer auf sein cremefarbenes Ledersofa gleiten. Haupt- und Finanzausschuss fanden den Verkauf klasse. Haben zwar alle keine Ahnung von der Materie, all die braven Handwerksmeister und Kleinkrämer und Sportfunktionäre, die es in so eine Bürgerschaft verschlägt. Aber dass die Aktion sozusagen mal Platz im Regal schafft, das leuchtete ihnen allen ein. Aufräumen – das war das Zauberwort, das er für die ganze Aktion ausgegeben hatte. Und sie alle waren ja mal angetreten, in der Stadt so richtig aufzuräumen! Mit diesem Anliegen wird man heute in den Stadtrat gewählt. Nur die eine Ziege von der Opposition musste nach dem *kulturgeschichtlichen Wert* der Schulbuchsammlung fragen. Das war der einzige kritische Moment, zumal schon ihr Tonfall verriet, dass sie auf Krawall gebürstet war. Dafür war die Gute bekannt. Augenblicklich setzte bei den Abgeordneten der anderen Fraktionen das übliche Augenrollen ein. Ihre eigenen Leute hingegen hatten sich entschuldigt und fehlten in der Bürgerschaft. Was ja auch keine Seltenheit war.

Der OB fing sofort an, seinen Kuli an- und auszuklicken. Röhrich konnte dieses Geräusch nicht ausstehen. Es ging häufig den cholerischen Ausbrüchen seines Chefs voraus. Aber Niemann reagierte, wie sie es einstudiert hatten. Sagte sauber sein Sprüchlein auf, dass das alte Zeug nicht das Papier wert sei, auf dem es gedruckt stehe und so weiter. War ja auch die reine Wahrheit, davon war der Kulturdezernent überzeugt. Obwohl er keinen Blick auf den fraglichen Bestand geworfen hatte.

Obwohl: Vielleicht sollte er sich das Zeug doch noch mal ansehen, ehe es nach Nürnberg transportiert wird. Wenn ein paar besonders gut erhaltene Exemplare darunter waren, ledergebunden, goldgeprägt, so was eben … Die täten sich gut in seinem Dienstzimmer machen, solche Schmuckstücke. In dem großen Vitrinenschrank, den er sich aus dem Museumsdepot hatte kommen lassen. Ein wirklich imposantes Möbel: Gründerzeit, dunkle Eiche, dreiflügelig mit Glaseinsätzen links und rechts. Wenn da ein paar hübsche dicke Schwarten drinstanden, machte das doch einen sehr gediegenen Eindruck. Und auf den Eindruck kam es an. Als Kulturdezernent wollte er Seriosität ausstrahlen, kultiviert und gebildet rüberkommen. War er ja schließlich auch! Ein Mann mit Geschmack und Charme, der sich gern mit Künstlern zeigte. Auch wenn er ihre Bilder/Musik/Bücher im Grunde unverständlich und/oder langweilig und/oder ziemlich überflüssig fand. Der Eindruck zählte, damit kam man weiter, auch ohne Parteiapparat in der Rückhand. Und wer weiß, vielleicht würde er bei der nächsten Wahl als Oberbürgermeister kandidieren? Die feine, parteilose Alternative! Das war doch ein guter Slogan, oder? Der Bürgermeister der mitdenkenden Mitte! Ob er das nicht gleich mal aufschreiben sollte? Solche Ideen kamen einem nur nach einem gelungenen Tag in der glückseligen

Mattheit des entspannten Feierabends bei einem gepflegten Rotwein.

Alex Röhrich gab sich seinen Träumen hin. Wenn er Oberhaupt von Stralsund wäre … Da klingelte sein Handy. Erst wollte er es ignorieren, aber dann obsiegte doch das Bewusstsein, dass ihm vielleicht wichtige Informationen entgingen. Seufzend erhob er sich wieder von der Couch, stellte das Weinglas ab und schlich in den Flur, wo er das Handy zusammen mit Schlüssel und Seidenschal auf die Kommode gelegt hatte. Ein Blick auf das Display bestätigte, dass seine Entscheidung richtig war, doch ranzugehen, denn es handelte sich um die Privatnummer des OB. Röhrich entschied sich, den Müden zu geben. Ein Gähnen unterdrückend meldete er sich leise: »Röhrich, ja bitte?« »Mein lieber Axel! Habe ich dich etwa schon aus dem Schlaf geholt?«

»N-nein, noch nicht wirklich. Habe noch ein bisschen gelesen … Was beschäftigt dich denn zu so später Stunde, Joachim?«

»Ich wollte dir nur noch mal persönlich sagen, dass du die Archiv-Vorlage gut vorbereitet und sauber durchgezogen hast. Respekt!« Im Hintergrund hörte man Applaus und lautes Lachen. »Soll ich dir auch von den Parteifreunden hier am Stammtisch sagen. Wir sitzen noch ein bisschen zusammen. Da kommen einem die besten Ideen!« Zustimmendes Gemurmel aus dem Lokal.

»Danke, Herr Oberbürgermeister!«

»Bitte, bitte. Lob, wem Anerkennung gebührt. Da ist es dir gelungen, einen erheblichen Kostenfaktor im Verwaltungshaushalt zu minimieren. Und weil du so schön beim Aufräumen bist, kannst du mit der Bibliothek gleich weitermachen!«

Röhrich schluckte. Nicht schon wieder die Bibliothek. Das kam doch jedes Jahr einmal hoch. Er dachte, an der Front war jetzt endlich mal Ruhe. Aber das konnte er ja dem Chef schlecht ins Gesicht sagen. Deshalb fragte er vorsichtig: »Und was genau schwebt dir da vor, Joachim?«

»Naja, ich finde, die haben immer noch zu viel Platz alle miteinander in ihrem Bücherpalast. War ja schließlich auch eine riesige Investition, das ganze Gebäude zu sanieren. Jetzt könnten die Außenstellen da auch wirklich endlich mit reinziehen.«

Axel Röhrich zupfte an dem Seidenschal herum, der auf der Kommode lag. Ein unappetitliches Thema. Der OB wusste genauso gut wie er: Die Bibliothek hatte in der Stadt eine viel bessere Lobby als das Archiv. Da schlugen die Emotionen stets hoch. Bei der kleinsten Andeutung einer Gebührenerhöhung – Protest! Stellenkonzept? Geschrei! Mittelkürzung? Skandal! Die Medien immer dabei. Die interviewten sofort irgendeinen Hartzvierer, der auf seine Teilhabe an Bildung und Kultur pochte und beteuerte, ohne Bücher nicht leben zu können. Unerfreulich, höchst unerfreulich das Ganze.

»Bist du noch da, Axel? Oder schon eingeschlafen über deinen Büchern – haha haha!« Der OB lachte herzhaft in den Hörer. Die Runde gröhlte mit.

»Ich bin hellwach. Die Rädchen rattern schon, sozusagen. Ich denke mir was aus, aber gib mir etwas Zeit«, antwortete er schließlich mit gespieltem Elan.

»Klar doch, soll Hand und Fuß haben. Kulturausschuss tagt ja auch erst wieder in drei Wochen«, dröhnte das Stadtoberhaupt gut gelaunt. Hinter ihm lautes Gepolter. Es schien hoch herzugehen in der Stammtisch-Runde. »Die Stimmen meiner Parteifreunde hast du schon mal sicher! Nacht, Axel, bis morgen!«

Der OB hatte aufgelegt. So ging Stadtpolitik: Der Stammtisch hat beschlossen, die Stimmen waren sicher. Zack! Axel Röhrich wusste genau, dass es unter den Herren dort in der Bierrunde nicht einen einzigen Nutzer der Bibliothek gab. Müde trottete er zurück zu seinem Ledersofa und seinem Glas Wein.

Morgen früh musste er sich zuerst die aktuellen Zahlen kommen lassen. Hoffentlich waren die Ausleihen rückläufig. Dann fand er das richtige Totschlagsargument.

Bücher-Anzeiger. № 21.

Nachstehende Bücher sind bei **F. W. Gröning**, Buchhändler in Bernburg, sowie in allen übrigen Buchhandlungen für beigesetzte Preise zu haben.

Dr. H. G. Vollmer's deutscher

Universal-Briefsteller

für alle Stände.

Enthaltend die Regeln der Rechtschreibung und Anweisung, alle Arten von Briefen und schriftlichen Aufsätzen, als: Eingaben, Bitt- und Beschwerdeschriften, freundschaftliche, glückwünschende, tröstende, Dank- und Empfehlungsbriefe, Mahn- und Einladungsbriefe, ferner Verträge aller Art, als: Verkaufs-, Bau-, Pacht- und Miethcontracte, sowie Cessionen, Vollmachten, Zeugnisse, Quittungen u. a. m., richtig und allgemein verständlich zu verfassen; nebst Belehrungen über die jetzt gebräuchlichen Titulaturen und Adressen, über kaufmännische Aufsätze und Buchführung, über mancherlei Rechtsangelegenheiten, über Steuer- und Postwesen; Erklärung und Verdeutschung der gebräuchlichsten Fremdwörter u. dgl. m. Achte, verbesserte und vermehrte Auflage, bearbeitet von Fr. Bauer. 8. geh. Preis 12 Gr.

Bereits in achter Auflage erscheint hier eine für alle Stände sehr nützliche und brauchbare Schrift, welche höchst praktische Anweisungen und Formulare zu allen möglichen, im bürgerlichen Leben vorkommenden Briefen und Aufsätzen, in mannigfachster Auswahl enthält.

Der Inhalt ist folgender: 1) Kurzer Umriß der deutschen Sprachlehre und deren vorzüglichsten Regeln. 2) Ueber Briefe und deren Abfassung im Allgemeinen. 3) Ueber die verschiedenen Arten der Briefe. 4) Titulaturen. 5) Briefe. 6) Kaufmännische Angelegenheiten und Aufsätze. 7) Ueber verschiedene Rechtsangelegenheiten nach preußischen Gesetzen. 8) Verschiedene Aufsätze, welche im bürgerlichen Leben vorkommen, als: Vollmachten, Reverse, Schuldscheine, Quittungen, Rückbürgschaftsscheine, Schadlosverschreibung des Selbstschuldners ꝛc. 9) Das Steuerwesen. 10) Das Postwesen. 11) Erklärung und Verdeutschung der in schriftlichen Aufsätzen gebräuchlichsten Fremdwörter. — Man ersiehet hieraus die große Reichhaltigkeit des Werkes, das ein wahrer Hausrathgeber genannt werden kann. Der Preis ist äußerst billig.

Für Mühlenbesitzer und Mühlenbauer.

Die neuesten und wichtigsten Erfindungen und Verbesserungen an den verschiedenen Arten der

Mühlen,

als Wasser-, Wind- und Thiermühlen, insbesondere der Mahl-, Oel-, Pulver-, Loh-, Walk-, Papier-, Schneide-, Schleif- und Polirmühlen und Beschreibung einiger neuen hydraulischen Maschinen. Mit voranstehenden gemeinnützigen Belehrungen über die Mühlen überhaupt, zur vortheilhaftesten Betreibung derselben in den jetzigen Zeiten, und einer Anleitung, schadhafte Mühlen wieder herzustellen, und alte nach neuer Art zu verbessern. Ein unentbehrliches Handbuch für jeden Mühlenbesitzer und Mühlenbauer. Von C. Kuhnert. Erster Band. (Der 2te Band folgt binnen kurzem.) Vierte, verbesserte und sehr vermehrte Auflage. Mit 46 Tafeln Abbildungen. gr. 8. Preis: 2 Thlr. 16 Gr.

Dieses Werk, das den allgemeinsten Beifall gefunden hat, erscheint hier in einer neuen, sehr verbesserten Auflage, welche mit den bis auf die neueste Zeit im Bau der verschiedenen Arten von Mühlen gemachten wichtigen Erfindungen und Verbesserungen bereichert ist.

A. W. Demme: Der praktische

Maschinenbauer.

Enthaltend Anweisungen, Locomotiv-, Wassersäulen-, Schraubenschneid-, Stick-, Dreh-, Reib-, Schlämm-, Tuchrauh-, Fournierschneid-, Web-, Druck- ꝛc. Maschinen, sowie Apparate zum Abdampfen, Gebläse mit heißer Luft, Feuerspritzen, Krahne, Mahlmühlen mit verticalen Steinen, Apparate zum Eindicken und Versieden des Rohzucker- und Runkelrübensyrups, eine Maschine zum Messen und Zusammenlegen der Zeuge, Pressen, ꝛc. ꝛc. nach den neuesten Erfindungen und Verbesserungen zu construiren. Ein Handbuch für Maschinenbauer, Mechaniker, Kunstdrechsler und Fabrikbesitzer. Zweite Lieferung. Mit 1 Atlas Abbildungen. 8. Preis: 3 Thlr. 8 Gr.

Dieses Werk ist für den Techniker und Maschinenbauer unbedingt eins der wichtigsten und nützlichsten, indem es ihn mit allen neuen Maschinen, Instrumenten und Apparaten in den verschiedenen Zweigen der Technik bekannt macht und sie durch correcte, detaillirte Abbildungen zugleich so veranschaulicht, daß solche danach construirt werden können. Die gegenwärtige Lieferung enthält nicht weniger als 18 Tafeln Abbildungen in quer Folio-Format. — Eine dritte Lieferung wird in kurzem folgen; jedoch wird jede Lieferung besonders verkauft.

1412

Endlich war Ruhe eingekehrt auf dem Fährmannshof am Sundufer. Die Söhne des alten Budenschön, die genau wie ihr Vater Tag für Tag mit flachen Kähnen hinüber nach Rügen übersetzten, hatten sich in ihre Hütten zurückgezogen und sammelten Kraft bis zum Sonnenaufgang. Ihre lärmende Kinderschar war verschwunden, von den Müttern lautstark zur Nachtruhe gerufen. Bis zur völligen Finsternis hatten die Männer noch große Bündel unter ein Vordach gestapelt, die morgen hinüber zur Insel gebracht werden sollten. Die Wolken hingen tief, es sah nach Regen aus. Wenn die Bündel dadurch verdarben, würde man es von ihrem Fährlohn abziehen. Doch jetzt hörte man wirklich nur noch die Geräusche der Nacht. Den laschen Wellenschlag des Sundes an das flache Ufer. Das Knarren der großen Eichen hinter den Hütten. Den fernen Ruf eines Käuzchens.

Die Einzige, die all dies noch hörte, weil sie nicht schlief, war Margarethe Wulflam. Ein winziges Talglicht glomm auf dem Lehmboden ihrer Hütte. Sie kauerte auf dem Strohsack, der ihr als Matratze diente, umklammerte die Knie und wiegte sich leicht vor und zurück. Sie hatte gewartet, bis Ruhe eingekehrt war auf dem Gehöft, obwohl sie es kaum noch aushielt. Heute war der

Tag, wo sie ihr Stundenbuch hervorholen würde. Ihren geheimen Schatz, das einzige Stück von Wert, das ihr geblieben war.

Das Verlangen, das Büchlein aus seinem Versteck zu holen, baute sich stets über mehrere Tage auf. Es begann gewöhnlich morgens mit dem ersten Gedanken, der sich in ihren Kopf schlich, noch bevor sie die Lider hob. Dieser Gedanke gewann Kraft, mischte sich immer öfter ins Tagesgeschehen, drängte Hunger, Kälte und Schmerz beiseite und beherrschte sie am Abend völlig. Sie konnte dem Drang dann noch ein, vielleicht sogar zwei Tage widerstehen, aber dann stand fest: Sie würde ihr Stundenbuch hervorholen und betrachten. Sie würde es liebkosen und an die Brust drücken, heiße Tränen vergießen und Trost empfinden.

Margarethe lauschte noch einmal mit allen Sinnen in die Nacht, ob sie auch wirklich ungestört war. Dann richtete sie sich halb auf und zog den Strohsack ein Stückchen zur Seite. Sie nahm ihren hölzernen Löffel zur Hand und begann bedächtig, den Boden an der Stelle aufzuscharren, wo sonst ihr Kopf lag. Sie arbeitete so leise wie möglich, hielt immer wieder inne, um sicher zu sein, dass sich niemand näherte. Dann schabte sie weiter, tastete im Dunkeln nach Konturen, bis sich im Lehm ein Viereck abzeichnete, gerade mal eine Spanne lang und eine halbe breit.

Die Witwe Wulflam grub fast eine Stunde in Düsternis und Stille, bis sie ihren Schatz freigelegt hatte. Sie holte das in dünnes Leder geschnürte Bündel aus der flachen Grube und schüttelte letzte Erdkrumen ab. Dann beugte sie sich ganz nah an das Talglicht, um die Knoten aufzuknüpfen. Als sich das schützende

Leder öffnete, glänzte es golden im schwachen Schein. Ein seliges Lächeln huschte über Margarethes Züge. Ihre Finger wanderten zärtlich über den großen Rubin und die anderen Ziersteine. Türkis und blauer Saphir, auch Rosenquarz und Bergkristall. Alles edle Steine, die schon ihr Schwiegervater und dann ihr Gatte von ihren Reisen mitgebracht hatten. Sie streichelte die feine Ziselierung des Goldblechs, mit dem der Einband beschlagen war, drückte das Buch an die Lippen und sog den Geruch von Pergament und Leder ein. Dann ließ sie erneut die Edelsteine im Licht blitzen, konnte sich kaum sattsehen an der Kunstfertigkeit des Kleinods. Schon immer war dieser Schatz von unermesslichem Wert für ihre Familie gewesen. Jetzt, wo er die letzte Erinnerung an ihren verlorenen Reichtum darstellte, erhielt er noch ein ganz anderes Gewicht.

Tränen quollen aus Margarethes Augen, obwohl sie immer noch glückselig lächelte. Eigentlich hatte sie nie herzzerreißend weinen können. Weder als Kind, als ihre Mutter an der Pest starb und sie nicht einmal in die Nähe ihres Bettes kommen durfte, noch als man ihr die Nachricht von der Ermordung ihres Mannes brachte. Sie hatte es stets als Schwäche empfunden, wenn die Weiber in Tränen ausbrachen. Dabei hatte sie wahrlich Grund, ihr Leid zu beklagen. Wer in Armut und Elend geboren war, dürfte an ein solches Schicksal gewöhnt sein. Aber sie, Margarethe Wulflam, war einst die mächtigste Frau von Stralsund gewesen. Und nun hockte sie hier in dieser rußigen Hütte und hatte kaum das tägliche Brot.

Nicht Trauer war es, die ihr die Tränen in die Augen trieb, sondern Wut. Ohnmächtige Wut über das maßlose Unrecht, das ihr zuteilwurde. Nie würde sie die

Schmach vergessen, als die Gläubiger wie Ratten aus allen Löchern gekrochen kamen und Geld von ihr forderten, ihrer frischen Witwenschaft ungeachtet. Sie hat ihnen allen die Mäuler gestopft, bis nichts mehr übrig war vom Vermögen der Wulflams. In Generationen erworben, mit Blut erkämpft, mit Klugheit vermehrt. Mit ihr hatte das nun ein Ende gefunden. Ihre Kinder waren es nicht wert, den Schatz der Wulflams weiter zu hüten. Sie dachte flüchtig an ihren trunksüchtigen Stiefsohn, dem sie die Rohheit nie austreiben konnte. Und an ihre Tochter, dieses blutleere Geschöpf. Was für eine missratene Generation. Nein, sie war die Einzige, die den Schatz der Wulflams aus dem Untergang retten konnte. Sie wusste, wo er versteckt war und was er bewirkte. Und sie hatte ihn rechtzeitig an sich genommen, als sich das Ende abzeichnete.

Aus Margarethes Lächeln war ein grimmiges Grinsen geworden. Ihre Finger zitterten leicht, als sie die zierliche Schließe öffnete und das Buch aufschlug. Es gab kein Titelblatt, keinen Hinweis, der erklärte, was auf den folgenden Seiten zu sehen war. Dann aber kamen deutliche Buchstaben und Zeichen, mit großen, reich verzierten Initialen, in Gold, Rot und Himmelsblau kunstvoll umschnörkelt. Auf den ersten Blick sah es aus wie das hochgeschätzte Gesangbuch einer frommen, vornehmen Dame, die zur eigenen Erbauung inbrünstig daraus betet. Und tatsächlich ergriff Margarethe ein fast religiöses Fieber, als sie anfing zu lesen. Leise murmelte sie die verhängnisvollen Worte, den unheilvollen Bann. Dabei wiegte sie den Oberkörper immer heftiger hin und her, nickte zustimmend mit dem Kopf, wenn sie einen Vers vollendet hatte, vergaß die elende Hütte um sich herum und tauchte ganz ein in die bodenlose Schwärze dieser Zeilen. Mit glänzenden Augen sprach sie den Fluch, mit dem die Wulflams sich der Hölle verbündet hatten. Und mit dessen Hilfe sie jahrzehntelang die ganze Stadt, ja den Bund der Hansen beherrschen konnten.

Margarethe wollte schier zerspringen vor Hass, als ihr unheiliges Gebet schließlich endete. Sie sprang auf und drückte das goldbeschlagene Büchlein an die schwer atmende Brust. Am liebsten wäre sie jetzt hinausgerannt, hätte sich die Kleider vom Leib gerissen und wäre in den nachtschwarzen Sund getaucht, um die fiebrige Hitze ihres Leibes zu kühlen. Aber sie besann sich rechtzeitig. Sie durfte keinen Lärm machen. Das Geheimnis, das sie hütete, durfte um keinen Preis entdeckt werden. Sonst landete sie nicht nur in Not und Schande, sondern auch noch auf dem Scheiterhaufen. Kein Schatten durfte auf den Namen der Wulflams fallen. Das war sie ihrem Schwiegervater und ihrem Gemahl, die sie immer wie eine Königin behandelt hatten, schuldig.

Margarethe rollte sich auf ihrem Lager ein, den goldbeschlagenen Schatz an die Brust gedrückt, bis sich ihr Herzschlag beruhigte.

Sie erinnerte sich daran, wie Wulf sie am Abend des Festes feierlich in die Kammer führte, nachdem sie in großer Gesellschaft das zehnte Jubiläum ihrer Eheschließung gefeiert hatten. Sie wusste noch genau, wie verstimmt sie war, weil ihr Gatte kein Geschenk für sie hatte an diesem denkwürdigen Tag, wo er doch sonst nicht geizte mit schönen Gaben. Er hatte ihre leichte Verärgerung wohl bemerkt und ihr beim Tanz zugeraunt, dass er noch eine Überraschung für sie habe. Er versprach ihr etwas von unermesslichem Wert, als sich der Saal allmählich leerte. Und schließlich war die mit Ungeduld erwartete Stunde gekommen. Wulf Wulflam hatte seine Frau, schön wie eine Göttin auch nach einem langen Abend mit vielen Gästen, an die Hand genommen und in eine Kammer geführt, in der ein Betpult vor einem schlichten Kruzifix stand. Eine Art Hauskapelle, die aber niemand in der Familie regelmäßig benutzte, bis ihre Tochter das Beten für sich entdeckt hatte und oft stundenlang dort kniete. Wulf hatte die Tür sorgfältig hinter sich geschlossen und Margarethe offenbart, dass er sie an ihrem zehnten Hochzeitstag endgültig für würdig hielt, den Schatz der Wulflams kennenzulernen und zu hüten. Und dann hatte er ihr das Geheimnis seiner Macht offenbart. Er hatte es beim besten Goldschmied der Hanse in Gold fassen lassen. Der beste auch deshalb, weil der alte Meister fast erblindet war und mit den Händen besser sah als mit den Augen. Denn kein Mensch als der alte Bertram, er selbst und nun auch sie, seine Margarethe, die treue, tapfere, schöne Gemahlin, durften um den Inhalt dieses Buches wissen. Sollte es jemand entdecken und nach der Lektüre fragen, so solle sie stets antworten, es handele sich um ihr Stundenbuch.

In den nächsten Tagen hatten sie sich mehrfach nächtens in die Kammer eingeschlossen, und Wulf hatte sie den Gebrauch dieses Buches gelehrt. Sie hatte gelernt, die Zeichen zu deuten und den Fluch zu sprechen, der die Macht hatte, sie alle zu bannen. Die Macht, ihre Feinde zu zersplittern und ihre Freunde zu lenken. Und sie lernte dieses Gebet mit Inbrunst. Bertram Wulflam hatte den Bann schon vor langer Zeit über das Stralsunder Rathaus gesprochen und seitdem regelmäßig wiederholt. Er hatte die machtvollen Verse von einer Reise weit in den Osten mitgebracht, mehr wusste sie nicht über die Herkunft. Nach dessen Tode hatte Wulf Wulflam den frevelhaften Zauber fortgeführt und damit alle vor seinem Willen gebeugt. Wenn ihm eines Tages die Kraft dafür fehlte, sollte sie die geheimen Worte sprechen und damit die Macht der Familie erhalten. Sie hatte geschworen, sich dafür bereitzuhalten.

Draußen stimmte die erste Amsel ihr Morgenlied an, bald würde es dämmern. Sorgsam wickelte Margarethe ihr unheiliges Stundenbuch wieder in das weiche Leder, verschnürte es sorgfältig und legte es zurück in sein flaches Grab unter ihrer Lagerstätte. Dort würde es versteckt bleiben, bis es wieder nach ihr rief, um ihrem Zorn, ihrem Neid und ihrer Missgunst frische Nahrung zu geben.

12

Leise schaukelte sein Boot in der Marina am Hafen, als Harald Kron die Augen aufschlug. Das Kreuz tat ihm weh, während er sich ächzend aufrichtete. Klar, er war nicht mehr der Jüngste, aber so was kannte er kaum. Es musste an der Koje liegen. Ging schon mal ein paar Nächte, ersetzte aber nicht ein ordentliches Bett.

Er sah verquollen aus, stellte er beim Waschen und Zähneputzen in dem winzigen Spiegel an der Kajütenwand fest. Wie man eben aussah, wenn man schlecht geschlafen hatte. Und vor allem zu wenig. Sabine hatte ihm gestern ein Buch empfohlen, und er konnte es nicht aus der Hand legen. Was Historisches über die Ausgrabung von Babylon. Von einer blutjungen Autorin, deren Namen er sich nicht merken konnte. Anspruchsvoller Stil, zog aber toll rein. Er hatte erst morgens gegen zwei das Licht gelöscht – und jetzt war er nicht ausgeschlafen. Missmutig schüttelte der Architekt den Kopf und zog sich die Jeans und einen weiten Wollpullover über. Ein Kaffee und ein frisches Brötchen waren sein nächstes Ziel. Und da er keine Vorräte an Bord hatte, musste er sich eine Bäckerei suchen.

Es wurde Zeit, dass er wieder ein richtiges Zuhause hatte, befand Harald, als er die drei Stufen aus der Kajüte hinaufstieg. Die Sonne sprang ihn mit unverhohlener Munterkeit an. Er ging zurück und angelte die Sonnenbrille vom Wandbrett. Dort lagen auch sein Handy, die Armbanduhr und seine Börse, die er vergessen hatte einzustecken. Das wäre ihm wahrscheinlich erst aufgefallen, wenn er seinen Kaffee bezahlen wollte. Oh Gott, wie peinlich. Nicht nur lahmes Kreuz, sondern auch noch Demenz, verspottete er sich selbst.

»Moin, Kamerad! Na? Auch schon ausgeschlafen?«, tönte es ihm fröhlich entgegen, als er zum zweiten Mal an Deck kam. Neben ihm ankerte eine Yacht mit dem klangvollen Namen *Dolores*. Ein dicklicher Endvierziger in teurer rot-blauer Segelkleidung knotete an einem Tau herum und schien begierig darauf, ihm den Morgen weiter zu vermiesen. Jetzt tauchte auch noch ein Frauenkopf in der Luke auf: Die Löckchen und Strähnchen sahen nach echtem Frisör-Kunstwerk aus. Harald nickte nur kurz in Richtung des Nachbarbootes, dann schwang er sich von Bord und eilte mit großen Schritten den Steg entlang. »Hat er was gesagt?«, hörte er die Frauenstimme von der *Dolores* quäken. »Nö, nix«, antwortete der dazugehörige Mann verdrossen.

Harald war es gleich, wenn er die neugierigen Segelfreunde enttäuscht hatte. Erst einen Kaffee, den Kopf freikriegen und dann den Tag noch einmal beginnen, nahm er sich vor. Er wollte sich heute mit der Mitarbeiterin vom Stralsunder Bauamt treffen, in deren Zuständigkeit das alte Händlerhaus fiel. Ihm waren bei einem gründlichen Rundgang doch einige Dinge aufgefallen, die man angehen musste, ehe es zu ernsthaften Schäden kam. Die Hinweise, die Sabine ihm gegeben hatte, waren dabei sehr hilfreich. Noch genügten zwei, drei Tage Maurer- und Zimmermannsarbeit, um die Kleinigkeiten zu beheben. Wartete man jedoch noch lange damit, wären bald umfangreichere Reparaturen nötig.

Harald Kron hatte etliche Telefonate führen müssen, um rauszukriegen, wer jetzt für das Denkmal zuständig war. Viele der Verantwortlichen, die er damals während der Restaurierung kennen- und als Partner schätzengelernt hatte, waren inzwischen im Ruhestand, in andere Abteilungen versetzt oder schlicht nicht mehr in der Stadt. In den letzten Tagen hatte er sich aber doch durch Denkmalschutzabteilung, Bauamt und Zentrales Gebäudemanagement, Kulturdezernat, Welterbe-Zentrum und Museumsverwaltung geackert, um den richtigen Ansprechpartner zu finden. Die Dame vom Bauamt, die nun als solcher feststand, war nicht begeistert gewesen, als er sie um ein Gespräch bat. Sie lehnte es kategorisch ab, ins Händlerhaus zu kommen, dafür habe sie momentan keine Zeit. Also musste er hingehen und sie an ihrem Schreibtisch von den nötigen Dingen überzeugen. Er hatte schon eine kleine Liste gemacht, die er ihr unter die Nase halten würde. Die entsprechenden Fotos hatte er auf dem Handy.

Der Architekt konnte nicht verstehen, warum sich in Stralsund scheinbar niemand dafür interessierte, wie es dem Händlerhaus ging. Er jedenfalls hing noch nach 20 Jahren mit Leib und Seele an dem Objekt. Wenn man in uralter Bausubstanz baute, war das immer spannend. Da gab es häufig ungeahnte

Überraschungen, musste man improvisieren und den handwerklichen Ehrgeiz der Bauarbeiter wecken. Aber bei keinem Gebäude waren er und seine Leute so gefordert worden wie bei diesem. Es war, als würde das Haus Schicht für Schicht immer neue Geheimnisse enthüllen. Das tat es aber keineswegs freiwillig, sondern man musste es schälen – wie eine Zwiebel. *Mein Zwiebelhaus*, dachte Harald Kron wieder einmal und dabei hellte sich seine Stimmung endlich auf. Lag das vielleicht auch an der Frau, die mit ihrem gemütlichen Buchlädchen das Haus mit Leben erfüllte? Und jetzt lächelte er wirklich, als er an Sabine Prehn dachte.

Schon in den letzten vier, fünf Jahren war er sich sicher, dass er mit dem Thema *Frauen* abgeschlossen hatte. Das war eben so ab einem bestimmten Alter: Man schaute mit ungläubigem Lächeln auf die wilde, hormonbewegte Zeit seiner Jugend zurück, als man sich binnen Augenblicken verlieben konnte. Was waren das für anstrengende Zeiten gewesen! Ewig dieses Hin und Her von Ungewissheit und Hoffnung. Das Flirten und Werben, stets unsicher, ob man den richtigen Ton traf, die passende Reaktion zeigte, das angemessene Präsent fand. Da war eine Ehe doch schon eine deutliche Verbesserung: Man hatte gewählt und sich festgelegt. Man kannte den anderen und war sich seiner sicher. Herdfeuer statt Vulkanausbruch. Harald schätzte ein, dass das eher seinem Temperament entsprach.

26 Jahre hatte seine Ehe gehalten. Gefühlte 20 davon trieb er sich auf Baustellen in halb Europa herum. Dabei war er gar kein Weltenbummler. Er hasste

es, sich in Englisch verständigen zu müssen, fremde Gerichte zu essen, in Hotels oder Behelfsquartieren zu hausen. Eigentlich war er ein sehr häuslicher Typ. Eine kleine Wohnung mit großen Fenstern und sein Boot in erreichbarer Nähe auf einem schönen Gewässer – mehr wünschte er sich im Grunde nicht. Für seine Frau, die in wenigen Wochen seine Ex-Frau sein würde, blieb in diesen Wünschen gar kein Platz.

Er konnte verstehen, dass seine Angetraute enttäuscht von ihrer Ehe war. Wahrscheinlich hatte sie sich schon früher einen aufregenderen Mann gesucht, denn seit das Trennungsjahr lief, war sie dem Vernehmen nach gleich zu einem anderen gezogen. Kratzte zwar ein bisschen an seinem Ego, kränkte ihn aber nicht wirklich. Die Anwälte hatten längst für eine Einigung in Vermögensfragen gesorgt, es konnte schnell gehen vor Gericht. Dass da ein Lebensabschnitt zu Ende ging, gab ihm die Freiheit, neu anzufangen und dabei nur an sich zu denken. Er hatte einen Abend lang darüber gegrübelt, wo er sein Leben fortsetzen wollte. Und war dabei schnell auf Stralsund gekommen.

Um ehrlich zu sein: An das *Zwiebelhaus* hatte er dabei schon gedacht, aber nicht mit Sabine Prehn gerechnet. Und dann stand sie da in ihrem Lädchen, umgeben von Büchern, im warmen Licht der hereinscheinenden Mittagssonne. Er hatte den Duft dieses Raumes nach Staub und Papier eingesogen und dabei ihr Parfüm erhascht. Und plötzlich schoss ihm das Blut in die Wangen. Konnte das sein? Schon früher stand fest, dass sie sich gut riechen konnten. Er mochte ihre Schilderungen von Kindheitserinnerungen aus dem alten Haus. Wie sie von den Familienfesten mit langen Kaffeetafeln erzählte. Von dem Onkel mit der langen Nase, der irgendwann betrunken einschlief und vornübersank – bis seine legendäre Nase im Schnapsglas landete. Oder von den mysteriösen Haken am Balken in der Diele, deren Nutzen er nicht entschlüsseln konnte. Sabine wusste es: Daran war eine Schaukel aufgehängt, von der die Kinder gern Gebrauch machten, nicht nur, wenn Regen sie vom Spielen draußen abhielt. Und die Geschichten von dem Dackel, der der letzten Ladenmieterin in der größeren Utlucht gehörte. Es war eine Schneiderin, die Nähmaschinen reparierte und Kurzwaren anbot. In dem wunderbaren Schaufenster, unter den dort ausgehängten Schnittmusterbögen, döste oft stundenlang der Dackel. Aber war es für das Tier nicht im Sommer zu heiß und im Winter zu kalt? Er hatte doch ein Kissen, antwortete Sabine überzeugt. Na dann, wenn er ein Kissen hatte, dann wird die Geschichte wohl stimmen …

So zogen sie immer wieder plaudernd über die Baustelle. Aber das war 20 Jahre her. Dazwischen lag ein ganzes Leben. Die gegenseitige Sympathie stellte sich in dem Moment wieder ein, als Harald ihr gegenüberstand. Aber da war noch mehr. Da war diese unbändige Freude in Bauch und Brust, wenn er sich mit ihr traf. Die Vorfreude, die ihn umtrieb, nach jeder Gelegenheit zu suchen, bei ihr reinzuschauen. Der Genuss, sie lachen zu hören, ihre Nähe zu spüren. Passierte das wirklich ihm? Wo er doch mit dem Thema abgeschlossen haben wollte? Schützte Alter wirklich vor Torheit nicht?

Aber warum war es Torheit, sich mit Ende 50 noch einmal zu einer Frau hingezogen zu fühlen, die er schon seit nahezu 20 Jahren kannte? Vielleicht gelang sein Neuanfang in Stralsund umfassender, als er es geahnt hatte. Jedenfalls würde er gleich nach seiner Beratung im Bauamt bei Sabine vorbeischauen, um ihr zu sagen, wie gut ihm das *frische Buch* gefalle, das sie ihm gestern verkauft hatte. Und das war nicht mal ein Vorwand.

Jetzt erreichte er den Bäckerladen, den er für sein kleines Frühstück ausgewählt hatte. Die Morgensonne flutete durch die großen Fenster herein. Harald schob die Sonnenbrille über die Stirn und stellte sich an die kurze Schlange. Während die Kundin vor ihm belegte Brötchen für eine halbe Kompanie auswählte, musterte er die verlockenden Auslagen. Sein Blick fing sich schließlich an dem Zeitungsständer, wo die Ostsee-Zeitung zum Verkauf angeboten wurde. *Umzug des Archives trotz Unglücksserie planmäßig* las er als Anriss für den Lokalteil. Klang interessant. Er wusste gar nicht, dass das Archiv aus dem alten Kloster ausziehen sollte. Sicher doch nur zeitweise, denn so einen wunderbaren Standort würde die Stadt gewiss nicht aufgeben. Wahrscheinlich war die Sanierung des alten Gemäuers fällig. Vielleicht bot sich da Arbeit für einen Architekten mit Erfahrung, überlegte Krohn. Aber was hieß hier *Unglücksserie*?

Kurz entschlossen griff er sich eine Zeitung und kaufte sie gemeinsam mit einem großen Pott Kaffee und einem Käsebrötchen. Na gut, noch ein Mandelhörnchen dazu, sahen wirklich lecker aus. Er trug das Tablett zu einem Platz am Fenster, setzte die Sonnenbrille wieder auf und begann den Artikel zu lesen. Drei Todesfälle unter den Mitarbeitern binnen weniger Monate? Das war ja unfassbar. Heutzutage passierten in Verwaltungen kaum noch Unfälle, alles war abgesichert durch Vorschriften, jeder Mitarbeiter bis zum Umfallen belehrt. Und dann geschehen Zwischenfälle gleich dreimal hintereinander am selben Platz? Und dann solcherart, dass es nicht nur leichte Verletzungen hervorruft, sondern gleich Tote fordert? Das war wirklich mysteriös.

Es gab solche Orte, da war irgendetwas Ungutes. Der Architekt wusste das wohl. Er hatte mal ein Gebäude zu einer Kreisverwaltung umgebaut, das war vorher Altenheim gewesen. Und davor Kriegslazarett. Und davor psychiatrische Klinik, noch zu Zeiten, als man mit kalten Güssen und ordentlich Prügel behandelte. Den Geruch konnte man nie rauskriegen aus dem Gemäuer. Die Trauer irgendwie auch nicht. Die Kreisverwaltung war nur sechs Jahre in diesem Haus, dann gab es mal wieder eine Gebietsreform und alle Mitarbeiter zogen in eine andere Stadt. Wie sich später herausstellte, weinte niemand dem alten Amtssitz nach. Die Krankenstände waren dort wohl extrem hoch gewesen. Aber er war der Einzige, der das mit dem *Genius loci*, dem Geist des Ortes, in Verbindung brachte. Dass ein Gebäude jedoch eine derart mörderische Aura haben sollte, schien ihm unmöglich.

Der Tag war schön, er konnte sich das Kloster ja auch mal persönlich ansehen. Schließlich kannte er den alten Archivleiter noch aus der Zeit, als er in Stralsund tätig war, hatte dort gründlich Bauforschung zu seinem Zwiebelhaus betrieben. Der Artikel hatte Harald Kron neugierig gemacht. Was also war da los im Stralsunder Archiv? Er musste Sabine danach fragen. Unbedingt.

13

Sabine lauschte den Geräuschen im und um das historische Händlerhaus. Ihre Ladentür stand weit offen, die Sonne hatte bereits Kraft. Die Museumswärter hinter der Scheibe richteten sich auf einen eher ruhigen Tag ein. Das Wetter war viel zu gut, befanden die zwei Damen und der Herr vom Wachdienst. Heute würden die Urlauber alle auf den Inseln bleiben und an den Strand gehen. Um 11 Uhr war eine Führung angesetzt, da würde bestimmt niemand kommen. Dann wechselten sie das Thema und unterhielten sich über Sonderangebote im Supermarkt. In den nächsten 20 Minuten ging es um diverse Joghurt-Sorten, ihre geschmacklichen Qualitäten, ihre Preise beim jeweiligen Anbieter, Sonderangebote mit ablaufendem Verfallsdatum sowie die Auswirkungen von Sahne-Joghurt auf Körpergewicht und Blutfettwerte. Im Kassenraum hatte sich echtes Fachwissen versammelt, entnahm Sabine den Ausführungen, während sie Papiertüten mit ihrem Logo stempelte und Postkarten nachsteckte. Inzwischen war man hinter ihr bei der Laktose-Intoleranz eines aktuell »wegen Rücken« krankgeschriebenen Kollegen angelangt.

Auch bei ihr begann der Tag verhalten. Eine Kundin hatte ganz früh ihre Bestellung abgeholt –

zwei Taschenbücher für die Reise nach Teneriffa. Dann kam eine Omi, die eine Kleinigkeit für das Enkelchen suchte. Dann ein Modelleisenbahner, für den sie Spezial-Kataloge für Fachbücher besorgte, obwohl er die Bücher darin nie bei ihr bestellte. Und dann war erst mal wieder Ruhe.

Um drei viertel elf erschien die Gästeführerin, eine pensionierte Lehrerin, die Sabine gut kannte, denn sie war mit einer ihrer Töchter in eine Klasse gegangen. Die beiden Frauen begrüßten sich herzlich. In einer kleinen Stadt wie Stralsund kannte eben jeder jeden. Es verging kein Tag, ohne dass man wenigstens einen Bekannten traf.

Im Kassenraum hatten sich tatsächlich drei Interessenten eingefunden, die an der Führung teilnehmen wollten. Weil ihre Ladentür offen stand, hörte Sabine in der folgenden Stunde immer wieder Auszüge aus dem Führungsprogramm der alten Lehrerin. Zunächst nahm sie die Gäste mit vor das Gebäude. Dort erklärte sie, dass dieser Teil der Mönchstraße früher noch Haakstraße hieß. Hier waren vorwiegend kleine Kaufleute, *Haaken* oder *Höker* genannt, ansässig. Von der gegenüberliegenden Straßenseite konnte man die gesamte Fassade viel besser erkennen. Der in der Mitte liegende Eingang, der die ursprüngliche Straßenfront markierte, ging fast unter zwischen den Vorbauten links und rechts, den sogenannten *Utluchten*. Der spitze, der Straße zugewandte Giebel wirkte winzig zwischen den hohen Nachbarhäusern, die deutlich jünger waren. Darüber musste Sabine oft nachdenken: Wie viele historische Zufälle waren nötig, damit ein ganz einfaches Geschäfts-

und Wohnhaus fast 700 Jahre überstand? Das waren Zeitläufe, die sonst nur Kirchen oder Rathäuser überdauerten, wohlbehütet und immer wieder ausgebessert. Warum hatte es ausgerechnet ihr Häuschen geschafft, von Stadtbränden und Kriegen verschont zu bleiben, alle rigorosen Umbauten und rabiaten Bewohner zu überleben, ja schließlich sogar dem Verfall zu trotzen und zu neuem Leben zu erwachen? Sie war nicht abergläubisch, aber das grenzte schon an ein Wunder. Als ob ein besonderer Zauber auf diesem Ort läge …

»Die Erbauer und ersten Besitzer sind nicht namentlich bekannt, aber ab dem 17. Jahrhundert kann man die Eigentümer lückenlos nachweisen«, hörte Sabine die Gästeführerin, die mit ihrer kleinen Gruppe im Raum über ihrem Laden angekommen war. Die Akustik war wirklich erstaunlich, die Holzfußböden und -decken stellten kaum ein Hindernis dar. Weil sie gerade keinen Kunden hatte, hörte Sabine gerne zu, was über ihrem Kopf erzählt wurde.

»… 1622 wird ein Carsten Zander als Eigentümer erwähnt, dem 1680 ein Gottfried Kathen folgte. Er ließ das Haus um 1700 vollkommen umbauen …« Da war schon mal einer, der dem Gemäuer eine Frischzellenkur verpasst hatte, dachte Sabine. Muss ein erfolgreicher Kaufmann gewesen sein, dass er sich das leisten konnte. Rund 70 Jahre bewohnten die Kathens das Haus, eine Witwe und ein unverheirateter Sohn sind dokumentiert. Allerdings kann es mit deren Erbe nicht allzu gut bestellt gewesen sein. Denn die Kathens gelten auch als die ersten Eigentümer, die untervermieteten. Die Bauforscher erkannten in den

Zeitschichten des Hauses, dass damals eine zweite Wohnung eingerichtet wurde.

In den folgenden Jahrhunderten ging es munter weiter mit der Aufstückelung des Hauses. Zwar blieben die Utluchten dem Handel vorbehalten, doch hinter und über den Läden fand man immer neue Varianten der Vermietung. In den 1920er-Jahren sollen es acht Mietparteien gewesen sein, die sich in das uralte Haus quetschten. Und jeder suchte ein wenig Privatsphäre. Da wurde abgetrennt und zugemauert, treppauf und treppab gezimmert und gestückelt, dass es nur so eine Art hatte. Und Ömchen Anna immer mittendrin.

Sabine konnte nur mit Liebe an die alte Frau denken, die eigentlich ihre Urgroßmutter war und diesem Ort Seele gegeben hatte. 1883 wurde sie in Stralsund geboren als Tochter eines Gespannführers. Ein netter Begriff, den die Familie benutzte für einen einfachen Lohnkutscher mit Pferd und Wagen, der Sachen von A nach B transportierte. In der Gründerzeit vor allem Baustoffe, denn da konnten sich etliche Stralsunder leisten, neu zu bauen. Das Geschäft ihres Ururgroßvaters muss immerhin so einträglich gewesen sein, dass er sich ein kleines Stadthaus kaufen konnte, wenn auch ein völlig marodes. Die Mönchstraße war indes eine gute Lage. Deshalb ließen sich die kleinen Läden an der Straßenfront leicht vermieten.

Was die können, kann ich auch, muss sich Anna damals gedacht haben, um die Jahrhundertwende eine junge, zupackende Frau. Im Hinterzimmer richtete sie einen kleinen Milchladen ein. Alle Frauen brauchten

Milch, jeden Tag wieder. Ihr Vater holte die schweren Kannen mit dem Fuhrwerk vom Bauern, sie portionierte die Milch in handliche Gefäße und schenkte sie mit großen Schöpfkellen in die kleinen Kannen um, mit der ihre Kunden kamen. Dazu bot sie ein paar Dauerwaren an, Grütze, Sago und Haferflocken. Viele schickten die Kinder, um Milch zu holen und Anna scherzte gern mit ihnen. Bald war sie bei allen Knirpsen im Viertel beliebt …

Jedenfalls stellte sich Sabine so die geschäftlichen Anfänge ihrer Urgroßmutter vor. Sie wusste ja, wie gerne Ömchen Anna sich mit Kindern umgab, mit ihren Enkeln und Urenkeln lachte, sie verwöhnte und durchfütterte. Und sie kannte die alten Fotos aus der Anfangszeit des *Rugia Lebensmittelhandel*, dem Geschäft, das ihre Vorfahren viele Jahre ernährt und in der Stadt bekannt gemacht hatte. Ömchen Anna muss nämlich recht erfolgreich mit ihrem Milchhandel gewesen sein, denn bald schon zog sie nach vorne ins Ladengeschäft und bot nun alles an, was die Hausfrau an täglichem Bedarf decken musste. Kaffee und Kernseife, Butter und Besen, Sahne und Soda, Würste und Weck-Gläser, Eier und Eimer. Mehl, Salz und Zucker natürlich, die nie alle werden durften im Haushalt, sonst drohten Hunger, Seuchen und anderes Ungemach. Obstwein aus Heinzelmanns Garten und Bier aus der Stralsunder Brauerei. Für die Kinder gab es natürlich ein wenig Zuckerzeug, das Anna auch mal über den Tresen reichte und in einer kleinen Hand versteckte, wenn niemand es sah.

Dass es so gewesen war, wusste Sabine nun schon aus den Erzählungen ihrer Großmutter Wilma, die 1919 praktisch in den *Rugia Lebensmittelhandel* hineingeboren wurde. Für das jüngste ihrer sieben Kinder machte Anna nicht mehr viel Federlesens, wollte es aber auch immer in der Nähe wissen. Oma Wilma erzählte, sie habe häufig hinterm Tresen auf dem Fußboden gehockt, während ihre Mutter oben die Kundschaft bediente. Und wenn Anna dann mal mit einem fremden Kind gescherzt habe, sei sie plötzlich aufgesprungen und habe diesen Eindringling erschreckt. Aus purer Eifersucht natürlich. Dafür gab es zwar Schelte, denn mit Kundschaft tut man solches nicht, aber richtig böse sein konnte Anna auf die eigene Brut doch nicht.

Ömchen Anna stand jedenfalls bis zum Kriegsende '45 hinter dem Tresen ihres *Rugia Lebensmittelhandels*, dann gab es fast nichts mehr zum Verkaufen. Dafür kümmerte sie sich um Flüchtlinge, die die Stadt überschwemmten, nahm so viele im Haus auf, wie noch hineinpassten. Und das Haus war schon vorher voll, denn es hatte dreimal Bomben gehagelt auf die alte Stadt am Sund, sodass 8 000 Wohnungen zerstört waren und viele nicht wussten wohin. In den Stuben und Stübchen sprach man jetzt oft über die verlorene Heimat in Ostpreußen oder Hinterpommern, während Anna aus ihren letzten Warenbeständen kesselweise Suppe kochte, um die ausgehungerten Menschen an Körper und Seele zu wärmen. Selbst ihr geliebtes Ladengeschäft war freigeräumt für Einquartierungen, die Schaufenster mit Laken verhängt. Laken aus der Aussteuer von Sabines Großmutter Wilma.

Die hatte es schon vor dem Krieg aus der Stadt und mit ihrem Mann aufs Dorf gezogen, wo sie sich als Bäuerin versuchte. Aber die jungen Leute waren nicht geboren für die schwere Arbeit hinterm Pflug und auf der Tenne. Sie wirtschafteten ungeschickt, die Erträge blieben mickrig und das Vieh gedieh nicht. Sabines Großvater wurde eingezogen und hatte ausgelitten, als er im Frühjahr 1944 von einer Mine zerfetzt wurde. Da war seine Frau im dritten Monat schwanger, denn zu Weihnachten hatte es Fronturlaub gegeben. So wurde Sabines Mutter Regina auf einem winzigen Hof in der Nähe von Stralsund geboren, wo die Witwe noch ein Weilchen allein weiterwurstelte, weil selbst ihre kleinen Ernten inzwischen Gold wert waren. Und als der Krieg vorbeiging, konnten sie Ömchen Anna und ihren Flüchtlingen immer wieder mit ein paar Lebensmitteln aushelfen: Kartoffeln im Herbst und zu Weihnachten eine magere Gans.

1954 heiratete Sabines Oma noch einmal. Einen feschen jungen Mann von der *Kasernierten Volkspolizei*, wie die wiederbewaffneten Ostdeutschen zunächst genannt wurden. Der neue Vater ihrer Mutter hatte ein Motorrad und brachte die beiden an den Wochenenden gerne in die Stadt zum Spaziergang an der Promenade. Die hieß nun *Thälmann-Ufer* statt nach Hindenburg, und im *Gorki-Garten* gab es sonntags Blasmusik und Kugeleis. Schließlich gab es auch eine Neubauwohnung für die Familie des jungen Offiziers, sodass man der Verwandtschaft in der Altstadt wieder etwas näher kam.

Sabines Mutter indes mochte den neuen Vater nicht, auch wenn es der einzige war, den sie kennengelernt hatte. Sie hasste seinen Befehlston und die

Parteiparolen, die er auch zu Hause gern im Munde führte. Mit 17 zog Regina im Streit aus und kam erst einmal bei Ömchen Anna unter – wo sonst. Von den Flüchtlingen, die hier gehaust hatten, waren viele weitergezogen. Unter den wenigen Untermietern, die die Verhältnisse in dem heruntergekommenen Haus noch ertragen mochten, war ein dunkelhaariger, groß gewachsener Mann Ende 20, leutselig und lebenslustig, als Vertreter für Bibeln und Bücher aller Art unterwegs. Niemand wusste, woher er stammte und wie es ihn nach Stralsund verschlagen hatte. Aber er tanzte gut und lachte gern und konnte sehr charmant sein. Regina widerstand seinem Werben genau sechs Wochen. Und dann mussten sie auch bald heiraten, denn der erste Sohn war unterwegs. Sabines ältester Bruder Bernd.

Der charmante Bibelverkäufer, der inzwischen auch Schriften von Marx und Stalin in seinem Koffer umherschleppte, machte ihrer Mutter in schneller Folge drei weitere Kinder, wobei Sabine das einzige Mädchen blieb. Dann nahm er seinen Koffer und zog weiter, angeblich mit einer anderen Frau, die deutlich jünger war als ihre Mutter. Und vor allem kinderlos. Eine Adresse hatte er nicht hinterlegt und er schickte auch nie einen einzigen Pfennig zum Unterhalt seiner vier Kinder. Wenn es bei Regina allzu knapp wurde, bat sie das Jugendamt, den verschwundenen Vater zu finden und an seine Pflichten zu erinnern. Die Behörden taten ihr Bestes und dann gab es wieder einige hundert Mark.

Jedenfalls waren sie alle in diesem uralten Hause groß geworden. Mehr schlecht als recht, aber immer mit Ömchen Annas Herzenswärme. Und ihren unvergleichlichen Bratkartoffeln natürlich.

Ihre Mutter hatte 1970 dann doch noch einen gefunden, der sie heiraten wollte. Ein schweigsamer älterer Bauarbeiter, aber ein ehrenwerter Mann, denn er betrachtete die vier Sprösslinge seiner Frau ganz selbstverständlich als seine eigenen Kinder. Das war nun ein Mann, den sie wirklich Vater nennen konnten. Und der ihre Mutter jetzt schon vier Jahrzehnte überlebte, denn Regina war an Brustkrebs gestorben, als Sabine gerade in die FDJ aufgenommen wurde. Auch danach wäre es ohne Ömchen Anna nicht gegangen, denn ihr schweigsamer Vater hatte zwar breite Schultern, aber die waren zu hart zum Ausheulen. Für die Herzenswärme in der Familie hatte immer die Urgroßmutter gesorgt, die damals schon hochbetagt war und kaum noch auf die Straße ging.

Und ihr Stiefvater tat auch dem alten Haus in der Mönchstraße gut. Wenn er nach der Arbeit heimkam, zog er die Arbeitsklamotten gar nicht aus. Er setzte sich ein Stündchen zu Anna in die schwarze Küche, trank dabei eine Flasche Bier und ließ sich eine Mahlzeit auftischen, die er schweigend in sich hineinlöffelte. Dann ging er in den Hof und rührte Zement an, um irgendwo in den Eingeweiden des Hauses wieder eine Stelle auszubessern. Ihre Brüder schlossen sich dem Vater ganz selbstverständlich an, turnten mit ihm auf dem Dach herum, schliffen Fensterrahmen und kitteten Scheiben, dichteten Bleirohre und nagelten zugige Stellen mit Brettern zu. Kein Wunder, dass sie alle gute Handwerker wurden. Sabine saß derweil lieber bei Ömchen Anna und las ihr aus ihren Kinderbüchern vor. Ihr waren die Kerle zu schweigsam.

»Seit 1915 ist dann die Familie Lange in diesem Haus belegt. Das Lebensmittelgeschäft gehörte Anna Lange, die eine Art Stralsunder Original gewesen sein muss, denn sie war hier viele Jahre tätig und ist erst mit über 100 Jahren gestorben ...«, hörte Sabine die Ausführungen der Fremdenführerin, die ihre kleine Gruppe zurück in die Diele geschleust hatte. Dann beendete sie ihren Vortrag, die Leute klatschten und kehrten in die helle Sonne zurück.

Uroma Anna, geboren 1883. Großmutter Wilma, geboren 1919. Ihre Mutter Regina, geboren 1944. Und jetzt sie, Sabine Prehn, geboren 1965. Vier Generationen Frauen, die sich durch die Zeitläufe geschlagen haben. Was für eine Traditionslinie, staunte Sabine. Sie hatte sich intensiv mit Familiengeschichte beschäftigt, solange sie Ömchen Anna noch fragen konnte. Ihr Familienstammbaum war zumindest für die letzten 150 Jahre ganz gut erforscht und dokumentiert. Da hatten selbst die beim Gericht und beim Amt für offene Vermögensfragen gestaunt, als sie mit ihren Tabellen, Urkunden und Familienalben kam. Schließlich gab es einiges durchzufechten nach der Wende. In der Familie hatte es immer geheißen, Anna sei die Eigentümerin. Wie sich nun aber herausstellte, war das Haus irgendwann in den 1970er-Jahren plötzlich als Mietshaus der Stadt geführt worden, praktisch stillschweigend ins Volkseigentum aufgenommen. Was offensichtlich nicht mal den Baubehörden bekannt war, mit denen sie sich Ende der 80er herumgestritten hatte. Ob Ömchen Anna da den Überblick verloren und die Stadt um Hilfe gebeten hatte, war nicht mehr zu klären. Jedenfalls ging es fix mit der Rückübertragung der *Immobilie*, wie das schöne neue Deutsch das Haus nun nannte. War ja auch Schrott, was sollte die Stadt damit. Und dann 19 Erben – unentwirrbar.

Sabine hatte sie dann doch alle zusammengetrommelt zu einem Familientreffen. Die Verwandten aus Rostock, Wendisch-Langendorf und Prohn schauten nur auf die zugemauerte Fassade und winkten ab. Die Erben aus Osnabrück ließen sich aufschließen und stiegen einmal vorsichtig mit gerümpfter Nase über Schutt und Scherben. Dann hatten auch sie genug gesehen. Nur Sabines Brüder diskutierten noch ein Weilchen, ob sie das Haus nicht selbst sanieren könnten. Weniger aus praktischen Erwägungen, als vielmehr, weil sie sich so gerne an ihre Werkelei mit dem schweigsamen Vater auf der Dauerbaustelle erinnerten.

Mit viel Geschick hatte Sabine inzwischen bei den Denkmalschützern in der Stadt vorgefühlt. Die hatten ihr Kontakt zu wirklich reichen Leuten gemacht – eine bundesweit aktive Stiftung, die alte Gemäuer erhielt. Jeden Vertreter verschiedener Gremien, der sich dafür interessierte, führte sie mit Besitzerstolz durchs Haus. Der Höhepunkt war nicht etwa das ausgehängte Aufzugsrad auf dem Spitzboden, sondern der niedrige Keller mit dem mächtigen Hausbaum. Da blieb so manchem Fachmann der Mund offen stehen.

Als sich die Verwandtschaft endlich einig war, dass man mit dem alten Kasten nichts Gescheites anfangen konnte, hatte sie längst einen fertigen Plan in der

Tasche: Eine Schenkung sollte es sein, mit der Maßgabe, das Haus als Museum zu nutzen. Viele Jahrhunderte waren die Stralsunder hier ein und aus gegangen, um ihre Besorgungen zu erledigen. Und jetzt sollten sie kommen, um zu sehen, wie ihre Vorfahren gewohnt, gelebt und gearbeitet hatten. Das war ein Ziel, auf die sich die ganze Lange'sche Erbengemeinschaft einigen konnte. Solange sie es nicht bezahlen mussten …

schäftigung; er sieht durchaus nicht auf Gehalt, sondern ist bereit, in einem guten Hause und bei freundlicher Begegnung, die Leitung der Wirthschaft gratis zu übernehmen.

Hierauf reflectirende gebildete Landwirthe wollen sich gefälligst an den Unterzeichneten wenden.

Dr. Friedr. v. Hagenow
in Greifswald.

Ergebenste Anzeige.

Indem ich mich beziehe auf mein kleines Inserat in No. 152. dieser Zeitung vom Jahre 1839 — wohl erwägend den hohen Fortschritt geistiger Kultur unserer Provinz — zeige ich einem hochgeehrten Publikum hierdurch ergebenst an, dass ich mit Bewilligung Einer Königlichen Hochverordneten Regierung unter der Firma:

August Volkmann

eine Buch- und Musikalien-Handlung

hierselbst eröffnet habe, die ich dem geneigten Wohlwollen eines hochgeehrten Publikums angelegentlichst zu empfehlen mir erlaube.

Ich habe mich bemüht ein Lager älterer und neuerer, theils elegant und dauerhaft gebundener Werke zu formiren, welche stets auf's Sorgfältigste und Reichhaltigste, den verschiedenen Bedürfnissen angemessen, unterhalten und erweitert werden sollen.

Alle neuere Erscheinungen der deutschen und die vorzüglichsten der ausländischen Literatur erhalte ich vermittelst ausgedehnter Verbindungen auf's Schnellste, und theile solche, wo es gewünscht, gern zur nähern Ansicht mit. — Was von Musikalien, Kupferstichen, Steindrücken, Lithochromien, Landcharten, Vorschriften, Zeichnenbüchern u. s. w. Neues erscheint, steht dem geehrten Publikum ebenfalls bei mir zu Gebote. — Die von andern Handlungen bereits angezeigten, oder noch zu erwartenden, und auf Subscription erscheinenden Werke sind, wenn sie auch unter meiner Firma nicht besonders angekündigt werden, entweder bei mir vorräthig, oder gleich nach ihrem Erscheinen durch mich zu beziehen, und nehme ich auf letztere jederzeit Subscriptionsbestellungen dankbar an.

Zur strengsten Aufgabe habe ich es mir gemacht, jede an mich ergehende geneigte Bestellung schleunigst zu effectuiren, um das in mich gesetzte Vertrauen auf alle nur mögliche Weise zu rechtfertigen. Mit Eifer, Thätigkeit und Solidität werde ich meinen neuen Wirkungskreis antreten, und in jeglicher Beziehung dem literarischen Interesse eines Publikums entgegen zu kommen suchen, welches von vielen Seiten meinem Unternehmen schätzenswerthe Theilnahme bewiesen. — Und so möge denn mein Beginnen hiermit einer freundlichen Unterstützung empfohlen sein.

Stralsund, den 29. Januar 1840.

August Volkmann,
Badenstrasse Litt. A. Nr. 197.,
dem Rathhause gegenüber.

Für mich und im Auftrage einiger mitinteressirenden Eltern wünsche ich zu Ostern d. J. einen mit tüchtigen Kenntnissen versehenen und in der Musik nicht unerfahrenen Lehramts-Bewerber bei einigen Kindern als Lehrer zu engagiren. Sich hierzu qualificirende Individuen wollen sich baldigst zur mündlichen Besprechung bei mir melden.

Schaprode, im Januar 1840. Carl Kobro.

Mussehl's bekannte Schrift:

Anweisung zur Lüftungs-Bienenzucht

ist stets vorräthig und für 26½ sgr. zu erhalten in der Löffler'schen Buchhandlung (C. Hingst) in Stralsund.

Den geehrten Herren Landwirthen empfehlen wir das geschätzte und verbreitete

Mecklenburgische Wochenblatt des neuesten und wissenswürdigsten für Landwirthschaft, Gartenbau, f. Hauswirthschaft und Handel in landwirthschaftlichen Producten.

Dasselbe erscheint wöchentlich in einem Bogen in Quart, enthält außer Aufsätzen aus der practischen Landwirthschaft eine Anzeige der neuesten Erfindungen und Entdeckungen, Beschreibungen und Abbildungen von Ackergeräthschaften, und die Preise der landwirthschaftlichen Producte an allen wichtigen Handelsplätzen. Der Preis ist für ein Vierteljahr nur 12½ sgr. Löffler'sche Buchhandlung (C. Hingst) in Stralsund.

So eben ist erschienen und in allen Buchhandlungen zu haben, in Greifswald bei L. Bamberg und in Stralsund in der Löffler'schen Buchhandlung (C. Hingst):

Praktische Anweisung
zur sparsamen Führung eines anständigen bürgerlichen Hauhaltes oder
die deutsch-bürgerliche Kochkunst.

Eine gründliche Anweisung zum Kochen und Braten, zur Bereitung von Backwerken, Cremes, Gelees, Gefrornem, kalten und warmen beliebten Getränken. Von einer erfahrenen Hausfrau. 3. Aufl. Preis 22½ sgr.

Vorstehendes in jeder Beziehung empfehlenswerthe Kochbuch enthält, neben einer gründlichen Anweisung einen Haushalt zu führen, einen Küchenzettel auf ein ganzes Jahr, und die vorzüglichsten Recepte zur Bereitung der besten u. schmackhaftesten Speisen, als: Suppen, Ragouts, Gemüse, Braten, Fische, Saucen, Gelees, Cremes, Pasteten, Torten, Kuchen, Eingemachtes, Compots, Gefrornes, eingemachte Früchte, verschiedene Desserts und Getränke; nebst einem Anhange über die Benutzung der Schwämme und Morcheln und über die Einrichtung von Gesellschaften.

II. 4. □. G. A. z. d. 3 Str. 6 U. I. u. △.

Heute Donnerstag, den 30. Januar, sechstes Concert im Ressource-Hause.

Die Direction.

Da ich am 9. Febr. d. J. einen Ball für Honoratioren geben werde und dies der letzte für diesen Winter seyn wird, so ersuche ich alle geehrte Herrschaften freundlich und ergebenst, mich mit ihrer Gegenwart recht zahlreich zu beehren.

Entree à Person 12½ sgr.

Grimmen, den 20. Januar 1840.

Verwittwete Pasedag.

Ball für Honoratioren

am 16. Februar, Anfang 7 Uhr Abends, im deutschen Hause, wozu ergebenst einladet C. G. Rosenow.

Wolgast, den 28. Januar 1840.

1412

Michael Darne hatte viel zu tun in diesem Frühjahr. Da er über kein eigenes Schiff verfügte, verteilte er seine Waren auf die Koggen anderer Stralsunder Händler. Das kostete Verhandlungsgeschick und Überredungskunst. Er hatte erstklassige Ware für London, die besser abschnitt als die Angebote mancher Mitbewerber. Das durften die aber nicht wissen. Deshalb trat er bescheiden auf, spielte seine Unerfahrenheit und Jugend in den Vordergrund, benahm sich wie ein junger Welpe, den man tollpatschig fand, aber doch gerne streichelte. Er musste sicherstellen, dass seine Ballen und Fässer gut verstaut und deutlich gekennzeichnet waren und in London an die richtigen Mittelsmänner gerieten. Junge Leute in seinem Alter warteten auf sein Angebot aus Stralsund. Er kannte sie persönlich, war mit ihnen durch die gleiche Schule gegangen. In düsteren Kontoren und zugigen Lagern hatten sie Pläne geschmiedet für die Zeit, wenn sie ihre eigenen Geschäfte aufbauen würden. Sie waren die nächste Generation, und jetzt bekamen sie ihre Chance. Während viele Stralsunder Händler ihre Waren über die Börse anboten, hatte er bereits feste Abnehmer und feste Preise ausgehandelt. Seine Bestände waren praktisch verkauft, bevor sie in London eintrafen. Auf diesem Wege erzielte man vielleicht keine Höchstpreise, wurde aber schnell und zuverlässig alles los. Von den fest zugesagten Erlösen konnte er sofort neue Ware in London kaufen – ehe seine Konkurrenten so weit waren.

So der Plan. Aber Darnes Träume reichten noch viel weiter. Mit einem jungen Kaufmann aus Lübeck hatte er einen langen Abend im Bierkeller am Alten Markt gehockt und sich in Feuer geredet. Jede Gegend der von ihm überschaubaren Welt lieferte andere Waren. Das Wachs für die Kerzen kam zum Beispiel aus dem Osten, ebenso Getreide oder Pelze. Im Süden kaufte man Wein und Mandeln. Im Norden machten sie den haltbaren Stockfisch und gewannen Salz. Und im Westen ging es vor allem um Wolle und Tuche, die dann wieder gen Osten transportiert werden mussten. Wie wäre es, spann Darne und zeichnete mit dem Finger feuchte Bierstriche auf den Tisch, wenn man in Livland Getreide und Wachs kaufte, es ins norwegische Bergen verschiffte, gegen Holz und Stockfisch eintauschte, dann nach London segelte, um dort wiederum Wolle dafür zu kaufen? Und diese Wolle dann nach Amsterdam brachte, wo sie die feinsten Tuche machten, setzte sein Gesprächspartner fort. Genau! Diese Tuche könnte man dann direkt nach Lübeck und Stralsund bringen. Das brächte ein Vielfaches dessen ein, was sie zum Ankauf der ersten Waren eingesetzt hatten. Mit dem erhöhten Kapital konnte der Kreislauf von Neuem beginnen, jetzt mit deutlich mehr Gütern. Und so weiter und so weiter …

Ehe sie sich gänzlich dem Traum vom Reichtum hingaben, erörterten die jungen Kaufleute Vor- und Nachteile einer solchen Kette. Die Schiffe waren ewig lange unterwegs von Küste zu Küste. Das setzte zuverlässige Kapitäne voraus. Die Jahreszeiten waren zu bedenken, eventuell musste die Mannschaft unterwegs überwintern. Das bedeutete zusätzliche Kosten. Auch finanziell bedurfte es eines langen Atems, ehe die Taler, Gulden und Mark in die Heimat zurückfanden. Und vor allem: Der Kaufmann müsste selbst an Bord sein, um mit Geschick zu verhandeln. Wer konnte und wollte so lange von zu Hause weg sein? An dieser Stelle nahmen sie beide einen langen Schluck aus den Krügen und orderten eine neue Kanne Bier. Dann neigte Darne den Kopf zu seinem Gegenüber und meinte, man müsse den ganzen Ostseeraum mit einem Netz zuverlässiger Handelsmänner überziehen, die im Sinne des Kaufmanns wirtschafteten. Vertraute, die man gebührend beteiligte am Zugewinn. Dann müsste man nicht immer selbst auf See sein …

Nun ging unermüdlich Korrespondenz hin und her. Viele der Briefe brauchten Wochen, bis sie am Ziel eintrafen. Und sie mussten verschlüsselt werden: Manches schien wie harmlose Albereien junger Herren, die über Wirtshausabenteuer und Liebeshändel prahlten, enthielt aber feste Codewörter für Mengen und Partien. Der Tod eines hochbetagten Onkels und die Auskunft über seine Hinterlassenschaft entpuppten sich bei genauerem Hinsehen als Nachricht vom Konkurs eines alten Handelshauses und die Information, was es dort zu holen gab. Ankündigungen von Hochzeiten deuteten auf Zusammenschlüsse einzelner Unternehmer. Sie hatten sich lange geübt in dieser Form der Nachrichtenübermittlung. Denn im Schatten der alten Handelsherren wollten sie ihre eigenen Wege gehen.

Bei alldem hatte Michael auch noch ein wachsames Auge auf seine Baustelle in der Haakstraße. Nach zähem Verhandeln war er sich endlich einig geworden mit dem gebeugten Herrn Karnehl. Er hatte den alten Fuchs zermürbt, bis dieser nur noch seine Ruhe haben wollte und sein Angebot akzeptierte. Nach einem kräftigen Handschlag ließen sie den Notar kommen und eine Urkunde ausfertigen. Michael hatte klug genug verhandelt, dass noch genügend Geld für den Umbau des Hauses vorhanden war.

Die Diele musste lichter werden, entschied er, damit die Waren besser zu besichtigen waren. Deshalb sollten sowohl die Straßenfront als auch der rückwärtige Giebel mit größeren Fensteröffnungen ausgestattet werden. Ein Kamin in der Diele war gut und schön, damit er sein Schreibpult davorstellen konnte. Aber bitte keine zweite Feuerstelle, auf der die Mägde dauernd Brei kochten und Wasser wärmten. Überhaupt: Alles Gerümpel musste entfernt werden aus Höfen und Speichern, um Platz zu schaffen für ein vernünftiges Wirtschaften. Die Böden mussten verstärkt werden, um mehr Ware stapeln zu können. Da war reichlich Arbeit für die Zimmerleute. Und der Stellmacher sollte sich um das Aufzugsrad kümmern, damit es reibungslos funktionierte. Kein Knecht sollte schwere Ballen und Säcke über die engen Stiegen bis ganz nach oben schleppen. Das dauerte zu lange und war nicht ungefährlich. Dafür hatte man schließlich den Aufzug. Aber der musste auch tadellos schnurren.

Dringend brauchte zudem der Kemladen Aufmerksamkeit, in dem die Familie wohnen würde. Die Stübchen waren Michael zu eng und düster, da mussten ein paar Wände raus. Und die Fußböden wollte er mit schönen hellen Hölzern auslegen, das machte es gemütlicher. Das ganze Erdgeschoss eine große Küche mit Tür zum Hof, damit Rauch und Gerüche abziehen konnten.

Und mittenhinein ein großer Tisch, an dem viele Kinder Platz finden sollten. Die Handwerksmeister, die er einbestellte, schmunzelten, wenn Darne seine Wünsche darlegte. Große Pläne hatte der junge Handelsherr – nicht nur fürs Geschäft, sondern auch für die Familie. Solche Männer konnte die Stadt gebrauchen, deren Stern seit dem Untergang des Hauses Wulflam zu sinken schien. Tatkräftig und zuversichtlich war dieser Jungspund, dem mochte man gerne zuhören, wenn er von der Zukunft sprach. Solange er das alles auch bezahlte, sollte es ihnen recht sein.

Und Michael bezahlte. Seine Geschäfte liefen gut an, seine Mittelsmänner erwiesen sich als zuverlässig. Es strömte Geld in die Schatullen. Nicht übermäßig viel, dafür aber stetig. Er ließ zwar keine Pfuscharbeit durchgehen, aber wenn alles zu seiner Zufriedenheit geschah, beglich er die Rechnungen pünktlich. In ein solches Haus schickten die Handwerksmeister ihre Gesellen gerne, da gab es keinen Streit um jeden Groschen.

Der Bauherr ging in sein neues Haus, sooft er Zeit fand. Er mochte den Geruch nach frischem Holz, Mörtel und Kalkanstrich. Alles wirkte frisch, aufgeräumt und sauber. Dass die Handwerker seinen klaren Anweisungen widerspruchslos und fleißig folgten, stärkte sein Selbstbewusstsein. Im schwindenden Licht des Tages machte er wachen Auges jeden Abend die Runde im Gebäude, um sich von den Fortschritten zu überzeugen und die Ausführung zu prüfen. Manchmal ging einer der Gesellen mit, um Fragen zu klären, aber meistens war Michael allein. Dann legte er mitunter eine Hand gegen den mächtigen Hausbaum und spürte die Wärme des gewaltigen Eichenstammes, der die ganze Konstruktion stützte.

Oder er lehnte sich gegen die Löwenwange des großen Kamins in der Diele und träumte sich in die Zukunft. Ein fröhlicher Ort würde dieses Haus werden. Tagsüber würden die Kunden, Boten und Knechte ein und aus gehen, Waren hinein- und hinaustragen, Nachrichten von überallher bringen. Und abends würden die Kinder umhertoben, die Stiegen auf und ab flitzen, sich auf Ballen werfen und ausgeschimpft bekommen, wenn sie es zu arg trieben. Dazwischen sah er seine Katharina stehen, still und schön, ein Wickelkind auf dem Arm, mit diesem zauberhaften Lächeln des Glücks in ihren zarten Zügen. So konnte Michael Darne träumen, bis es gänzlich dunkel war und er zufrieden die Tore abschloss.

Auch an jenem merkwürdigen Abend war er allein im neuen Haus, nachdem die Handwerker ihr Werkzeug zusammengeräumt hatten und gegangen waren. Michael stand gerade im Kemladen und begutachtete den gemauerten Herd, wo in ein paar Wochen das nie verlöschende Küchenfeuer lodern würde. Er reckte den Hals und spähte in den Abzug, der den Rauch nach draußen befördern sollte, ob sich darin auch keine Hindernisse fanden. Schon so mancher Hausbrand war ausgebrochen, weil ein unachtsamer Geselle Holz oder andere Reste im Kaminschlot zurückgelassen hatte. Doch der Schacht bis aufs Dach schien frei zu sein, er konnte ganz oben die Öffnung in den dämmrigen Himmel erspähen.

Plötzlich hörte Michael leise Tritte im Haus. Waren nicht alle gegangen? Es war mehr ein Huschen als ein Trampeln, das er wahrnahm. Womöglich Diebe, die Balken oder Steine von seiner Baustelle stehlen wollten? Oder ein Bettler, der in dem noch nicht bezogenen Haus eine Schlafstatt suchte? Er griff sich ein kräftiges Stück

Feuerholz, das sich schon neben dem Herd stapelte, weil der Meister morgen den Zug ausprobieren wollte. Dann schlich sich Michael hinüber in die Diele. Im Schatten des großen Kamins verharrte er einen Augenblick, um erneut zu lauschen.

Die Dämmerung war inzwischen der Nacht gewichen und es war fast ganz finster in dem stillen Gemäuer. Trotzdem meinte er eine Gestalt kauern zu sehen in der Nähe der Eingangstür. Eher ein Schatten, umflossen von Dunkelheit, ein unheimliches Tier auf vier Beinen mit einem schlanken, gerundeten Buckel. Michael wagte kaum zu atmen und schärfte alle Sinne, um zu erkennen, was für ein Wesen das war und was es da suchte. Jetzt hörte er das knirschende Schaben von Stein auf Stein, als würden die gerade frisch verlegten Bodenplatten aus Ölandstein gegeneinander verschoben. Dann kam ein weiteres Geräusch hinzu: ein Murmeln unklarer Worte, ein gleichmäßiger Redestrom, der wie ein tiefes Grollen aus einem bodenlosen Brunnen heraufdrang. Also keine Riesenkatze, sondern ein Mensch, der dort auf dem Boden knapp hinter der hohen Eingangstür hockte und Unverständliches über dem neu verlegten Fußboden sprach. Seltsam genug, aber die Tonlage dieses Flüsterns war keine gute. Fast wie ein Gebet … Oder wie ein Fluch! Michael riss die Augen auf und das Holzscheit hoch, dann stürmte er mit langen Schritten auf die kauernde Gestalt zu. »Fort aus meinem Haus, du Hexe!«, schrie er dabei.

Doch der Eindringling reagierte blitzschnell, schnellte nach oben und stob aus der nur angelehnten Tür, dass der nachtschwarze Umhang wie ein geblähtes Segel hinter ihm herrauschte. Die Geschmeidigkeit der Bewegung bestärkte seinen Eindruck, dass es sich um eine Frau handeln musste. Er griff noch nach dem flatternden Tuch, konnte aber keinen Zipfel mehr erhaschen. Eilig rannte er auf die Straße und blickte in beide Richtungen, aber die Schatten der dunklen Stadt hatten die gesichtslose Gestalt bereits verschluckt.

Der Hausherr lief zurück in die Küche und suchte nach einem Feuerstein, mit dem er ein Licht entzünden konnte. Nachdem er polternd und fluchend einige herumliegende Gegenstände umgestoßen hatte, wurde er auf dem Rand des Herdes fündig und schlug mit zitternden Händen Feuer auf sein Holzscheit und ein paar zusammengeklaubte Späne. Nach einigen Versuchen gab er jedoch auf, denn der grobe Klotz ließ keine Flamme aufkeimen. Wieder eilte er hinaus auf die Straße, unschlüssig, ob er um Hilfe rufen sollte, nur weil er sich vor einem Weib erschreckt hatte, das murmelnd in seiner Diele hockte. Zum Glück nahm er im gegenüberliegenden Haus Stimmen und Lichtschein wahr und klopfte heftig. Eine Magd öffnete mit gerunzelter Stirn, rief eilig nach ihrem Herrn, dem sich Darne knapp als neuer Nachbar vorstellte. Dann erzählte er von einem Eindringling auf seiner Baustelle und bat um eine Laterne, um zu sehen, ob es ein Dieb gewesen sei und was er angerichtet habe. Dass es sich vermutlich um eine Frau gehandelt hatte, verschwieg Michael wohlweislich.

Der Nachbar erwies sich als tatkräftig und hilfsbereit, und bald schon wimmelte das fast fertiggestellte Haus der Darnes vor Männern mit Fackeln und Laternen, die nach Spuren des Einbruchs suchten. Aber nichts war zu erkennen. Michael bedankte sich schließlich bei den Helfern und schloss dann gründlich die vorderen und hinteren Eingänge sowie die Kellertüren zu, ehe er sich noch einmal zu der frisch gekalkten Fassade umwandte. Stolz und schön ragte der Giebel mit den schlanken Spitzbögen in die Nacht auf. Michael Darne warf den Kopf hin und her, als wollte er die Nachtgestalt abschütteln, die er in seiner Diele erwischt hatte. Künftig würde er die Baustelle eher abschließen, damit nicht wieder jemand dort hockte und Worte murmelte. Böse Worte, dessen war er sich sicher.

14

»Du darfst mich heute Abend zum Essen ausführen, denn ich glaube, ich habe es entschlüsselt.«

Das hatte Beatrix am Morgen zu ihm gesagt, ehe sie ins Archiv und er ins Rathaus aufgebrochen waren. Armin Graf van Hagnat hatte noch ein wenig gebettelt, damit sie es gleich verrate, aber seine Geliebte/Assistentin war eisern geblieben. Schließlich wand sie sich aus seinen Armen, als er sie festzuhalten suchte und schlüpfte vor ihm aus der Tür. Sie konnte zuweilen recht zickig sein, befand Armin und kämpfte mit einem mittleren Wutanfall. Aber der Tag war sonnig und er erwartete gute Geschäfte. Richtig gute, denn heute würde er den Kaufvertag für die Stralsunder Schulbibliothek unterschreiben. Dann gehörte endlich alles legal ihm, was Beatrix Stück für Stück rausgeschmuggelt hatte. All die schönen Atlanten, die Erstausgaben von den Geistesgrößen ihrer Zeit, die zeitgenössischen Schriften zur Geschichte Pommerns, Schätze, Schätze, Schätze. Und natürlich der ganze Krempel, der dazugehörte, die Stapel um Stapel alter Lehrbücher, zerfleddert und bekritzelt von Dutzenden Jahrgängen duldsamer Schüler. Wenn er da einige Exemplare an den Mann brachte, war er gut, den Rest konnte man diskret entsorgen. Aber die rund

500 Titel, die Beatrix sorgsam herausgepickt und bereits bibliographisch beschrieben hatte, würden ihn seinem Traum ein gutes Stück näher bringen.

Dieser Traum war ganz schlicht: Man nehme eine hübsche Stange Geld, investiere sie in eine ordentliche Yacht und ziehe an Bord, um dann die nächsten zehn, fünfzehn Jahre auf See unterwegs zu sein. In ausschließlich tropischen Gewässern bittesehr. Mit jeweils wechselnden Schönheiten aus der indigenen Bevölkerung der subtropischen bis tropischen Ankerplätze. Davon hatte Armin schon als Junge geträumt und jetzt schien dieser Wunsch in greifbare Nähe zu rücken. Ganz wie in der Baccardi-Werbung, die hatte ihm schon als Kind imponiert. Trinidad, Tobago …

Der Antiquar griff grinsend sein Jackett von der Stuhllehne und schnappte im Rausgehen das Handy vom Tisch. Noch auf der Treppe wählte er die Nummer des angesagtesten Restaurants von Stralsund. Es war ein recht modern anmutender Laden mit einem leidlich bemühten Koch unten am Hafen. Diese neumodischen Lokale waren eigentlich nicht so sein Ding, aber Beatrix fuhr total darauf ab. Sie konnten ja nach dem Essen noch weiterziehen in die urige Hafenkneipe von Petra Petersen. Das war eher sein Stil. Rustikal und sehr herzlich. Bei Petra hatte er schon ein kleines Vermögen versoffen und sich immer gern an ihr pralles Dekolleté gelehnt. Denn Petra war eine Männerversteherin. Nur schade, dass sie nicht 30 Jahre jünger war …

Was immer seine geniale Assistentin auch über den Schatz der Wulflams herausgefunden hatte, sie würde es sicher beim Essen erzählen. Wirklich was herauskommen würde dabei nicht, sonst wären längst Goldgräber am Werke gewesen. Vielleicht eine kleine wissenschaftliche Sensation. Aber nicht zu vergleichen mit den bibliophilen Schätzen, um die er gleich die Stadt Stralsund erleichtern würde. Ein Abendessen war ihm das Geheimnis der Wulflams aber auf jeden Fall wert. Kein Abend mit einer schönen Frau war vergeudet, befand der Graf.

Apropos Frau: Sobald er in Nürnberg zurück war und die kostbaren Pomeranica eingestellt hatte, der Rubel also zu rollen begann, würde er die Scheidung einreichen. Er sah seine Frau ohnehin kaum noch, was sollte es also. Sein Geld konnte er bei Beatrix parken, dann war er vor Gericht arm wie Gottes Sohn höchstpersönlich. Ein ruhelos durch die Welt ziehender Bücherprediger, der auch seine Angestellten bald entlassen musste. Er konnte auf sie verzichten, er hatte Beatrix. Die war klug wie fünf und arbeitete für zwei. Das Internet machte den Rest der Truppe langsam überflüssig. Wenn er in den nächsten zwei, drei Jahren seine zusammengeklauten und erschwindelten Lagerbestände in bare Münze verwandelt hatte, dann konnte er sich schließlich auch von Beatrix trennen. Dann blieben nur noch er, seine Yacht und das hübsch gebunkerte Geld übrig. Das war doch ein Plan, mit dem konnte man in den Tag gehen!

Jedenfalls würde es heute Abend mehr als einen Grund geben, ein bisschen zu feiern, befand Armin Graf van Hagnat. Zum einen würden die Verhandlungen mit der Stadt über die Schulbibliothek zum Abschluss kommen, zum anderen konnte er Beatrix eröffnen, dass er sich für sie entschieden habe und sich von seiner Frau trennen wolle. Zum Dritten konnte man den Abschied von Stralsund feiern, denn sie mussten auch wirklich dringend hier weg, nach allem, was Beatrix im Archiv angestellt hatte. Wenn er sie erst zurück in Nürnberg hatte, konnten sie sich ganz auf die Online-Präsentation konzentrieren. Es mussten zwei, drei schwer zugängliche Seiten eröffnet werden, die passwortgeschützt waren und nur den wirklich potenten Sammlern zur Verfügung standen. Dann konnten sie binnen kürzester Zeit Cash machen. Ach ja, und schließlich konnte Beatrix noch verkünden, was ihr schlaues Gehirn aus dem kryptischen Wulflam-Dokument herausgelesen hatte. Sicher die ganz große Sensation. Hoffentlich wollte sie nicht veröffentlichen. Miss Superhirn hätte vielleicht doch besser an eine Universität gepasst als auf den freien Büchermarkt. Aber da war ihre gesunde Geldgier davor, dass wusste Armin genau. Wirklich die ideale Partnerin für ihn. Nun ja, zumindest noch für ein Weilchen. Dann hieß es aber endgültig »Ahoi Kapitän! Reise reise!«. Auf alle Fälle wollte er aus Deutschland, ach was, aus Europa weg sein, bevor er 60 wurde. Das war doch mal ein wirkliches Ziel für einen reifen Mann.

Der Termin im Rathaus ging reibungslos über die Bühne. Dieser Bürgermeister-Stellvertreter, dessen Namen Armin immer vergaß, weil der Mann so blass und unscheinbar war, hatte ein paar allgemeine Worte gesagt, was die Neuordnung des Stadtarchives in Stralsund betraf, was ihn aber eigentlich nicht die Bohne interessierte. Auch sein angeblicher Busenfreund, Archivleiter Niemann, war natürlich dabei.

Den hatte er in den letzten Wochen gründlich eingewickelt, der alte Knilch himmelte ihn ja förmlich an. Der Bürgermeister-Stelli hatte schließlich noch angedeutet, dass man jetzt auch zügig zum Ende der Verhandlungen kommen sollte, denn irgendwelche naseweisen Damen aus der Linksfraktion hätten wider Erwarten in der jüngsten Bürgerschaftssitzung ein paar kritische Fragen gestellt. Ob das Kulturgut der Hansestadt auch ausreichend bewertet und gewürdigt werde und ob man es wirklich wegschenken wolle. Von Wegschenken könne ja nun keine Rede sein, betonte Graf van Hagnat daraufhin, immerhin koste ihn die Schulbibliothek eine ganze Stange Geldes. Und er könne ganz gut einschätzen, dass es ihn viele Jahre harter Arbeit kosten werde, um diese Summe wenigstens annähernd durch Weiterverkäufe wieder hereinzubringen. Es sei ja nicht so, dass das Archiv Tafelsilber verscherbele, die historischen wertvollen Stücke blieben schließlich im Bestand. Zumindest die, die schon lange bekannt waren und in irgendwelchen Registerlisten auftauchten, fügte Armin in Gedanken hinzu. Den Rest, von dem kein Mensch in dieser Stadt wirklich Ahnung hatte, hatten er und Beatrix schon gründlich ausgedünnt.

Schließlich schüttelten die Herren einander herzlich die Hand und der Antiquar ging zusammen mit dem Archivleiter hinüber zum Notar, um den Kaufvertrag beglaubigen zu lassen. Es war alles bestens organisiert von Seiten der Stadt. Hinterher schlenderten die beiden Busenfreunde hinüber in den Artushof und gönnten sich ein verspätetes Mittagessen nebst einem Schoppen Wein. Günter Niemann wurde etwas rührselig, als der Graf von seinem baldigen Abschied aus Stralsund berichtete und auch nicht verschwieg, dass Beatrix ihm in einer Woche folgen würde. Sie hätten einen wichtigen Auftrag in Oslo, wo die Nationalbibliothek eine Expertise wünsche. Und das sei doch ein Auftrag ganz anderen Kalibers als das, was sie der Hansestadt Stralsund liebenswürdigerweise leisten konnten. Aber wenn er mal fachsimpeln wolle oder seinen Rat brauche, dürfe er natürlich jederzeit in Nürnberg anklingeln. Dort wisse man stets, wo der Chef unterwegs sei. Niemann schniefte mit feuchten Augen in sein riesiges weißes Taschentuch und beteuerte, dass Armin ihm fehlen werde. Sie hätten noch viele schöne Gespräche über Bücher führen können, denn außer ihm verstehe ja niemand in der Stadt wirklich was davon. Wie wahr, wie wahr, dachte Armin Graf van Hagnat und legte dem alten Archivar tröstend die Hand auf die Schulter. Dann wünschte er ihm einen angenehmen Ruhestand, in dem er endlich nur noch lesen dürfe, worauf er wirklich Lust habe, ging in die gemietete Wohnung und packte seine Siebensachen zusammen. Es würde noch zwei, drei Stunden dauern, bis Beatrix zurückkam und sich für den Abend aufbrezeln würde. Also legte er sich ins Bett und machte ein ausgiebiges Nachmittagsschläfchen.

Punkt 19.30 Uhr saßen sie dann frisch geduscht und herausgeputzt am reservierten Tisch im Hafenlokal und begutachteten die Speisekarte. Armin hatte wenig Hunger, denn er hatte ja mittags schon gegessen. Dafür war sein Durst umso größer. Er orderte eine Flasche teuren Weins, ohne darüber nachzudenken, ob sie wohl zu dem Gericht passen würde, das seine junge Assistentin auszuwählen gedachte.

Beatrix saß ihm gegenüber und studierte in der ihr eigenen unerschütterlichen Gründlichkeit die Karte. Schön, bildschön, aber im Grunde kalt wie Eis, befand der Graf. Nie würde sie ihn ganz teilhaben lassen an ihren Gedanken, Träumen, Plänen, ihrem Leben. Aber das beruhte ja auf Gegenseitigkeit, also konnte er ihr diese zwischen Liebenden unübliche Distanziertheit verzeihen. Sie brauchten einander. Das machte ihre Beziehung zu einem schön funkelnden Edelstein. Aber auch ein Diamant ist schließlich nur ein Stein. Hübsch anzusehen, aber kalt und hart. Was ihm doch für poetische Gedanken kamen nach dem ersten Glas Wein! Armin beglückwünschte sich selbst, dass er dank seiner romantischen Ader die Wartezeit bis zu ihren gegenseitigen Verkündigungen wunderbar überbrücken konnte.

Schließlich schloss Beatrix bedächtig die Karte, bestellte beim Kellner sorgfältig und mit einigen klärenden Fragen eine Vorspeise und einen Hauptgang, während er nur eine Suppe orderte. Dann lächelten sich beide an und tauschten schnell ein paar Informationen über die heutige Vertragsunterzeichnung aus, bis die Speisen serviert wurden. Langsam stieg seine Ungeduld. Als sich Beatrix nach dem ersten Gang mit der Serviette die Lippen tupfte, hielt er es an der Zeit, die Sache ein wenig zu beschleunigen.

»Nun, du Schönste und Klügste – was hast du in deiner kryptischen Schatzliste entdeckt?«

»Die Frage ist doch: Wie konnten die Wulflams, die am Ende nichts weiter als Konkursbetrüger waren, über Jahrzehnte hinweg eine derart reiche Stadt wie Stralsund beherrschen, ja geradezu besitzen, nach ihrer Pfeife tanzen lassen?«

Was war das denn für eine Eröffnung? Die Frage stand Armin ins Gesicht geschrieben. Es würde sich wohl um einen längeren Vortrag handeln, bis er eindeutige Aussagen zu erwarten hatte.

Beatrix amüsierte sich köstlich, als er in völliger Ahnungslosigkeit die Schultern zu den Ohren hochzog. Und ihn mit dem nächsten Satz schon wieder verblüffte: »Sie hatten Hilfe. Und zwar übermächtige. Übernatürliche, um genau zu sein«, sagte sie, jede Silbe betonend.

Graf van Hagnat ließ die hochgezogenen Schultern ruckartig fallen und lehnte sich schwer gegen das Polster seiner Sitzbank. Dann verdrehte er die Augen gen Decke. Was hatte sie sich da nur wieder für einen Quatsch zusammengereimt?

»Nein, es ist kein Quatsch«, setzte Beatrix nach, als hätte sie seine Gedanken gelesen. Aber Armin war ohnehin ein offenes Buch für sie. Dann ließ sie die Katze aus dem Sack: »Es ist ein Fluch. Also genau genommen ein Gegenfluch.«

Armin Graf van Hagnat beugte sich vor: »Also was denn nun? Ein Fluch? Ein Gegenfluch? Ich kann dir nicht folgen, Herzallerliebste mein. Aber ich erwarte geduldig deine Belehrung. Und wenn du damit fertig bist, habe ich auch eine schöne Überraschung für dich.«

Beatrix zog die perfekt gezupften Augenbrauen zusammen und schien gar nicht erfreut über diesen Einwurf. Sie wollte, dass ihre Geschichte die Sensation des Abends war und nicht irgendeine Mitteilung seinerseits. Womöglich wollte er seine Frau verlassen und ihr einen Antrag machen? Eine so schwachsinnige Idee traute sie ihrem Chef durchaus zu. Nein, heute Abend war sie der Star, denn sie hatte Sensationelles herausgefunden. Und da sie das niemals veröffentlichen konnte, sollte sich wenigstens ihr Gegenüber als würdiger Zuhörer erweisen. So ein Forschungsergebnis hatte man schließlich nicht alle Tage.

»Du wirst mit deinen Enthüllungen warten müssen, bis ich fertig bin, mein Guter. Oder ich gehe und gönne dir kein einziges Wort mehr heute Abend«, sagte sie kühl. Der Graf verschränkte die Arme vor der Brust, lehnte sich erneut zurück und deutete ihr an, fortzufahren.

»Bei dem Dokument, das ich im Nachlass des Kaufmannes Michael Darne gefunden habe und das mit den Worten ›Wulflams Schatz‹ überschrieben ist, handelt es sich um einen Schutzzauber. Im ersten Teil werden für sein Haus und seine Familie viele gute Wünsche geäußert, Bitten an verschiedene Heilige und die Jungfrau Maria, die Seinen an Leib und Leben zu beschützen, seine Geschäfte gedeihen zu lassen, seinen Besitz zu mehren und überhaupt jedem Glück zu bringen, der über die Schwelle tritt.«

An dieser Stelle machte Beatrix eine kleine Pause und gönnte sich ein Schlückchen Wein. Dann fuhr sie fort: »Im Folgenden sagt das Dokument aber, warum solche Segenswünsche überhaupt notwendig sind. Es lastet nämlich ein Fluch auf der Familie seiner Frau. Und seine Frau namens Katharina ist – wie unschwer herauszufinden war – die einzige Tochter von Margarethe und Wulf Wulflam. Sie ist sozusagen übrig geblieben nach dem Untergang der einst mächtigsten Patrizierfamilie der Stadt, vielleicht der ganzen Hanse. Und sie muss ein altes Familiengeheimnis mit sich herumgetragen haben. Offenbar nicht aus eigenen Stücken, wie das Dokument unterstellt, sondern sozusagen wie ein Mal, einen Makel, den sie nicht freiwillig angenommen hat.«

Wieder machte Beatrix eine dramaturgische Pause. Armin atmete hörbar aus und erlaubte sich eine Zwischenfrage: »Und das war ein Fluch? Und der bewirkte was?«

Sein Gegenüber ließ die Frage eine Weile in der Luft hängen, ehe sie weitersprach: »In dem Dokument heißt es, dass ein mächtiger Magier aus dem Osten die Wulflams mit einem Zauber versehen hat, der es ihnen möglich machte, unter ihren Untertanen Zank, Neid und Missgunst zu säen. Das habe den Wulflams dann die Macht gegeben, alle gegeneinanderzuhetzen und am Ende stets als Sieger dazustehen.«

»Ein bisschen kompliziert als Instrument des Machterhalts, findest du nicht?«

Beatrix wiegte den Kopf und fügte wieder etwas ganz Unerwartetes hinzu: »Weißt du eigentlich, dass es eine Sage gibt, das Stralsunder Rathaus stehe auf drei Häusbäumen? Und weißt du, wie die heißen? – Zank, Neid und Missgunst!«

»Wo hast du das denn her?«, fragte Armin zurück und kicherte leise.

»Das hat mir ein Archivmitarbeiter so gesagt und es scheint in Stralsund Allgemeingut zu sein. Ein anderer Einheimischer hat mir mal erzählt: Die

Zwietracht stecke im Rathaus irgendwie im Gebälk, da nütze auch alle Restaurierung nichts.«

»Du meine Güte, Beatrix, lass das bloß die armen Stadtverwalter nicht hören, die da jeden Tag in ihren Büros hocken.«

»Aber lass dir mal ein paar Geschichten von Bürgerschaftsmitgliedern erzählen, die im Alltag ganz friedliche Leute sind und zu wahren Kampfhähnen mutieren, sobald sie einen Sitzungssaal im Rathaus betreten …«

»Mein schönes, kluges Schätzchen, wir sind keine Stralsunder, wir wollen nicht zanken. Die Frage, die du nun noch nicht beantwortet hast, die aber laut Überschrift der Kern des Schriftstücks ist, lautet ja wohl: Gibt es nun einen Schatz der Wulflams oder nicht?«

Beatrix führte langsam ihr Glas an die Lippen und blickte ihren Partner dabei unverwandt in die Augen. Er konnte nicht deuten, ob sie ihn auf die Folter spannen oder prüfen wollte. Ebenso langsam setzte sie das Glas ab und antwortete bedächtig: »Ich glaube nicht. Also nicht im Sinne von materiellen Werten, Gold, Silber, Kostbarkeiten und so. Ihr Schatz bestand wohl tatsächlich in diesem fremdartigen Zauberspruch, dem sie die Macht zuschrieben, die ganze Stadt zu beherrschen. Und zu finden sein muss er in einem kostbaren Buch.«

»Ein Buch? Aber das ist doch ein phantastischer Schatz! Damit verdienen wir unser Geld, schon vergessen? Wo ist dieses kostbare Buch? Ich will es haben!«, polterte Armin gutmütig lachend los.

Aber Beatrix blieb ernst. Sie zitierte mit ausdrucksstarker Betonung:

»Such nur such,
kein Weg führt hin
ohne Margarethens Stundenbuch!«

»Das habe ich doch schon mal gehört von dir.«

»Richtig, und das ist der Kern der Aussage: Solange man Margarethes Stundenbuch, das offenbar den verhängnisvollen Fluch enthält, nicht gefunden hat, um es zu zerstören, kann man den Nachwirkungen nur mit gut gemachten Segenssprüchen und ähnlich starkem Schutzzauber begegnen. Allerdings räumt Darnes Dokument ein, dass der Wulflam'sche Fluch wohl allmählich an Kraft verliert, wenn er nicht durch erneutes Verlesen immer wieder aufgefrischt wird.«

»Dann dürfte sich die akute Gefahr nach 500 Jahren wohl im Rahmen halten«, spöttelte Graf van Hagnat. Alles in allem fand er das Ergebnis ihrer Forschung doch ein wenig mager. Deshalb hakte er noch einmal nach: »Und wo ist dieses sagenumwobene Fluch-Buch nun? Hast du es entdeckt?«

»Nein.« Beatrix senkte den Kopf und ihre kühle Überlegenheit schien einen winzigen Moment abzublättern.

»Nein?«, fragte der Graf gedehnt nach und beugte sich weit über den Tisch.

»Nein. Ist und bleibt verschwunden. Ich tippe mal auf das Fundament des Rathauses. Denn wie gesagt: Da hocken Zank, Neid und Missgunst immer noch drin.«

15

Die letzte Kundin, die kurz vor Feierabend noch hereinspazierte, war Frau Prof. Geiger. Keck schwang sie ihren Gehstock, der selbstverständlich um einiges eleganter ausfiel als die üblichen Kassenmodelle. Mit ihr schob sich eine Wolke Wohlgeruchs herein. Äußerst exquisit, wahrscheinlich eine importierte Handcreme.

Sabine mochte die Literaturprofessorin aus dem Oldenburgischen, die es dank eines ebenfalls hochschultauglichen Ehegatten kurz nach der Wende nach Stralsund verschlagen hatte. Hier nun war ihr besagter Gatte untreu geworden. Ursache war eine lachlustige Sekretärin der Hochschulleitung, der er angehörte. Frau Professor hatte es mit Würde genommen, dass sie durch ein halb so altes und halb so gebildetes neues Modell ersetzt wurde. Mittels eines eifrigen Anwaltes hatte sie sich eines hohen Anteils des Vermögens und Einkommens ihres untreuen Prorektors versichert und gründete einen Weiberklub mit anderen zugezogenen Stralsunderinnen, die ein ähnliches Schicksal ereilt hatte. Sie nannten sich »Ex-und-Hopp-Stammtisch« und bildeten ein äußerst geselliges Netzwerk. Hauptsächlich aber widmete sich Prof. Geiger fortan ihrer wahren großen Liebe:

der Literatur. Mehrere hübsche kleine Bändchen über Fallada, Fontane und Feuchtwanger – alle ihre Lieblingsautoren begannen seltsamerweise mit F – entstammten ihrer Feder und sicherten ihr Rang und Namen im gediegenen Bildungsbürgertum der Region. Und da diese Schicht hierzulande nicht gerade dick war, galt sie als unumschränkte Koryphäe.

Von dieser Dame ließ sich Sabine gerne belehren. Denn Prof. Geiger musste lehren, wo immer sie hinkam. Ihr immenses Wissen weiterzugeben, war ihre Stärke wie Leidenschaft. Charmant und unterhaltsam plauderte sie über Biographien großer Literaten, als hätte sie sie alle höchstselbst gekannt und auf freundschaftlichem Fuße mit ihnen gestanden. Als belesene Buchhändlerin kam Sabine zwar nicht gänzlich aus dem Muspott, wenn Frau Professor loslegte, aber sie hörte gern fasziniert zu, sobald die flotte Endsechzigerin mit spitzem Mündchen Anekdoten zum Besten gab. Diese Kundin war recht anspruchsvoll, bereicherte aber auf jeden Fall ihre Arbeit. Deshalb freute sich die Buchhändlerin ehrlich, als an diesem Abend Frau Prof. Geiger wieder einmal den Laden beehrte.

Nach ein paar netten Begrüßungsworten, die wie immer mit der Ankündigung der Professorin: »Ich kaufe ja keine neuen Bücher mehr!« endeten, angelte ihr Sabine wortlos eine zwei Pfund schwere Feuchtwanger-Biographie aus dem Regal, die soeben erschienen war. Jaja, das kenne sie alles, ließ die vielbelesene Kundin wissen, vertiefte sich dann aber doch in den Klappentext. Um schließlich resigniert aufzustöhnen: »Na bitte, dann eben dieses auch noch. Nur der Vollständigkeit halber. Wenn ich den ersten

Fehler entdecke, streiche ich ihn rot an und schicke das Buch dem Autor zurück.« Sabine wusste, dass ihre Kundin das unbedingt tun würde.

Dann redeten sie noch ein wenig über das neueste Projekt der Professorin – einen literarischen Küstenkalender, der aus ihrem enormen Archiv schöpfe und im nächsten Jahr erscheinen werde, die Verhandlungen mit einem namhaften Verlag liefen schon –, ehe die Geiger auf einmal ganz vertraulich wurde und ihr über den Tresen zuraunte: »Frau Prehn, ich brauche mal Ihren Sachverstand. Hand aufs Herz: Kann man mit antiquarischen Büchern reich werden?«

»Sie wollen doch nicht etwa Ihre Bibliothek auflösen?«, entfuhr es Sabine erschrocken. Hoffentlich wollte die Professorin sie nicht darum bitten, dabei zu helfen.

»Nein, nein, das überlasse ich meinen Neffen und Nichten, die nach meinem Ableben die Haushaltsauflösung übernehmen dürfen«, winkte sie mit einem verschmitzten Lächeln ab. »Ich meine nur so allgemein: Kann man mit antiquarischen Büchern tatsächlich gute Geschäfte machen?«

Einen Moment überlegte die Buchhändlerin noch, worauf ihre Kundin hinauswollte. Sie hob unsicher die Schultern und antwortete: »Antiquarischer Buchhandel ist wahrlich nicht meine Materie. Sie wissen ja – frische Bücher …«

Prof. Geiger rollte nur die Augen und beugte sich noch ein Stückchen näher. Sabine konnte dem strengen Pädagogenblick nicht entweichen.

»Ich denke schon, dass gute Antiquare ihr Geld verdienen. Warum sollten sie ihr Geschäft sonst betreiben? Manchmal soll ich für Kunden nach einem älteren Buch suchen und kann es ihnen dann nur für deftige Beträge anbieten. Das verschlägt einem mitunter glatt den Atem, was für manche Exemplare aufgerufen wird, gerade bei Kinderbüchern. Und richtig alte Bücher sind begehrte Sammelobjekte, da kann schnell eine hohe Summe zustande kommen«, antwortete Sabine dann, ohne länger herumzudrucksen.

»Was heißt denn *richtig alte Bücher*?«, hakte die Professorin nach.

»Nehmen Sie mal ein Buch, das 50 Jahre alt ist. Das ist zu Friedenszeiten gedruckt worden und hat in der Regel eine hohe Auflage gehabt, denn es gab da noch wenig Konkurrenzmedien. Es kann für den Einzelnen einen hohen Wert haben, denn es begleitet ihn schon fast sein ganzes Leben oder wurde seit zwei Generationen vererbt. Trotzdem kostet es auf dem Markt nur ein paar Euro, denn es gibt genug davon. Jetzt nehmen Sie aber mal ein Buch, das doppelt so alt ist. Es ist in schwierigen Zeiten gedruckt worden, auf billigem Papier. Weltwirtschaftskrise, dann Zweiter Weltkrieg, Flucht und Spaltung – da ist allerhand passiert, was einem Buch den Garaus machen kann. Hat es bis heute überlebt, ist es einer Menge Menschen wichtig gewesen und gehütet worden, was seinen Wert deutlich erhöht. Und gehen wir jetzt mal 150 Jahre zurück, oder gar 200 …«

Die Geiger unterbrach ihren Vortrag: »… oder nehmen wir mal 400 Jahre. Oder gar 500!« Die Professorin riss die Augen auf und starrte sie an.

»Das wäre dann wirklich wertvoll, würde ich

meinen. Museumswert, sozusagen. Keine Ahnung, wer so was zu welchen Preisen handelt.« Sabine Prehn hob die Hände und gab sich geschlagen.

»Das kann ich Ihnen sagen: Die Stralsunder Stadtväter handeln mit so etwas«, raunte Prof. Geiger über den Tresen und trat endlich einen Schritt zurück, um die Spannung zu lösen.

»Nein, ist nicht wahr. Die werden doch keine Museumsbestände verkaufen«, meinte die Buchhändlerin ungläubig.

»Nicht Museumsbestände, Kindchen. Aber Archivbestände!«

In Sabine ballte sich Empörung zusammen: »Doch nicht die Löwen'sche Bibliothek«, stieß sie hervor.

»Wer weiß …«

Jetzt wurde Sabine wirklich ungehalten: »Woher wissen Sie das? Das ist doch sicher nur ein Gerücht.«

»Keineswegs, meine Liebe. Ich bin schon am Recherchieren. Ich habe eine Freundin, die sitzt als berufene Bürgerin im Kulturausschuss. Und die haben vor einem Vierteljahr eine ganz komische Beschlussvorlage auf den Tisch bekommen: Das Stadtarchiv bereinige seine Bestände und trenne sich von ein paar Kisten alter Schulbücher. Ganze Klassensätze, zerfleddert und zerlesen, hieß es aus der Verwaltung auf Nachfrage aus dem Gremium. Man schaffe Platz für die wirklich wertvollen Bestände wie die Wiegendrucke. Also haben alle zugestimmt. Dann war ich mit besagter Freundin neulich Kaffee trinken und da bekennt sie, dass sie einige Bauchschmerzen hat, weil die Sache so zur Abstimmung in die Bürgerschaft gekommen ist. Dort hat eine Fraktion nämlich nachgehakt, ob man mal Listen sehen könne, welche Bestände man da zum Kauf anbiete. Und ob es sich etwa um die gesammelte Schulbibliothek des Stralsunder Gymnasiums handele, das an die 500 Jahre im Katharinenkloster beheimatet war, wie ich Ihnen ja nicht zu erklären brauche als historisch bewanderte Einwohnerin dieser Stadt.«

An dieser Stelle musste ihre Kundin Luft holen. Sabine ließ ihr die Zeit und lauschte weiter.

»Wenn es sich nämlich um die gesamte Schulbibliothek handele, stelle diese doch sozusagen ein Gesamtkunstwerk dar, das mehrere Jahrhunderte Wissenschafts- und Bildungsgeschichte in dieser Stadt dokumentiere, gab ein einzelnes Bürgerschaftsmitglied zu bedenken. Und da müsse man doch auch den historischen Wert beachten.« Frau Prof. Geiger beendete ihre Ausführungen und stampfte mit dem Gehstock einmal energisch auf den Boden.

»Das wäre ja ein Hammer«, entfuhr es Sabine.

»So, meine Beste, und jetzt sage ich Ihnen noch etwas, ganz unter uns Klosterschwestern: In jüngster Zeit tauchen auf ganz normalen antiquarischen Internetmärkten verstärkt hochinteressante Titel über pommersche Geschichte auf, die bei genauem Hinsehen den Stempel einer nicht genannt werden wollenden höheren Stralsunder Bildungseinrichtung tragen. Eine wahre Quelle der Begehrlichkeiten für alle Heimatgeschichtsforscher und andere Narren ...« Nach dieser Pointe drehte sie sich langsam im Kreis, als würde sie zu einer fernen Melodie tanzen.

»Das können die doch nicht machen! Das gehört doch ins Museum«, begehrte Sabine auf.

»Schauen Sie selber mal rein, Gnädigste, ich lasse Ihnen ein paar einschlägige Internetadressen zukommen. So, und nun zu meiner Ausgangsfrage: Kann man mit antiquarischen Büchern reich werden?«

»Kann man, zweifelsohne. Ist nur die Frage, wer damit reich wird.«

»Genau, Frau Prehn! Genau! Sie sind ein wirklich kluges Mädchen. Adios, Frau Buchhändlerin, Sie hören wieder von mir.«

Mit diesen Worten schritt Prof. Geiger hocherhobenen Hauptes aus der Ladentür, ihre neueste Feuchtwanger-Biographie unter dem Arm.

16

Harald Kron klopfte leise an die bereits abgeschlossene Ladentür. Sabine war gerade dabei, die letzten Münzen des abendlichen Kassensturzes zu zählen und hob etwas ärgerlich den Kopf. Als sie aber sah, wer durch die Scheibe in den bereits geschlossenen Laden lugte, hellte sich ihre Miene sofort auf. Mit ein paar schnellen Schritten durchquerte sie das Geschäft und schloss die Tür noch einmal auf.

»Ich wollte nicht stören … Schön, dass ich Sie noch antreffe …« Der Architekt kam ins Stottern.

»Wir haben bereits geschlossen, mein Herr. Kann ich Ihnen sonst irgendwie behilflich sein?«, meinte Sabine amüsiert.

Harald schüttelte lachend den Kopf und versuchte es noch einmal: »Ich habe schrecklichen Hunger, mag aber allein nicht essen. Und als ich sah, dass Sie noch zugange sind, wollte ich fragen, ob Sie nicht Lust haben, mit auf eine Pizza auf den Markt zu kommen. Die Luft ist so schön heute Abend …«

Wieder unterbrach er sich. Sabine beendete schnell alle Peinlichkeit: »Pizza ist klasse, die Luft auch. Von beidem hatte ich in letzter Zeit nicht viel. Also komme ich gerne mit. Geben Sie mir noch zehn Minuten, dann kann ich richtig Feierabend machen.«

»Prima, dann gehe ich schon mal vor zum Italiener. Ich suche uns einen schönen Tisch in der Abendsonne. Sie sehen mich dann da irgendwo sitzen.«

Sabines Finger flogen nur so über die Tasten des Kassencomputers, als sie die Zählergebnisse des heutigen Tages eingab. Im Nu waren der ganze Laden aufgeräumt, die Lichter gelöscht und der Papierkorb geleert. Dann ging sie noch einmal durch das stille Museumshaus, das eine Stunde früher schloss als ihr Laden, zu ihrem Lager hinauf, um ihre Jacke zu holen und in den kleinen Spiegel zu schauen, den sie dort aufgehängt hatte. Sie versuchte, sich mit den Augen eines Mannes zu sehen. So mit Anfang 50 schien ihr nicht viel übrig geblieben zu sein, was auf das andere Geschlecht attraktiv wirken könnte. Schnell kramte sie einen dunklen Lippenstift aus der Tasche und zog ihre Lippen nach. Dann griff sie zum Kamm und überarbeitete ihre Frisur. Gleich fühlte sich frau besser. Noch ein aufmunterndes Lächeln – dann war sie reif für ein Abendessen mit Dr. Harald Kron auf dem Neuen Markt.

Zwei Minuten später saßen die beiden an einem kleinen Tisch mit rotweiß karierter Tischdecke und lasen die umfangreiche Speisekarte. Pizza, Pasta, Lasagne, Tintenfischringe, Lammkoteletts – das Übliche eben. Aber in diesem Laden kochten sie das alles zuverlässig lecker. Einmal Pizza Quattro Fromaggi und einmal Pasta a la nonna, bittesehr. Und einen Krug Lambrusco für beide, der gehörte einfach zu so einem lauen Frühsommerabend. Es fühlte sich fast an wie Urlaub. Ihre anfängliche Befangenheit wich entspannter Heiterkeit, spätestens, als die große Turmuhr von St. Marien siebenmal schlug.

»Was haben Sie den Tag über so getrieben?«, erkundigte sich Sabine mit ehrlicher Neugier. Sie wollte vor allem hören, ob er seine Umzugspläne vorangetrieben hatte.

»Ich war heute in der Stadtverwaltung und im Archiv und habe mich kundig gemacht«, antwortete er.

»Kundig? Worüber?« Man musste diesem Mann aber auch wirklich die Würmer aus der Nase ziehen.

»Zunächst habe ich die Mitarbeiter gesucht und gefunden, die für den baulichen Zustand des Museumshauses zuständig sind. Da habe ich einige Jahre lang keine Kontakte mehr gepflegt.« Wieder Ende der Durchsage.

»Und wie war die neuerliche Kontaktaufnahme?« Innerlich drehte Sabine tüchtig mit den Augen, verkniff sich aber jede weitere Bemerkung, um Krons ohnehin spärlichen Redefluss nicht gänzlich versiegen zu lassen.

»Sehr konstruktiv, würde ich mal sagen. Ziehen alle an einem Strang – Bauamt, Denkmalschützer, Museum. Mittel sind auch da. Wurde ja auch lange nichts gemacht, die Ladenmieten sind gut angespart worden.«

»Na, das klingt doch prima. Oder höre ich da ein kleines Aber?«

Harald lächelte. Die Frau hörte hinter den Zeilen. Wahnsinn. Also entschloss er sich, nicht mit seinen Eindrücken hinter dem Berg zu halten: »Das ist ja gerade das Aber, dass die Gelder auf dem Konto liegen, ohne dass für den baulichen Unterhalt gesorgt wurde. Das Problem der Mitarbeiter ist ihre latente

Überlastung. Keiner hat Zeit, regelmäßig eine Runde durchs Häuschen zu drehen und Bestandsaufnahme zu machen. Und dann all die Kleinigkeiten zügig abzuarbeiten, die sich dabei ergeben. Ich glaube, die Dame, die da jetzt am Schreibtisch sitzt, kommt überhaupt nicht raus aus ihrem Büro, obwohl sie einen bunten Strauß historischer Gebäude überwacht, die alle ihre jeweils speziellen Bedürfnisse haben.«

»Sie haben sehr viel Verständnis für unsere Stadtverwaltung. Ich habe da heute ganz andere Sachen gehört, die mir glatt die Galle überlaufen ließen. Deshalb fehlt es mir langsam an Mitleid für überarbeitete Angestellte«, konterte Sabine. Als sie seinen fragenden Gesichtsausdruck bemerkte, berichtete sie umgehend von dem Gerücht, das Frau Prof. Geiger in ihren Laden getragen hatte.

Harald Kron lehnte sich zurück und nickte vielsagend: »Da braut sich offenbar Ärger zusammen für das Stadtarchiv. Das passt zu dem Eindruck, den ich bei meinem Besuch dort heute Nachmittag gewonnen habe.«

Wieder musste Sabine eine Weile und zwei Schlucke Lambrusco warten, bis der Mann seinen Bericht freiwillig fortsetzte.

»Ich wollte ganz spontan Dr. Niemann aufsuchen, denn er ist einer der wenigen leitenden Mitarbeiter, der mir aus meiner aktiven Zeit noch gut in Erinnerung geblieben ist. Wir haben eigentlich prima zusammengearbeitet damals, was die Bauforschung betraf. Also wollte ich einfach mal vorbeischauen …« Kron ließ den Satz in der Luft hängen, weil Sabine schon wieder skeptisch die Stirn vorschob und die Arme auf der Tischkante verschränkte.

»Na gut, ich gebe es zu – ich habe da beim Frühstück was in der Zeitung gelesen. Von mehreren Todesfällen in schneller Folge im Stadtarchiv. Erstens habe ich genügend Verwaltungsgebäude saniert und gebaut, um zu wissen, dass solche Arbeitsunfälle äußerst selten sind. Dafür haben wir ja eine unendliche Vielfalt von Vorschriften für Dienstgebäude. Zweitens wollte ich …« Kron machte eine Pause und rieb sich versonnen die Stirn.

»Ja bitte, Herr Doktor, nun mal raus mit dem Zweitens«, ermutigte ihn Sabine nach einer Weile.

Kron blies die Backen auf und ließ die Luft langsam entweichen, ehe er lächelnd antwortete: »Ich gebe es zu, ich wollte mich zweitens erkundigen, wie die Pläne für das Johanniskloster aussehen, wenn das Archiv in einen Neubau umzieht. Um ganz ehrlich zu sein, wollte ich sachte vorfühlen, ob man schon einen Architekten für die Sanierung ins Auge gefasst hat. Das wäre noch mal so eine Aufgabe, die mich wirklich reizen täte. Und ich hätte genug Arbeit bis zur Rente.«

»Sie müssen sich nicht schämen, dass Sie so vorausschauend denken. Ich finde das großartig. Was für ein schöner Plan«, bestärkte ihn die Buchhändlerin. Auch für sie schien die Aussicht phantastisch. Eine solche Aufgabe würde Harald Kron auf lange Sicht endgültig an Stralsund binden – und sie wüsste ihn in der Nähe. Sie hielt ihm ihr Weinglas entgegen und lächelnd stieß er mit ihr an. Wie zwei echte Komplizen.

»Naja, alles Zukunftsmusik. So schön, wie der Plan klingt, so hässlich war meine Begegnung mit dem Archivleiter«, bekannte er abwinkend.

»Wie das? Was ist passiert?«

»Ich möchte sagen: Ich traf einen gebrochenen Mann. Der Niemann hat nur noch wenige Wochen bis zur Pensionierung, aber ich fürchte, das schafft er gar nicht mehr.«

Jetzt war auch Sabine betroffen: »Was ist denn los mit ihm? Erzählen Sie mal!«

Der Kellner brachte zwei dampfende Teller mit ihrem Abendessen und beide machten sich hungrig darüber her. Zwischen zwei Bissen berichtete Dr. Krohn weiter: »Schon rein optisch scheint mir der Mann um etliche Jahre gealtert. Jedenfalls im Vergleich zu meinem Bild von ihm, das ich in Erinnerung hatte. Wir machten ein wenig belanglose Konversation, dann kam ich vorsichtig auf den Umzug zu sprechen. Da explodierte der Niemann förmlich. Schrie herum, dass er das niemals bewältigen könne. Dass man ihm einen Mitarbeiter nach dem anderen wegnehme. Und dann auch noch der Ärger mit der Schulbibliothek. Die Bürgerschaft schieße sich ebenso auf ihn ein wie der Bürgermeister ...«

»Meine Güte, der kriegt es also von allen Seiten. Aber eins nach dem anderen: Haben Sie sich denn nach den mysteriösen Todesfällen in seiner Behörde erkundigen können?«, bohrte Sabine nach und schob sich eine weitere Gabel mediterrane Köstlichkeit in den Mund.

»Ja, habe ich. Er zeigte mir die Treppe, auf der der jüngste Unfall passiert ist. Wohl einer seiner fähigsten Mitarbeiter, der da zu Tode gekommen ist. Wirklich tragisch ... In der Tat entspricht die Treppe sicher nicht allen heutigen Vorschriften, der Trakt ist schließlich in den 60er-Jahren umgebaut worden. Aber sie ist in Schuss, keine Stolperstellen, es gibt Handläufe an beiden Seiten. Da muss schon jemand sehr unaufmerksam gewesen sein, wenn er da so einfach von oben bis unten durchpurzelt. Keine Ahnung, was den guten Mann abgelenkt hat.« Nach einem weiteren Bissen von seiner Pizza legte der Architekt nach: »Und unten auf dem Hof gibt es eigentlich auch genügend Rangierfläche für einen Kleintransporter, sodass man niemanden überfahren muss. Finde ich fast noch seltsamer als die Sache mit dem Treppensturz.«

»Inwiefern?«, fragte Sabine mit vollem Mund.

»Der Herr Niemann hat mir erzählt, dass ein Fahrzeug, das einige Umzugskartons für eine Praktikantin anlieferte, im Rückwärtsgang einen Mitarbeiter erfasst hat, der einfach so aus dem Dunkeln aufgetaucht sei. Laut seinen Worten ist das ziemlich genau vor der Eingangstür passiert. Wenn ich mir so einen Sprinter vorstelle, der ist vielleicht viereinhalb, fünf Meter lang – wo wollte der da rückwärts hin? Da ist ja dann gleich die nächste Gebäudewand. Wenn der Wagen durchs Tor und vom Hof rollen wollte, hätte er bequem vorwärts wenden können. So sieht es auch die Verkehrsführung für die Anlieger vor.«

Sabine legte ihr Besteck aus der Hand. Ein schrecklicher Gedanke überkam sie und trieb ihr die Farbe aus dem Gesicht. Kron bemerkte, wie sie sich versteifte. Fragend sah er sie an. Schließlich versuchte sie, in Worte zu fassen, was sie so erschreckte: »Ich habe neulich schon einmal ein Gespräch über all diese Todesfälle im Stadtarchiv geführt, nämlich mit meiner klugen Tochter. Sie wird forensische Psychiaterin und ist der Meinung, dass der ältere Mitarbeiter, der angeblich an einem Herzinfarkt gestorben ist – Sie wissen schon, das zweite Opfer –, zu Tode erschreckt wurde. Jetzt höre ich Sie sagen, dass man eigentlich niemanden versehentlich auf dem Hof überfahren kann. Und die Treppe ist auch in Ordnung. Man meint ja fast, das können alles keine Zufälle sein.«

Dr. Kron runzelte die Stirn: »Aber die Sache ist doch sicherlich gründlich untersucht worden?«

»Was weiß ich? Man hat über den Unfall auf dem Archivhof nur spärliche Informationen in der Zeitung gelesen. Es soll sich um einen holländischen Spediteur gehandelt haben, der im Archiv was zu erledigen hatte. Ulf Müller – so hieß der erste verunglückte Mitarbeiter, ich kannte ihn als Kunden aus meinem Lädchen – habe Überstunden gemacht und keiner habe mit ihm gerechnet. Eine Verkettung unglücklicher Zufälle also. Inwieweit der Fahrer des Transporters sich dafür verantworten muss, weiß ich nicht. Unsere Gerichte sind ja da auch nicht die schnellsten.«

Sabine seufzte und schüttelte den Kopf. Wo führte dieses Gespräch nur hin? Sie wusste doch überhaupt nichts über die näheren Umstände. Dafür gab es Polizei, Unfallkasse, Versicherung, den TÜV oder wer weiß noch was, die sich mit solchen Sachen gründlich beschäftigten. Und wenn die zu keinem Ergebnis kamen, war es doch ganz gewiss nicht ihr Ding, sich darüber den Kopf zu zerbrechen. Aber irgendwie hatte sie schon das Gefühl, im Stadtarchiv gingen seltsame Dinge vor. »Jahrzehntelang haben dort alle friedlich vor sich hingearbeitet, und jetzt bricht binnen weniger Monate ein Unglück nach dem nächsten über diese Dienststelle herein. Als hätte jemand seine schützende Hand von diesem Haus genommen. Das müsste auch auf Seiten der Behörden irgendjemandem auffallen«, schloss sie ihre Überlegungen.

»Tut es offenbar auch. Der Archivleiter erscheint mir wie ein waidwundes Tier, von allen Seiten gehetzt und gejagt. Er fing sogar an zu weinen. Das habe ich selten erlebt bei einem gestandenen Mann. Ich bin ja schließlich nur ein entfernter Bekannter, den er jahrelang nicht gesprochen hat.« Harald Kron fühlte sich erneut peinlich berührt durch die geschilderte Szene.

»Und was genau hat ihn zum Weinen gebracht?«, verlangte Sabine zu wissen.

»Er habe auf einen Schlag einen Freund und seine liebste Mitarbeiterin verloren, meinte Dr. Niemann. Als ich direkt nachfragte, wodurch, weil ich schon befürchtete, die Unglücksserie hätte sich fortgesetzt, stammelte er etwas von einem Grafen. Der Graf sei abgereist und habe seine Praktikantin mitgenommen. Ich glaube gar, unser Fast-Pensionär hatte sich verliebt in besagte Praktikantin.«

»Alter schützt vor Torheit nicht«, meinte Sabine süffisant und hielt ihrem Gegenüber schon wieder das Glas zum Prosten hin.

»Richtig!«, versetzte Harald entschlossen und erhob sich von seinem Platz. »Und deshalb werden wir zwei jetzt endlich Brüderschaft trinken!«

Einer solchen Entschlossenheit hatte Sabine Prehn nichts entgegenzusetzen.

Folgende Actien der Ressource sind zur Auszahlung im Trinitatis Termin 1840 gezogen und werden die resp. Inhaber ersucht, den Betrag nebst einjährigen Zinsen vom Kasse führenden Director in Empfang zu nehmen:

No. 4. 15. 16. 20. 21. 22. 24 26 27. 28 32 37. 42. 46. 49. 53. 54. 59. 63. 72. 74. 75. 76 77 82. 83. 87. 89. 96 98.

Stralsund, den 2. Februar 1840.

Die Direction der Ressource.

Im Kiesbof ist auf gerodetem Forstlande Kartoffelacker gegen 2 zu leistender Arbeitstage pro Kavel zu haben.

Eine Wirthschafts-Demoiselle, die wegen ihrer Tüchtigkeit gute Zeugnisse vorzeigen kann, wünscht zum 27. April eine Anstellung. Das Nähere ist bei dem Kaufmann Herrn Gau in Stralsund und bei dem Steuereinnehmer Hrn. Fuchs in Gartz zu erfragen.

Ein gebildetes, höheren Orts geprüftes junges Mädchen wünscht zu Ostern eine Stelle als Lehrerin, wo sie den Elementar-Unterricht, den in der Musik, im Französischen und im Zeichnen geben kann. Auch würde derselben eine Stelle als Erzieherin conveniren. Die Zeitungs-Expedition ertheilt nähere Nachricht.

In einer Materialhandlung wird ein Lehrling, der die nöthigen Schulkenntnisse besitzt, gesucht. Nähere Auskunft ertheilt J. Willemars, Kleinschmidtstr. Nr. 225.

Fortwährend können noch gute Roder sehr vortheilhafte Anstellung erhalten zu Kl. Miltzow.

Ein Gärtner, der Zeugnisse seines Wohlverhaltens und seiner Tüchtigkeit beibringen kann, dabei nüchtern und thätig seyn mag, auch Lust und Kenntniß hat nebenbei Jagd und Fischerei zu betreiben, findet bei mir Anstellung.

Mannhagen, den 2. Febr. 1840. Billroth.

In der Nacht vom 27sten auf den 28sten vor. Mts. sind vermittelst Einschlagung einer Wand im Schaafstalle zu Lassentin 16 Stück Hammel und Schaafe gestohlen worden. Demjenigen, der mir die Thäter anzeigt, so daß solche dem Gerichte übergeben werden können, wird vom Unterzeichneten 10 Thlr. Belohnung zugesichert. Schultz.

A n z e i g e.

Am 22. Januar a. c. ist mein Hühnerhund, auf den Namen Caro hörend, vor meiner Wohnung in der Fischstraße verschwunden. Derselbe ist von schwarzer Farbe, kurzharig, zwischen den Vorderfüßen an der Brust befindet sich ein weißer, nicht sehr großer Fleck, sonst ohne Abzeichen. An dem linken Ohre hatte er einen noch nicht ganz vernarbten Hundebiß. Bei seinem Verschwinden war derselbe mit einem gelbledernen Halsbande, worauf der Name Th. Schulz mit grüner Seide eingenäht ist, versehen.

Sollte sich dieser Hund irgendwo angefunden haben, so wird gebeten, denselben gegen Erstattung der Kosten an Unterzeichneten zurückzusenden; gleichzeitig warne ich, im Fall er gestohlen worden, vor den Ankauf desselben und biete Demjenigen, der mir den Thäter namhaft macht, so daß ich ihn gerichtlich belangen kann, eine Belohnung.

Greifswald, den 1. Februar 1840.

Coburg, Feldwebel.

Ein glatter schwarzer Hühnerhund ist im Laufe der vorigen Woche gestohlen worden; derselbe hört nach dem Namen Neger auf und hat auf dem Rücken eine Brandstelle, welche noch nicht völlig mit Haaren bewachsen. Der jetzige Besitzer des Hundes wird ersucht, denselben an den Herrn Georg Vogel in Stralsund abzuliefern, welcher auch Demjenigen eine gute Belohnung auszahlen wird, welcher im Stande ist den Dieb namhaft zu machen.

Ein Hühnerhund, der sich verlaufen hat, ist zu Schönhof angekommen. Der Eigenthümer desselben hat sich bei dem Gärtner Kühn zu melden.

Schönhof, den 2 Febr. 1840.

Vor Weihnachten ist ein Regenschirm stehen geblieben in Litr. A. No. 338.

So eben erschien die 2te Auflage (stereotipirte!) von:

Homer's Werken, übersetzt von Johann Heinrich Voß.

1r Band: die Iliade, 2r Band: die Odyssee; mit 4 Karten und Grundrissen.

Format und Druck wie die beliebte neue Ausgabe von Schillers Werken. Preis für beide Bände 1 Thlr. 15 sgr.

Vorräthig in der Löfflerschen Buchhandlung (C. Hingst) in Stralsund.

Bei August Volkmann und in der Löfflerschen Buchhandlung (C. Hingst) in Stralsund ist zu haben und als sehr brauchbar zu empfehlen die siebente verbesserte Aufl. von:

W. G. Campe,

gemeinnütziger Briefsteller

für alle Fälle des menschlichen Lebens, mit Angabe der Titulaturen für alle Stände. broch. Preis 15 Sgr.

Dieser Briefsteller enthält 180 vorzügliche Briefmuster zur Nachahmung und Bildung, wie auch 72 Formulare zur zweckmäßigen Abfassung von Eingaben, Gesuchen und Klageschriften an Behörden, Kauf-, Mieth-, Pacht-, Bau-, Lehrkontracten, Erbverträgen, Testamenten, Schuldverschreibungen, Quittungen, Vollmachten, Anweisungen, Wechseln, Attesten, Anzeigen und Rechnungen zu gelieferten Waaren.

Den Herrn Predigern und Lehrern, die in ihren Schulen den bekannten Kinderfreund von Preuß und Velten (Preis 6½ sgr.) gebrauchen, empfehlen wir:

Preuß, Seminar-Director A. E., biblische Geschichte mit Berücksichtigung der Zeitfolge und ihres inneren Zusammenhanges bearbeitet, und mit passenden Sprüchen und Liederversen versehen, für Schulen und Familien. Nebst einem Anhange, enthaltend: 1) ausführliche Bemerkungen und Winke für den Lehrer zur Behandlung der biblischen Geschichte; 2) ein alphabetisches Verzeichniß der wichtig. bibl. Namen; 3) eine Zeittafel zur bibl. Geschichte. (33 Bogen). Preis 25 sgr. Ausgabe für Schüler ohne Anhang 8 sgr.

Löfflersche Buchhandlung (C. Hingst) in Stralsund.

Donnerstag, den 6. Februar, siebentes Concert im Ressource-Hause.

Die Direction.

II. 4. □. G. A. z. d. 3 Str. 6 U. I. n. △.

Ball für Honoratioren

am 16. Februar, Anfang 7 Uhr Abends, im deutschen Hause, wozu ergebenst einladet C. W. Rosenow.

Wolgast, den 28. Januar 1840.

Berlin, den 1. Februar 1840.

Louisd'or 5 Thlr. 13¾ Sgr. oder $9\frac{1}{12}$ pCt.

1412

Katharina knetete die Hände. Sie wirkte niedergeschlagen und nervös. So hatte sich Michael ihren ersten gemeinsamen Besuch im neuen Haus nicht vorgestellt. Feierlich hatte er sie durch das Eingangstor geführt bis zur Mitte der Diele. Hier hatte er stolz die Arme ausgebreitet und gesagt: »Willkommen in deinem künftigen Zuhause, Katharina Darne! Dies ist nun dein und mein Reich.« Dann war er vorausgeeilt, um ihr die fast fertigen Umbauten zu zeigen, vor allem die neue Küche im Kemladen und die hübschen, hellen Stübchen darüber. Dort würde sie schließlich den größten Teil des Tages verbringen, zusammen mit dem Jungen und den Mägden. Vielleicht auch bald mit mehreren Kindern.

Darne wünschte sich eine große, lärmende Familie, so wie er es aus seinem Elternhaus kannte. Selbstverständlich hatte er mit seinen Geschwistern auch gezankt und gekämpft, aber wenn es darauf ankam, hielten sie zusammen wie Pech und Schwefel. Während er Katharina hinter sich herzog und einen Speicherboden nach dem nächsten erklomm, erzählte er Geschichten aus seiner Kindheit, die vom Versteckspielen in düsteren Kellern und heimlichen Diebstählen aus der Vorratskammer handelten. Dabei merkte der Hausherr gar nicht, dass seine Frau noch kein einziges Wort gesprochen hatte, seit sie das Gebäude betreten hatten. Am Schluss seiner Führung, ganz oben unterm Dach, legte Michael eine Hand auf das große – inzwischen vom Stellmacher gründlich überholte – Aufzugsrad und fragte nicht ohne Stolz: »Na, meine Liebe, was sagt du zu diesem Haus? Ist es einem Kaufmann der Hansestadt Stralsund angemessen?«

»Natürlich«, flüsterte Katharina und war den Tränen nahe.

Bestürzt machte Darne ein paar schnelle Schritte auf sein Weib zu und drückte ihr sanft die Schultern. »Was ist denn los? Gefällt es dir nicht? Erschreckt es dich?«

Tapfer lächelte Katharina über ihre Sorgen hinweg und sah ihrem Gemahl ins Gesicht: »Nein, es ist wirklich schön. Groß. Aber auch nicht zu riesig. Praktisch, würde ich sagen. Reichlich Speicher. Aber ich habe nicht wirklich Ahnung davon …« Nervös kaute sie auf ihrer Unterlippe.

»Meine liebste Katharina, irgendetwas hier ängstigt dich. Dein Gesicht ist ein offenes Buch, bitte verrate mir, was dich bedrückt«, flehte ihr Gatte und zog sie an seine Brust.

Schnell barg sie ihr Gesicht an seiner Schulter und genoss seine Stärke, um die sie ihn so beneidete. Michaels Kraft schien unerschöpflich zu sein. Wenn sie doch nur ein wenig abbekommen könnte von seiner Vitalität und Entschlusskraft.

Nach einigen Augenblicken des Überlegens entschloss sich Katharina, mit ihren Nöten nicht mehr hinter dem Berg zu halten. Seine Enttäuschung wäre sonst zu groß. Sie suchte sorgfältig nach den richtigen Worten: »Es macht mir schon ein bisschen Sorge, ob ich einem so großen Haushalt vorstehen kann. Schließlich habe ich das Wirtschaften nie gelernt. Wir hatten ja für alles Bedienstete.« Hastig brach sie ab, denn sie wollte nicht überheblich klingen.

»Ach, das lernst du schon, meine Liebste. Ein bisschen Hochherrschaftlichkeit kannst du gegen unsere Leute ruhig zur Schau tragen. Da gibt es hier zum Beispiel einen Knecht, den möchte man am liebsten immerzu in den Hintern treten …«

Trotz aller Bangigkeit musste Katharina kichern, so wie er das sagte. Dann hob sie erneut an: »Auch das ist es nicht wirklich, was mir Angst macht. Es hat vielmehr mit meiner Mutter zu tun.« Darne schob seine Frau auf Armeslänge von sich und erforschte ihr Gesicht. Er ahnte, was gleich kommen würde: Wahrscheinlich sollte er wieder versuchen, die alte Wulflam zu überreden, bei ihnen zu leben. Bei aller christlichen Nächstenliebe – dazu verspürte er überhaupt keine Lust. Das Erbe der Wulflams durfte nicht auf seinen Geschäften lasten. Ihr Untergang war ein Makel, der einen bösen Schatten auf seine eigenen Unternehmungen werfen konnte, wenn er sich nicht deutlich von deren Machenschaften distanzierte.

Katharina sah all diese widerstrebenden Gefühle in seinem Blick. Darnes ganzer Körper drückte Widerstand aus. Deshalb nahm sie behutsam Michaels Hand, um ihn zu beruhigen: »Keine Sorge, mein Gemahl, ich werde dich nicht bitten, meine Mutter hier aufzunehmen. Dem würde sie auch niemals zustimmen. Sie verfügt über einen Starrsinn, den auch der größte Langmut nicht zu brechen vermag. Trotzdem mache ich mir große Sorgen um Margarethe! Sie ist sehr krank, ein Husten zehrt sie aus! Ich fürchte, sie stirbt einsam in ihrer armseligen Hütte. Bei allem, was sie mir angetan hat – das bricht mir schier das Herz.«

Katharina konnte die Tränen nicht mehr zurückhalten. Sie bezog in wenigen Wochen ein geräumiges, vom Feinsten hergerichtetes Händlerhaus und ihre Mutter sollte in einer windschiefen Hütte bei fremden Leuten auf den Tod liegen? Sooft sie konnte, ging Katharina zu ihr. Und mittlerweile fehlte Margarethe die Kraft, ihre Hilfe in gewohnt schroffer Art zurückzuweisen. Sie ließ einfach alles stumm über sich ergehen, was Katharina ihr Gutes tun wollte. Aber bis in den Schlaf verfolgten sie die glühenden, vorwurfsvollen Blicke ihrer Mutter, als täte sie ihr schreckliche Schmach an mit ihrer Hilfsbereitschaft.

»Ich schaffe das alles nicht mehr, Michael. Der Junge lernt jetzt laufen, aber der Weg zum Fährmann Budenschön ist noch viel zu weit für ihn. Sie braucht Medizin und eine trockene Kammer, vielleicht eine Pflegerin, mit der man sich abwechseln könnte. Kein Mensch hat es verdient, so einsam zu sterben, auch nicht Margarethe Wulflam«, beschwor Katharina ihren Mann.

Michael begann, auf dem Dachboden mit großen Schritten auf und ab zu gehen. Dabei musste er den Kopf einziehen, um sich an den schrägen Balken des Dachstuhls nicht zu stoßen. Er brauchte einfach Bewegung, um über das Problem nachzudenken.

Dass es so schlimm um seine Schwiegermutter stand, war ihm nicht bewusst. Er hatte nicht bemerkt, dass Katharina so oft zu ihr ging und sich mit ihrer Pflege plagte. Mit seinem eigenen Tagwerk vollauf beschäftigt, hatte er gar nicht wahrgenommen, welche Last sie trug. Scham überkam ihn, weil er nur an seine Geschäfte gedacht hatte.

Natürlich musste man der Kranken helfen, auch wenn er wahrlich freundlichere Menschen kennengelernt hatte im Leben. Aber er wollte sich auch nicht nachsagen lassen, dass er Margarethe Wulflam in Not und Elend verrecken ließ. Sie musste auf eine Pflegestelle, sofort.

»Ist sie denn zugänglich für Hilfe? Ich meine, wir können ein paradiesisches Altenteil für sie aufbieten und dann dankt sie es uns mit einem Tobsuchtsanfall und wirft uns ihren Nachttopf an den Kopf?«, fragte Darne seine Frau und blieb endlich vor ihr stehen.

Katharina sah den Schalk in seinen Augen blitzen und schöpfte Hoffnung. »Das Paradies muss es gar nicht sein. Nur ein warmer Ofen und ein wenig Arzenei. Ich denke, im Moment fehlt ihr die Kraft, mit einem Nachttopf zu werfen«, antwortete sie.

»Katharina, ich will ehrlich sein: Hier im Haus will ich sie nicht haben! Das ist unser Reich, deines und meines, das soll uns niemand verderben. Aber wir finden auf dem Lande eine Pflegestelle für sie, ein Kämmerchen auf einem Bauernhof, mit einer robusten Zugehfrau, die ein dickes Fell hat für ihre Allüren. Wie du schon sagtest: Hauptsache trocken und warm!«

»Vielleicht könntest du einmal selbst mit mir hinauskommen zum Fährhof und mit ihr sprechen? Meine Worte erreichen sie nicht.« Katharina senkte verlegen den Kopf. Musste sie wirklich zugeben, dass sie einer alten, todkranken Frau nicht gewachsen war? Aber es tat auch unendlich gut, ihren Mann um Hilfe zu bitten und auf seine Stärke zu vertrauen. Ihr war, als würde sie

eine schwere Kiepe absetzen, die ihr auf langem Marsch die Schultern und das Kreuz zermürbt hatte.

Michael Darne schloss sein Weib in die Arme und wiegte es hin und her. Es sprach für ihr mitfühlendes Herz, dass sie die Mutter nicht im Stich lassen wollte, obwohl sie ihr mütterliche Liebe verweigert hatte. Mochte sich Margarethe Wulflam noch so verstockt zeigen, jetzt würde er ihr zur Schau gestelltes Elend aufs Land verfrachten! Stralsund gehörte nun seiner Generation, jungen Familien wie den Darnes – und nicht mehr den hochnäsigen, allmächtigen Wulflams!

Es brauchte nur wenige Tage und einiger Gespräche mit verschiedenen Ratsherren, bis eine Entscheidung über den letzten Zufluchtsort für Margarethe getroffen war. Kaufmann Darne fand für sein Anliegen überall offene Ohren. Die »arme reiche Frau«, wie das gemeine Volk sie inzwischen nannte, gemahnte sie allesamt an ihre eigene Vergangenheit. An die Unterwürfigkeit, die der Rat dem Hause Wulflam gezeigt hatte – über Jahrzehnte. An die Gutgläubigkeit, die sie allesamt zu unvorsichtigen Krediten für den schier unermesslich reichen Haushalt verleitete. Und an das Intrigenspiel, das sie erst jetzt durchschauten, nachdem der Puppenspieler, der sie alle an seinen Fäden tanzen ließ, verschwunden war. Manch langjährige Feinde begegneten sich in den Ratssitzungen mit ganz ungewohnter Neugier auf den Standpunkt des Gegners und meinten hier und da bereits, die Fehden beenden zu können, auf deren Ursprung man sich schon gar nicht mehr besinnen konnte. Irgendetwas schien ihnen nach langem Schlaf die Augen geöffnet zu haben, und das Debattieren und Regieren machte plötzlich viel mehr Freude. Aber wenn sie an Marga-

rethe Wulflam dachten, die sich erst erdreistet hatte, vor St. Nikolai zu betteln und dann als schwarzes Mahnmal am Budenschön'schen Fähranleger auszuharren, beschlich sie deutliches Unbehagen. Deshalb halfen die Ratsherren Michael Darne gern, der eine verbindliche Unterkunft für die letzte Lebensspanne dieser gefährlichen Frau suchte. Schnell erklärte sich der Rat bereit, ihr eine Kammer auf einem Landgut mit Mühle, die der Stadt gehörte, zur Verfügung zu stellen. Das Ratssäckel sorgte für die Miete und ein kleines Kostgeld, während die Darnes für Medizin und Pflegerin aufkommen sollten. Das war eine Lösung, mit der alle Seiten leben konnten.

An einem schönen Maitag trugen der Fährmann Budenschön und seine Söhne Margarethe Wulflam mit einer Trage aus der Holzhütte und betteten sie auf eine Strohschütte in einem Fuhrwerk. Federleicht erschien den Männern der ausgezehrte Körper. Und ebenso leicht wurde ihnen ums Herz, als sie die Mützen vom Kopf nahmen und sich mit einer Verbeugung von der hochedlen Frau Wulflam verabschiedeten. Zwar hatten sie ihr freiwillig Obdach und Feuerstelle gegönnt, aber seitdem die Dame auf dem Fährhof war, gingen die Geschäfte schlecht, wurden Kinder krank und verendete das Vieh. Ihre schwarz gewandete Gestalt am Ufer begrüßte sie stumm, wenn sie mit dem Kahn heimkamen und verabschiedete sie ebenso, wenn sie nach Rügen aufbrachen. Und dieser Anblick beendete regelmäßig jedwedes Gespräch an Bord.

Nun ging sie fort, die einst hochedle Frau und schien schon mehr tot als lebendig. Stocksteif und ohne ein Wort lag sie auf dem Stroh und ließ alles mit sich geschehen. Doch in ihren Augen, mit denen sie die ziehen-

den Wolken am Frühlingshimmel betrachtete, loderte ein unberechenbares Feuer. Keines Blickes würdigte sie die Eheleute Darne, die vorne auf dem Kutschbock saßen, obwohl sich ihre Tochter immer wieder mit bekümmerter Miene zu ihr umwandte. Und auch das Kind beachtete sie nicht, das neben ihr auf dem Wagen hockte, mit einem weichen Tuch an den Karren gebunden, damit es während der Fahrt nicht herunterfiele. Einzig für den maiblauen Himmel hatte sie Augen, als sähe sie dort schon eine jenseitige Welt, die sie erwartete.

Angekommen an der Mühle, eilten wieder Knechte herbei, die die Bahre in eine Kammer trugen. Sauber geschrubbte Dielen, ein zuverlässig gemauerter Ofen, zwei kleine Fenster, die auf die Felder hinauszeigten und ein niedriges Bettgestell mit einer dicken Decke. Katharina war entzückt, öffnete sofort die Fensterklappen und ließ Frühlingsluft herein. Dann half sie einer alten Frau, die als Pflegerin ausgesucht war, ihre Mutter zu lagern. Sie stopften ihr so viele Kissen unter den Kopf, dass sie aus dem Fenster sehen und den Blick über die weite Landschaft schweifen lassen konnte.

Michael Darne beobachtete das Treiben an den Türrahmen gelehnt. Er bewachte den Ausgang, damit der kleine Bertram nicht aus der Kammer entkam und womöglich unter die Hufe der Pferde geriet. Auf stämmigen Beinchen schwankte das Kind durch das Zimmer, knickte hier und dort ein, rappelte sich wieder auf und tat sein Bestes, die ganze Welt zu entdecken. In Margarethe Wulflam hingegen schien nur noch wenig Leben zu stecken. Einzig ihre hellwachen Augen verrieten, dass sie sich des Umzuges sehr wohl bewusst war. Schließlich verabschiedete sich Katharina widerstrebend von ihr, ohne *dass ihre Mutter ein einziges Wort mit ihr gewechselt hatte. Dann hob sie den lauthals protestierenden Knaben auf den Arm und ging aus dem Haus. Ehe Michael sich ihr anschloss, trat er noch einmal an das Bett der Kranken. »Ich hoffe, Ihr kommt hier wieder etwas zu Kräften, Frau Margarethe. Ich werde alles dafür tun, dass man gut für Euch sorgt. Der Müller schickt regelmäßig Nachricht nach Stralsund, sodass wir über Euren Zustand informiert sind. Wenn uns nach einer Landpartie ist, kommen wir Euch besuchen mit dem kleinen Bertram«, versprach er und nickte zum Abschied mit dem Kopf.*

Ehe er sich abwenden konnte, packte ihn Margarethe unerwartet schnell und kräftig am Handgelenk. Ihr Blick bohrte sich in den seinen, ihr mageres Gesicht verzog sich zu einer hämischen Grimasse. »Bist du dir sicher, dass der Balg der deine ist? Man kann nur mit Gewissheit sagen, wer die Mutter ist«, raunte sie mit einer Stimme, die vom langen Schweigen heiser war und dadurch umso bedrohlicher klang.

Darne entriss ihr angewidert seine Hand: »Es wird dir nicht gelingen, einen Keil zwischen mich und meine Gemahlin zu treiben«, herrschte er sie an und drehte sich weg.

In seinem Rücken kicherte Margarethe und kreischte hinter ihm her: »Es liegt kein Segen auf deinem neuen Haus!« Ihre Worte endeten in einem Hustenanfall, der ihren mageren Körper schüttelte.

Darne blickte über die Schulter noch einmal auf sie zurück. »Mag sein, aber du wirst es nicht mehr erleben, du böses altes Weib.«

Die Bosheit stirbt zuletzt, dachte Michael, als er das Fuhrwerk zurück nach Stralsund lenkte. Katha-

rina und der Kleine lagen hinten im Stroh und schliefen, erschöpft von den Abenteuern dieses Tages. Obwohl er sich gelassen geben wollte, ging ihm die Attacke der armen reichen Frau nicht aus dem Kopf. Der nächtliche Geist fiel ihm wieder ein, der in der Diele dunkle Worte geflüstert hatte. Wenn kein Segen auf seinem Haus lag, dann womöglich ein Fluch? Dann war auch klar, wer diesen Fluch ausgesprochen hatte. Und dann musste die unerkannt entkommene Gestalt Margarethe Wulflam gewesen sein, die ihrer Tochter weder Glück noch Wohlstand gönnte.

Michael Darne sah jetzt völlig klar, wie die Dinge lagen. Erst wollte ihn der Zorn auf die alte Frau übermannen, für die er jetzt noch so viel barmherzigen Aufwand betrieben hatte. Doch alsbald legte sich Entschlossenheit über ihn: Da anzunehmen war, dass Margarethe Wulflam sein Haus und seine Familie verflucht hatte, musste er sich zügig um einen Gegenzauber bemühen. Er würde nicht nur die Priester von St. Marien herüberbitten, damit sie eine Messe in der Diele lasen, genau dort, wo die Hexe ihren heidnischen Zinnober gewirkt hatte. Darüber hinaus würde er sich Schutzzauber von Weisen aus allen vier Himmelsrichtungen der Welt besorgen.

17

Der Oberbürgermeister tobte. Sprang auf, rüttelte an seinem Schreibtischstuhl, rannte ein paar Schritte hin und her. Immer wieder schlug er mit der zusammengeknautschten Zeitung auf die Schreibtischkante ein. Axel Röhrich wusste, was der Chef da zu zerschlagen wünschte: Die Überschrift der heutigen Ausgabe lautete »Stralsund verscherbelt wertvolles Kulturerbe«. Und das keineswegs versteckt im Lokalteil, sondern als fetter Aufmacher auf dem Titel. Da hatte es ihnen die Journaille so richtig zeigen wollen.

»Hat denn keiner in diesem Haus nachgeprüft, was der Niemann da verkauft? Ja, bin ich denn nur von Idioten umgeben?«, schrie OB Drechsler seinen Stellvertreter an, der mit völlig unbeweglichem Gesicht vor dessen Schreibtisch auf der Stuhlkante hockte. »Muss ich mich um jeden klitzekleinen Scheiß selber kümmern? Das fällt ja nun wirklich in dein Ressort, Röhrich! Wie konntest du das zulassen?«

Jetzt war er also der Schuldige, das war ja klar. Der Niemann vom Stadtarchiv taugte als solcher nicht mehr wirklich, der hatte sich ob seiner geistigen und körperlichen Verfassung in die Krankschreibung gerettet. Wahrscheinlich dämmerte er jetzt unter Einfluss von reichlich Beruhigungsmitteln seiner Pensionierung entgegen. Also brauchte der Chef einen Prügelknaben, der eher erreichbar war und noch länger zur Verfügung stehen dürfte. Axel Röhrich überlegte einen kurzen Moment, ob er sich nicht auch wegen Burnout vom Arzt aus dem Verkehr ziehen lassen konnte. Wer würde einem leitenden Dezernenten der Stadtverwaltung nicht glauben, dass er unter Arbeitsüberlastung schier zusammenbrach? Doch Röhrich verwarf diese Idee schnell wieder, während er mit gesenktem Blick das Gewitter über sich ergehen ließ.

»Jetzt haut die ganze linke Kulturgemeinde kräftig auf uns ein, was wir doch für Banausen sind! Von der Grundschullehrerin bis zum Altachtundsechziger muss ich mir sagen lassen, dass wir Stralsunder Tafelsilber zum Spottpreis verhökert haben. Die haben keine Ahnung, wie ich um jeden Cent für diese lausige Stadt ringe, damit hier überhaupt irgendwas passiert. Wer hat ihnen denn das Theater restauriert? Wer hat denn die Kulturkirche vorangetrieben, hä? Wer pflastert denn hier die Marktplätze und Straßen, an denen die Tussies so gerne hocken und Kaffeeklatsch halten?« Erschöpft nach diesem Ausbruch sackte der Bürgermeister auf seinem Lehnstuhl zusammen.

Nun ja, pflastern tat der Gute persönlich nun wirklich nicht, dachte Röhrich, verkniff sich aber tunlichst jede Bemerkung, die den Alten noch mehr aufbringen könnte. Für feinen Humor hatte dieser bullige Stammtischpolitiker ohnehin keinen Sinn.

Der Dezernent betrachtete den schwer schnaufenden Mann hinter dem Schreibtisch: eine Gesichtsfarbe, die von dunkelrot zu lila tendierte, leicht glasige Augen, tiefe Falten um Mund und Nase – das sah alles nach Bluthochdruck und allzu vielen Abenden mit Parteifreunden bei Bier und Zigaretten aus. Konnte ein solcher Skandal wie die *Archiv-Affäre*, wie sie in den Lokalmedien bereits genannt wurde, einen solchen Parteikader mit Kontakten seit der ersten Nachwende-Stunde zu Fall bringen? Hatte die Stadt nicht längst einen jüngeren, eloquenteren Verwaltungschef verdient? Und apropos Kultur: Der Drechsler gehörte nun wahrlich zu den Allerletzten, die freiwillig ins Theater, ins Museum oder die Bibliothek gingen. Da war der OB nur zu offiziellen Anlässen zu sehen. Zumeist in schlecht sitzenden Anzügen mit zu langen Ärmeln und über dem Bauch spannend.

Axel Röhrich schüttete in Gedanken kübelweise Häme und Spott über seinem Vorgesetzten aus, während sich im Raum die Stille dehnte. Er würde hier kein Wort sagen, wenn er nicht dazu aufgefordert würde. Und dann würde er den Chef erst mal daran erinnern, dass der selbst auf den schnellstmöglichen Verkauf der Archivbestände gedrängt hatte. Und es ihn keinen feuchten Kehricht kümmerte, was für ein Zeug da veräußert wurde. Wäre ihm der Niemann damals in diesem Zimmer mit der Nummer von der »historisch wertvollen Schulbibliothek« gekommen, hätte der OB den Archivar glatt rausgeschmissen. Und ihn vielleicht gleich mit. Der Alte wurde in seinen Reaktionen immer unangemessener, selbst für einen Verwaltungsfuchs wie ihn immer unberechenbarer.

Drechsler richtete sich in seinem Sessel wieder auf und wandte sich entschlossen seinem Dezernenten zu: »Der Haupt- und Finanzausschuss hat eine Sondersitzung gefordert. Nichtöffentlich, wenigstens dazu konnte ich die Herrschaften bringen. Sie wollen im Detail wissen, wie das alles zustande gekommen ist.« An dieser Stelle nickte Röhrich verstehend, während sein Vorgesetzter die Hände auf dem Schreibtisch faltete und ihn wütend anstarrte. »Wenn der Niemann wegen Krankschreibung nicht Rede und Antwort stehen kann – wovon ich mal ausgehe, weil er inzwischen in Krankenhaus West eingewiesen worden ist – wirst du den Sündenbock geben.«

Der Dezernent erschrak und rutschte auf seinem Stuhl noch weiter nach vorne: »Wie meinst du das bitteschön, Joachim? Ich habe ja wohl mit der ganzen Sache am wenigsten zu tun.«

»Das ist immerhin dein Stall, den wir da ausmisten müssen. Archivwesen fällt eindeutig in dein Ressort, genauso wie Kultur. Also bist du am dransten.« Der Oberbürgermeister starrte seinen Stellvertreter feindselig an.

Röhrich hakte nach: »Und was genau meinst du mit ›den Sündenbock geben‹, Joachim? Soll ich sagen, dass ich nicht aufgepasst habe, was Dr. Niemann im Archiv so treibt? Dann wäre das eine Verletzung der Aufsichtspflicht, die mit einer Disziplinarstrafe zu ahnden wäre. Das müsste man dienstrechtlich erst nochmal abklären. Ich glaube nicht, dass ich da irgendeinem Eintrag in meiner Akte zustimm…«

»Du bietest deinen Rücktritt an!«, fiel ihm Drechsler ins Wort.

»Ich denke gar nicht dran!«, zischte der Dezernt zurück.

»Ich denke aber doch, dass du das tust«, beharrte der OB und starrte ihm weiter ins Gesicht.

Axel Röhrich schluckte schwer. Er musste sich jetzt ganz schnell eine Taktik einfallen lassen, wie er der Schlinge entkam, die sich da um ihn zuzog. Dann versuchte er, an den Kameradschaftsgeist des Politikers zu appellieren: »Sieh mal Joachim, ich habe dir über all die Jahre den Rücken freigehalten in meinem schwierigen Dezernat. Habe bei den Haushaltsdebatten jede Kürzung hingenommen, die Kulturausgaben so klein wie möglich gehalten. Ich habe auf unzähligen Podiumsdiskussionen und Foren den Kleinkrieg mit den ganzen Künstlern und Akademikern geführt, die immer nur gefordert und gefordert haben von der Stadt. Wenn du mich jetzt absägst, wer wird das dann für dich tun? Möchtest du dich wirklich selbst mit dem ganzen Intellektuellen-Pack auseinandersetzen? Wenn du mich als Dezernent schasst, falle ich ins Bodenlose. Ich habe keine Partei, die mich auffängt.«

Joachim Drechsler lächelte süffisant: »Hab ich dir ja immer gesagt: Warum bist du nicht längst in unsere Partei eingetreten? Wir hätten schon eine Funktion für dich gefunden, so ein guter Verwaltungsmann, wie du bist. Aber du bist ja immer mit deinem Scheiß-Liberalismus umhergezogen und wolltest dich nicht binden.«

»Das ist jetzt also eine Retourkutsche, weil ich nicht in deine Partei gekommen bin?«, fragte Röhrich spitz.

Der OB lehnte sich weit in seinem Sessel zurück und klatschte die Hände auf seinen Bierbauch. »Wir zwingen niemanden, in unserem Verein mitzumachen, aber es hätte dir jetzt geholfen. Doch das ist heute nicht unser Thema.« Er machte eine Pause und griff wieder nach der Zeitung, die ihn so erbost hatte. Dann fuhr er fort: »Mal ganz ruhig, mein lieber Axel, mir schwebt Folgendes vor: Im Hauptausschuss argumentierst du so: Der Niemann hat Schindluder betrieben mit seinen alten Sachen, ist aber durchgedreht und bald in Pension und deshalb rein menschlich nicht zur Verantwortung zu ziehen. Deine Schuld bestand einzig darin, dass du auf die Fachkompetenz des Archivleiters vertraut hast, man kann schließlich nicht auf jedem Gebiet allwissend sein. Die Vorlage für den Verkauf sah fachlich und rechnerisch in Ordnung aus, das hast du geprüft. Das hast du doch, oder?«

Wenn er jetzt Nein sagte, würde er noch tiefer in der Patsche sitzen. Deshalb nickte er einfach, ohne den Mund zu öffnen. Genau genommen war die Vorlage mit denkbar heißer Nadel gestrickt und wegen des Termindrucks ungeprüft in den Finanzausschuss gegangen. Dort hatten sie nur 60 000 Euro Einnahmen gelesen und die Sache durchgewunken. Der Kultur- und Bildungsausschuss hatte zwar leise die Stirn gerunzelt, aber ebenfalls abgenickt. Die Bombe platzte erst in der Bürgerschaft, nachdem die Opposition einige unbequeme Fragen gestellt hatte. Und dann gab es so ein paar Schlaumeier im Internet, die plötzlich die ganz große Kulturerbe-Keule schwangen.

Aber Röhrich konnte der Vorgeschichte des Skandals keinen Gedanken mehr widmen, weil der

OB seinen Plan zügig weiterspann: »Also drückst du tüchtig auf die Mitleidsdrüse, dass du dich sicherlich mehr für die Schulbibliothek hättest interessieren müssen, dass du ja aber so viele kulturelle und historische Dinge in der Stadt im Auge behalten musst, und dass du dich mehr auf die Verbesserung der Arbeits- und Lagerbedingungen für das Archiv konzentriert hast, und dass wir soundsoviel in den Archivneubau investiert haben und bla, bla, bla – na du weißt schon. Und dann – tatarata – nichtsdestotrotz bis du willig, persönlich Verantwortung zu übernehmen und stellst deinen Dezernentenposten zur Verfügung. Dann springe ich auf den Tisch und sage: Aber Herrschaften, das ist doch völlig überzogen, der Röhrich leistet doch seit Jahren gute Arbeit und der kann ja nun nicht über die Fehler stolpern, die der Niemann gemacht hat und so weiter und so fort. Sollte es dann tatsächlich zu einer Abstimmung kommen, spricht dir der Hauptausschuss sein Vertrauen aus und du gehst nächsten Morgen in dein Büro wie jeden Tag.«

Drechsler grinste sein Gegenüber an, als erwarte er begeisterten Beifall für diese Vorstellung. Doch Röhrich steckte ein Kloß in der Kehle, den er kaum hinunterschlucken konnte. Sollte er sich wirklich auf dieses gefährliche Spiel einlassen? Was, wenn die Abstimmung – wodurch auch immer – nicht zu seinen Gunsten ausging? Angestrengt starrte der Dezernent auf seine hochglanzpolierten Schuhe.

»Gut, denke noch ein bisschen über deine Rede im Hauptausschuss nach, die muss wirklich sitzen und genau das richtige Maß an Reue enthalten. Und,

Axel, vergiss bitte nie, dass die Stimmen meiner Partei und der Anhängselfraktionen dafür sorgen werden, dass du im Amt bleibst.« Mit diesen Worten versenkte Joachim Drechsler die zerknüllte Zeitung in den Papierkorb und griff sich eine Akte, um zu demonstrieren, dass die Unterredung beendet sei.

Röhrich war zu keiner Erwiderung fähig. Er schlich sich aus dem Chefzimmer und schloss leise die Tür hinter sich. Auf dem Weg zum eigenen Büro straffte er jedoch die Schultern. Schließlich war es keineswegs nur seine Schuld, wenn der Niemann Mist gebaut hatte. Er konnte sich noch lebhaft an die Unterhaltung Anfang des Jahres erinnern, als der Chef dem alten Kerl tüchtig Druck gemacht hatte. Nicht nur wegen des dritten Todesfalles im Archiv, sondern auch wegen des schleppenden Verkaufes. Dieses Wissen konnte man noch nutzen, wenn es hart auf hart kam.

Er musste sich jetzt auch dringend mal mit diesem Käufer der Schulbibliothek in Verbindung setzen, ob man da noch was rauskriegen konnte über die tatsächlichen Zusammenhänge. Irgend so ein holländischer Graf, dessen Firma in Nürnberg lag. Das würde er mit einem Griff in den Akten finden. Und dann waren da noch diese Schreihälse im Internet, die angeblich so viel mehr Ahnung von der historischen Schulbibliothek hatten als er selbst. Von deren Wissen konnte man ja auch zehren.

Als Axel Röhrich sein Büro erreicht hatte, war er sich im Klaren, dass er gar nicht so sehr Argumente gegen den durchgedrehten Niemann finden wollte, der war eh erledigt. Vielmehr war er auf der Suche nach Munition gegen seinen Dienstherrn, Joachim Drechsler. Wenn er als Dezernent über die Archiv-Sache stolpern sollte – warum dann nicht auch der allmächtige Stralsunder Oberbürgermeister?

18

»Na, meine Schöne, wo steckst du gerade?«, trompetete Graf van Hagnat launig in den Hörer.

»In Stockholm«, antwortete Beatrix kühl.

»Was um alles Welt treibst du in Stockholm? Ich denke, du wolltest ein paar Tage Urlaub in den Schären machen? Mit dieser Segeltruppe.«

»Habe ich beendet. Das Wetter war lausig und die Crew ein bisschen dämlich. Da bin ich lieber ins Hotel gezogen und gucke mir ein paar Museen an.«

Der Graf wollte sich ausschütten vor Lachen: »Das klingt schon eher nach dir. Ich habe mir gleich gedacht, dass so ein Segeltörn nichts für dich ist.«

»Wie schön, dass du mich zu kennen meinst. Aber deshalb rufst du mich doch bestimmt nicht in meinem ersten Urlaub seit vier Jahren an?« Beatrix klang ungehalten. Armin bereute seinen Heiterkeitsausbruch. Eigentlich hatten sie ja einige Wochen Funkstille vereinbart und wollten vorerst getrennte Wege gehen, falls es in Stralsund irgendwelche Untersuchungen geben sollte. Aber nun musste er doch mit Beatrix sprechen. Aus vielerlei Gründen.

»Du hast mich erwischt, meine Liebe …«

»Ich kenne dich eben recht gut.«

»… Ja, sicherlich. Ich muss dir aber mitteilen,

dass es ein paar Probleme gibt. Nichts Ernstes, aber doch einiges, was wir besprechen müssten. Kannst du nicht etwas früher zurückkehren, wo du deinen Urlaub ohnehin schon abgebrochen hast?«

»Ich habe nur diesen unsäglichen Segeltörn abgebrochen, keineswegs meinen Urlaub. Und wenn du was mit mir besprechen willst, dann jetzt gleich. Eine andere Chance bekommst du nicht.«

Graf van Hagnat verspürte Zorn in sich aufwallen. Dabei war das Thema wirklich ernst. Warum zeigte ihm diese Frau nur immer wieder die kalte Schulter? Hatte er ihr nicht alles beigebracht, was er über das Geschäft wusste? War er nicht obendrein ein perfekter Liebhaber für sie? Doch es gab im Moment Wichtigeres als solcherart Befindlichkeiten. Also bezwang er seinen Unmut und berichtete sachlich: »Es liegt eine Vorladung für dich im Büro. Vom Landgericht in Stralsund. Mike hat auch eine bekommen. Er hat sich gemeldet und dreht ganz schön am Rad.«

»Mike? Du hast doch gesagt, der ist abgetaucht. Wieso bekommt er eine Vorladung?«

»Es gibt eine Gerichtsverhandlung, öffentlich. Verkehrsunfall mit Todesfolge …«

»Ja, das ist logisch. Aber wieso hat Mike eine Vorladung erhalten? Du hast versprochen, er wäre unauffindbar, wenn es so weit käme!«

»Schrei mich nicht an!«

»Ich schreie gar nicht! Ich erinnere dich nur an deine Versprechen. Du hast gesagt, Mike ist kein Problem, dem geben wir Geld und schicken ihn nach Amsterdam, da findet ihn niemand. Und jetzt ist er aufgeregt, weil er eine Vorladung des Gerichtes hat? Was ist da schiefgelaufen, Armin?«

Er schloss die Augen und zwang sich zur Ruhe. Eigentlich wollte er nicht mehr mit solchen Armleuchtern wie Mike arbeiten. Da rächte sich seine Gutmütigkeit mal wieder. Immer bettelten sie nach kleinen Jobs. Und einen Transporter mit ein paar Kisten von Stralsund nach Nürnberg zu fahren, das war ja nun auch wirklich kein schwerer Job, oder? Nach einem tiefen Durchatmen antwortete er Beatrix so ruhig wie möglich: »Ich hatte Mike mit reichlich Geld ausgestattet und ihn mit der klaren Ansage nach Amsterdam geschickt, er soll den Kopf einziehen. Aber der Bursche hat volle Kanne Party gefeiert und das Geld in Windeseile umgesetzt. Wahrscheinlich vor allem in Drogen. Dann ging es ihm nicht so gut und er hat gemacht, was alle schlimmen Jungs machen: Er ist nach Hause zu Mutti in Groningen gefahren und hat sich auf ihrem Sofa schlafen gelegt. Die deutsche Justiz ist zwar nicht schnell, aber gründlich. Und so haben sie eben herausgefunden, dass seine erste, einzige und letzte Meldeadresse das Haus seiner Mutter in Groningen ist. Prompt haben sie ihn da gefunden mit ihrer Vorladung.«

»Groningen? Mannomann, das ist echt platt. Wir sind hier in Europa, nicht im Kongobecken. Hättest du Mike nicht ein paar Grenzen weiter schicken können?«, tadelte Beatrix ihren Chef mit beißendem Spott in der Stimme.

»Sei es, wie es sei. Jetzt hat der Junge jedenfalls Bedenken, ob er die Verhandlung durchsteht. Es fiel die Bemerkung: ›Das wird teuer für euch!‹«

Beatrix überlegte einen Moment am anderen Ende. Armin ließ ihr die Zeit, diese Information zu verarbeiten. Dann meldete sie sich wieder zu Wort: »Er bleibt aber bei seiner Aussage, dass er den Transporter gefahren ist und es ein tragischer Unfall war?«

»Ja, sagt Mike, dabei würde es bleiben. Er würde auch seine Drogenabhängigkeit ins Feld führen. Einen Drogentest hat die Polizei ja damals nicht gemacht. Er will aussagen, dass er nicht ganz clean war, als er den armen Herrn Müller auf dem dunklen Hof des Stadtarchivs überrollt hat. Der ihm ja auch völlig geistesabwesend vors Auto gerannt ist, ohne zu bemerken, dass Mike da rangiert. War im toten Winkel einfach nicht auszumachen. Alles wie abgesprochen. Mike hat es noch voll drauf, auch wenn seine Birne von den ganzen Pillen ein bisschen weich ist.«

»Aber er will mehr Geld dafür«, warf Beatrix ein.

»Richtig, du kluges Mädchen. Und wir müssen uns jetzt mal einigen, was es dir wert ist, dass Mike vor Gericht in diesem Sinne aussagt.«

»Was es *mir* wert ist?«, schnappte sie empört.

»Ja sicher, was es *dir* wert ist. Denn er rettet da *deinen* hübschen Arsch, meine Dame! Darf ich dich kurz daran erinnern, wer wirklich am Steuer gesessen hat? Und dass der Müller da nicht einfach im Dunkeln umhergetapst ist, sondern versucht hat, den Transporter aufzuhalten?«

Beatrix schwieg am anderen Ende der Leitung. Nach einer Weile sagte sie völlig emotionslos: »Und darf ich dich daran erinnern, dass in dem Transporter, den der Mann stoppen wollte, einige Kisten mit interessanten Stücken des Stralsunder Archives für *dein* Antiquariat standen? Die dürften mehr wert gewesen sein als die ganze Sammlung, um die sie jetzt in Stralsund heulen.«

Nun musste Armin Graf van Hagnat schlucken. Er hätte das alles mit Beatrix gern persönlich besprochen. Es war eine Schnapsidee, das per Telefon in Angriff zu nehmen. Das Mädchen war so clever und eiskalt, dass ihm manchmal angst und bange wurde. Deshalb lenkte er jetzt ein: »Ich habe die Vorladung für dich aufgemacht, weil ich nicht wusste, ob du rechtzeitig aus den Ferien zurück bist. Die Verhandlung ist am 16. nächsten Monats. Wir haben also noch ein paar Wochen Zeit, uns einig zu werden, was wir mit Mike machen.«

»Ich kümmere mich darum«, sagte Beatrix mit Bestimmtheit. »Ist er noch bei Mutti in Groningen?«

»Ja, ich kann dir die Adresse schicken. Ich finde das sehr gut, dass du ihm nochmal ins Gewissen reden möchtest.«

Eine Pause entstand, in der sich Armin entgeistert über die Stirn strich. Beatrix konnte so unglaublich skrupellos sein. Sie würde doch dem dümmlichen kleinen Junkie nichts antun? Sollte er ihr wirklich Mikes Adresse geben? Er musste nochmal nachhaken: »Du willst doch nur mit ihm reden, oder?«

»Selbstverständlich. Ich weiß nicht, was du meinst, Chef.«

Ihre kühle Stimme beruhigte ihn. Sie würde das mit weiblichem Charme in Ordnung bringen, da war er sich ganz sicher. Auf seine Lieblingsassistentin war doch Verlass. Er bezahlte sie ja auch wirklich gut genug dafür. Plötzlich war Graf van Hagnat wieder fröhlich und guter Dinge, wie es seinem Naturell entsprach. Kurz wollte er noch das zweite Thema ansprechen, das ihm zu schaffen machte: »Ach übrigens, im Stralsunder Rathaus sind sie reichlich nervös wegen der Schlagzeilen. Die Presse hetzt jetzt bundesweit gegen die Stadtväter, weil sie uns die Schulbibliothek verkauft haben.«

»Ich verfolge das aus den Augenwinkeln im Internet. Aber die Sache ist doch wasserdicht, was soll die Aufregung«, bemerkte Beatrix leicht gelangweilt.

»Ja natürlich, die Verträge sind alle korrekt. Im Internet gibt es einen pensionierten Archivar, der geifert wie irre. Und dann ist da noch ein Anonymus unterwegs, der sich unglaublich reinkniet und jedem einzelnen Titel nachgeht, den wir öffentlich einstellen. Der liefert der ganzen Historiker-Community echt Munition.«

Eine Pause entstand, die wohl vor allem das Desinteresse seiner Gesprächspartnerin zum Ausdruck bringen sollte. Deshalb setzte Armin einfach fort: »Viel Geschrei um nichts. Denn wenn ich jetzt so peu à peu in die Kisten gucke, die wir aus Stralsund mitgebracht haben, dann ist da gar nicht so viel Überragendes dabei. Ich hatte mir eigentlich mehr erhofft.«

»Die Sahnestücke haben wir vorher schon abgesammelt, vergiss das nicht«, erinnerte ihn seine Assistentin.

»Ja, natürlich, mein kluges Mädchen. Du hast recht – wie immer.«

Er säuselte noch einige nette Worte ins Handy, wünschte weiter schöne Ferien und hoffte auf ein baldiges Wiedersehen in der Firma. Als er den Anruf beendete, war er doch froh, die Sache gleich angegangen zu sein.

Beatrix hingegen kochte. Sie würde sich wegen dieser Lappalie verspäten. Sie hatte ein äußerst wertvolles Buch in einem speziell gegen Feuer, Wasser und Diebstahl geschützten Transportkoffer zwischen den Beinen: »De revolutionibus orbium coelestium« von Nikolaus Kopernikus, Originalausgabe von 1543. Und nicht nur bestens erhalten, sondern obendrein mit handschriftlichen Anmerkungen des Autors versehen. Sie gedachte, dafür einen sechsstelligen Betrag zu erhandeln, wenn sie sich gleich mit dem Sekretär der Königlichen Schwedischen Akademie traf. Der das Exemplar keineswegs zur Erweiterung des Staatsschatzes erwerben wollte, sondern für sein Privatvergnügen. Der hochadlige Herr war ein berühmter Sammler kostbarer Bücher, die Meilensteine in der Wissenschaftsgeschichte der Menschheit markierten. Einen solchen Käufer konnte man sich nicht backen. Der fragte auch nicht groß nach der Herkunft, solange sie ihn nur von der Echtheit überzeugen konnte. Sie konnte einem solchen Kenner getrost andeuten, dass das Buch einfach so in einem gammeligen vorpommerschen Stadtarchiv rumgelegen hatte – dafür musste sie nicht einmal lügen – und dort wohlfeil gewesen war. Das Siegel der Stralsunder Schulbibliothek prangte ja auch gleich auf dem Titelblatt, das Buch brachte seinen Identitätsnachweis sozusagen mit. So echt, wie der Schatz war, so gefälscht war der Kaufvertag mit dem Stadtarchiv. Obwohl: Papier und Siegel von Dr. Niemanns Schreibtisch waren vollkommen echt. Das alles würde seine Exzellenz nicht so besonders interessieren. Stralsund galt in seinen Augen ohnehin immer noch als ärmliche südschwedische Provinz, die die dreisten Preußen der schwedischen Krone 1815 gestohlen hatten.

Beatrix hob den Koffer an, überprüfte mit einem letzten Blick in den Spiegel ihre sorgsam hergerichtete Aufmachung – seriös, aber auch sehr reizvoll – und stöckelte dann eilig aus dem Zimmer. Sobald der Deal mit der schwedischen Exzellenz gelaufen war, würde sie sich um Mike, dieses jämmerliche Würstchen, kümmern. Und zwar ein für alle Mal. Der sah keinen Cent von ihrem mühevoll verdienten Geld!

19

Das »Herein, wir haben geöffnet!«-Schild schepperte heftig, als Dr. Sandra Prehn die Ladentür ihrer Mutter aufriss. Die Kundin, mit der Sabine gerade über eine Neuerscheinung von Lutz Seiler stritt, fuhr erschrocken herum. »Auftritt meine kleine Tochter«, meinte die Buchhändlerin mit einem entschuldigenden Lächeln. Sandra zog schuldbewusst den Kopf zwischen die Schultern und verdrückte sich an den Sachbuch-Tresen, um das Gespräch nicht weiter zu unterbrechen. Von neuester deutscher Literatur hatte sie keine Ahnung, das Feld überließ sie gerne ihrer Mutter. Schließlich kamen die Kundin und die Buchhändlerin doch noch auf einen Nenner, was besagten Autor betraf und beendeten die Diskussion mit einem langen Bon, denn außer der umstrittenen Neuerscheinung hatte die Dame noch genug anderen interessanten Lesestoff gefunden. Nachdem sie bezahlt hatte und gegangen war, konnte Sabine ihr Mädchen endlich drücken. »Na, meine Kleine? Es wird Frühling: Deine Haare haben grüne Spitzen!«

»Sei du doch bitte mal ganz still: Das sind ja wohl rote Strähnen, die du dir da hast machen lassen. Ist irgendwas im Busche, was ich wissen sollte? Eine

Frau ändert ihre Frisur nicht so einfach«, examinierte Sandra ihre Mutter.

»Das ist keine geänderte Frisur, das ist nur ein bisschen frische Farbe. Und das ganz dezent, Ton in Ton. Nicht so wie deine wilden Experimente«, berichtigte Sabine ihre Tochter leicht tadelnd.

»Mein liebes Mütterlein, du trägst seit mindestens zehn Jahren die gleiche langweilige braune Farbe, um deine paar grauen Haare zu übertünchen. Da kommen diese frischen Feuersträhnchen schon einem Vulkanausbruch nahe!«, hielt sie dagegen. Aber ihre Mutter zuckte nur munter mit den Schultern und sagte: »Mir war halt mal so!«

Damit war die Diskussion zunächst beendet und Sabine froh, dass ihr aufmerksames Kind nicht weiter nachbohrte.

»Hast Du meine Fachbücher bekommen?«, fragte die junge Psychiaterin stattdessen.

»Klar, ist alles pünktlich angekommen von der Liste, die du mir gemailt hast. Aber Sandi, die kosten ja ein Heidengeld! Brauchst du das wirklich alles?«

»Wirklich, Mutti. Und sei versichert: Ich kann sie mir leisten.«

»Ich vergesse immer, dass du jetzt Frau Doktor mit fester Stelle bist und nicht mehr die ewig klamme Studentin. Ich ziehe dir trotzdem ein paar Prozente ab …«

»Nein, lass das mal lieber. Ich brauch auf dem Bon die ganze Summe, sonst kann ich das nicht von der Steuer absetzen. Schenkst' mir zum nächsten Geburtstag wieder eine hübsche Graphic Novel, da kannst du alle Rabatte von einem Jahr für ausgeben«, winkte Sandra ab. Während ihre Mutter die Fachbücher an der Kasse einscannte, fiel ihrer Tochter das nächste Thema ein: »Apropos Geburtstag – nun bist du ja demnächst am dransten. Worauf hast du denn Lust? Große Familienrunde oder nur wir zwei beiden? Zu Hause oder Gaststätte? Kaffee oder Abendbrot oder beides? Ich helfe dir bei der Organisation, wie ich kann. Du musst nur sagen, wie du es haben willst.«

Sabine Prehn schmunzelte. Sie zog zunächst die Kreditkarte ihrer Tochter durch und packte ihr eine Tüte, ehe sie antwortete: »Schön, dass du danach fragst. Ich habe mir auch schon ein paar Gedanken gemacht. Und ich habe dieses Jahr mal was ganz anderes geplant. Mein Lädchen besteht jetzt 15 Jahre. Und es haben doch damals alle mitgeholfen beim Einrichten. Das sollten wir als Anlass nehmen, wenigstens meine Brüder einzuladen. Wer von den Kindern und Enkeln mitkommen will, kann gerne kommen. Aber alle kriegen wir eh nie zusammen …«

»Mutti, das sind dann aber auch schon mal wieder locker 30, 40 Leute. Ich kenne doch unseren Clan, wenn es was zu feiern gibt.«

»Ja, ich weiß, aber warum denn nicht? Wir mieten eine Gaststätte, am besten den Italiener hier gleich am Markt. Da legen dann alle wieder zusammen, wenn die Zeche kommt. Wir sitzen ohnehin viel zu selten beisammen. Aber ich habe da noch eine besondere Idee.« Sabine machte ein verschmitztes Gesicht und ließ ihre Tochter einen Moment zappeln.

Die sprang auch prompt darauf an: »Nun bin ich aber gespannt. Los, sag schon!«

»Ich will euch alle einladen zu einer Führung durchs Häuschen.«

»Welches Häuschen?«

»Na hier, das Museumshaus! Unser altes Familienhaus. Wo Ömchen Anna bis zum Schluss gelebt hat.«

Sandra machte dicke Backen: »Mann, Mutti, da sind wir doch schon alle hundertmal drin gewesen.«

»Wirklich? Dann denke mal genau nach, wann du das letzte Mal im Museum warst, mein neunmalkluges Kind.«

Die Ärztin verdrehte die Augen, musste dann aber lachen: »Hast mich erwischt, ist schon eine Weile her. Also gut: wunderbare Idee. Und wer macht die Führung? Du doch sicher, du weißt am meisten über die ganze Familiengeschichte.«

»Nein, Sandi, eben nicht ich. Ich kann höchstens ein paar alte Fotoalben mitbringen, damit wir die Gesichter zu den Namen haben. Aber ich habe da einen wirklichen Experten an der Hand, der noch viel mehr über das Häuschen weiß als ich.«

»Wer könnte das denn wohl sein?«

»Dr. Harald Kron, der Architekt, der damals die Restaurierung geleitet hat!«

»Und der kommt extra nach Stralsund? Der wohnt doch irgendwo in Hessen ...«

»Baden-Württemberg. Konkret Stuttgart«, korrigierte Sabine ihre Tochter. »Und das auch nicht mehr lange, weil er nämlich gerade dabei ist, nach Stralsund umzuziehen. Der weiß ganz viel über die Bauarbeiten zu berichten. Wir könnten uns dann für die Führung bedanken, indem wir ihn mit zum Essen einladen.«

Sabine strahlte übers ganze Gesicht. Weil ihr die Idee so schön erschien, Harald ganz unauffällig in ihre Familie einzuführen. Und weil sie es wirklich toll fände, wenn sie sich alle mal wieder in ihrem alten Haus treffen würden.

Sandra forschte in den Gesichtszügen ihrer Mutter. Dann fragte sie geradeheraus: »Hast du was mit dem?«

Sabine protestierte entschieden. Er habe jetzt ein paar Mal im Museumshaus zu tun gehabt, deshalb hätten sie sich wiedergetroffen. Dabei würden sie sich ja schon sooooo lange kennen, schon seit der Rekonstruktion vor 20 Jahren. Da habe er sie hin und wieder auf die Baustelle gebeten, um die eine oder andere Situation zu erläutern. Sie unterstütze ihn jetzt nur ein wenig bei der Organisation seines Umzuges. Dabei müsse man doch wirklich helfen, wenn ein so erfahrener Architekt in den Nordosten übersiedelt. Das könne doch nur ein Zugewinn für die Stadt sein. Es gebe hier immerhin noch einige schwierige Objekte, die einen kundigen Fachmann gebrauchen könnten. Man nehme nur das Johanniskloster, wo ja das Stadtarchiv bald ausziehe …

Sandra Prehn ließ ihre Mutter munter plappern, sich aber nicht ins Bockshorn jagen. Wer so ins Lamentieren verfiel, der hatte etwas zu verbergen. In diesem Fall wahrscheinlich eine ernste Verliebtheit. Meine Güte, wie ein Teenager, dachte sie. Das war amüsant und bedenklich zugleich. Ihre Mutter war immerhin Mitte 50, da sollte frau wohl erfahren genug sein, um sich nicht Hals über Kopf zu verlieben. Wie alle Töchter, die noch dazu ohne nennenswerten Beitrag eines Familienvaters groß geworden waren, hegte Dr. Prehn ein tiefsitzendes Misstrauen gegen Männer, die ihre Mutter aus dem seelischen Gleichgewicht bringen könnten. Schließlich unterbrach sie den Redefluss und fragte schlicht: »Wie alt ist denn dieser Herr Kron?«

Nur drei Jahre älter als sie, griff Sabine den Faden munter wieder auf. Das sei ja nun wahrlich nicht zu alt, um noch mal völlig neu anzufangen. Seine Ehe sei gerade zerbrochen, da suche er etwas Abstand. Außerdem habe er ein Boot, sei Segler, da biete es sich schließlich an, seinen Wohnsitz an der Ostsee zu nehmen ...

In Sandras Kopf schrillten die Alarmglocken. Neuer Job, neues Zuhause, neues Leben – neue Frau? Ein Mann Ende 50? Etwas verspätete Midlife-Crisis! Und ihre Mutter als Opfer des ganzen Taras? Wie zuverlässig waren die Gefühlsanwandlungen dieses Herrn aus Stuttgart? Jetzt wollte sie es doch genauer wissen: »Trefft ihr euch auch privat?«

Sabine hielt inne. Sie hörte sofort den lauernden Unterton in Sandis Stimme. Und sie fühlte sich ertappt: »Ja, schon. Wir gehen manchmal zusammen essen.« Mehr musste sie dazu vorerst nicht sagen. Aber Sandra wollte es wissen: »Du bist doch verknallt in den Mann!«

Einen langen Augenblick sahen sich die beiden Frauen mit gerunzelter Stirn an. Schwer zu beschreiben, was für ein Feuerwerk an Gefühlen zwischen Zweifel und Hoffnung, Misstrauen und Trotz, Eifersucht und verletzter Eitelkeit sich hinter den Stirnen abspielte. Doch dann löste die Jüngere die Spannung, machte ein paar schnelle Schritte um den Tresen herum und drückte ihre Mutter fest an sich. Beide mussten lachen. »Ich wünsche dir alles Glück der Welt«, nuschelte Sandra ihrer Mutter in die frisch gefärbten Haare.

»Ich dir doch auch«, gab Sabine zurück.

Eine Stube mit Zubehör ist zu vermiethen Fährstr. A. 62.

Holz-Auction zu Carnitz

am Donnerstag, den 27. Febr., über ausgerodetes Bruchholz in Haufen, worunter Schleet- und Pfahlholz. Die Versammlung ist Morgens 9 Uhr bei dem Holzwärter.

Tannen-Auction

zu Hohen-Barnekow am 4. März. Vormittags 10 Uhr.

Bestellungen auf rothe und weiße Kleesaat, Thimotee-, Raygras-, Honiggras-, Spörgel-, ächten Rigaer Lein-Saamen und sonstige Sämereien nehme ich zur bevorstehenden Saatzeit bereits entgegen und versichere die vorzüglichste Lieferung zu den möglichst niedrigsten Preisen.

J. C. Bartels.

Mein Lager von allen Arten Baumaterial, als: Schwedische 7 und 6ellige Bretter und Planken, 12ell Peenbretter, Finnische Bretter, Latten und Balkunen von allen Dimensionen, Rundhölzer und geschnittenes Bauholz, Trepp-, Fliesen-, Mauer- und Dachsteine, Engl. und Gothl. Schleifsteine, Schwedischen und Polnischen Theer, Steinkalk u. dgl. m., empfehle ich zu billigen Preisen.

D. H. Raßmuß.

Schwedischen Steinkalk

lasse ich zum Frühjahr in frischgebrannter Qualität von Gothland kommen und nehme darauf jetzt schon zu einem billigen Preise Bestellungen entgegen.

D. H. Raßmuß.

Von großer holsteinischer Saatgerste lasse ich im nächsten Monat eine kleine Ladung kommen und nehme ich noch Bestellungen hierauf an. J. C. Bartels.

Mit Schiffer D. Seyer empfing ich von Bergen neuen Kaufmanns-, großen und kleinen Mittel-Fett-Hering in $\frac{1}{1}$, $\frac{1}{2}$ und $\frac{1}{4}$-Tonnen, womit ich mich bestens empfehle. N. F. Gau.

Anschovis, recht was gutes, bei

N. F. Gau.

Neue Garnier-Marken bei Carl Bentz.

Engl. Zinn in Stangen und Blöcken und Blei in Molden habe ich wieder vorräthig erhalten und empfehle ich solches zu den billigsten Preisen. P. D. Blandau.

Süße Messina-Apfelsinen, grüne Garten Pomeranzen und Bilbao-Castanien bei J. L. Block.

Zur bevorstehenden Maskerade empfiehlt sich mit einer hübschen Auswahl Gold- und Silber-Spitzen, Tressen, Frangen, Bänder, Litzen, Rundschnur, Candillen, Flittern, Schmelzen in allen Farben u. dgl. m. C. F. Schmoltz.

Bestellungen auf Rigaer Leinsaamen nimmt gern entgegen

G. C. Köhn.

Eine kleine Partei Zwiebeln ist bei mir zum Verkauf niedergelegt. G. C. Köhn.

Verkaufs-Anzeige.

Eine nicht unbedeutende Leihbibliothek hieselbst soll Umstände halber verkauft werden. Nähere Nachweisung ertheilt der Buchhändler Herr C. Hingst.

Ball-Blumen in schöner Auswahl sind zu haben in der Mühlenstraße D. 121.

Eine große Oldenburger Euter-Kuh, die besonders gut in der Milch ist, wird Freitag Vormittag am Badenthor zum Verkauf gestellt.

Zu Poggenhoff bei Schaprode sind 3000 Scheffel guten schweren Saat-Hafers zu verkaufen; gehandelt wird darüber zu Ventz mit v. Platen.

Bockverkauf zu Cartlow bei Jarmen.

Vom 1sten März cr. ab stehen in der hiesigen Negretti-Stamm-Schäferei die großen, sehr reichwolligen und ausgeglichenen Sprung-Widder (geboren im August 1838) zum Verkauf bereit.

Cartlow, den 4. Febr. 1840. v. Heyden.

Teege aus Anclam verkauft heute und morgen an der Waage verschiedene Victualien.

Einmal gebaueter Rügenscher Saathafer und zweimal gebauete Holsteinische Saatgerste ist zu verkaufen in Zandershagen.

Gleich nach der Schur stehen in Zandershagen 100 sehr große und wollreiche Hammel, die vorher in der Wolle besehen werden können, zum Verkauf.

Zu Keyseritz auf der Insel Rügen

beginnt auch wieder für dieses Jahr der Verkauf der Sprung-Widder mit dem 5ten März unter den schon bekannten Bedingungen. von Kahlden-Neclade.

Meine Ankunft zeige ich hiemit ergebenst an, und ersuche alle Herrschaften, welche meiner Hülfe bedürfen, ihre Aufträge in meinem Logis beim Branntweinbrenner Hrn. Böck abzugeben. Jeden Tag bin ich von 12 bis 2 Uhr in meiner Wohnung anzutreffen.

Stralsund, den 19. Febr. 1840.

A. Jacobson,

Zahn-Operateur.

Ich habe mein hieselbst in der Baustraße unter Nr. 127. belegenes Wohnhaus verkauft und dem Käufer die Zusicherung gegeben, ihm ein schuldenfreies Eigenthum zu überliefern; zu dem Ende fordere ich alle diejenigen auf, welche Ansprüche an das gedachte Haus zu haben vermeinen, solche bis zum 1sten März d. J. bei dem Kaufmann Herrn C. A. Jarchow anzumelden.

Spätere Anmeldungen müssen unberücksichtigt bleiben.

Barth, den 18. Febr. 1840.

Christ. Zielstorff.

Aachener und Münchener Feuer-Versicherungs-Gesellschaft.

Diese Gesellschaft, deren Solidität und Größe bekannt sind, und welche zu mäßigen, aber festen Prämien versichert, ohne ihren Versicherten eine nachträgliche Verpflichtung aufzuerlegen, übernimmt Versicherungen jeder Art, auch unter gewissen Umständen Risikos des platten Landes, unter Strohdach. Auf den etwaigen Wunsch der Versicherten können landwirthschaftliche Gegenstände für ein Jahr bereits vom 1sten März an angenommen und die zu versichernden Summen nach dem kubischen Inhalt der Gebäude ermittelt werden. Nähere Auskunft giebt der unterzeichnete Agent.

Bergen, den 10. Febr. 1840. J. A. Schiever.

1412

»… möge allzeit Gottes Segen auf diesem Hause und seinen Bewohnern liegen.« Mit diesen Worten und einem herzlichen Handschlag verabschiedete sich der Priester von den Darnes. Michael begleitete den Geistlichen zur Vordertür und reichte ihm den Korb, den sie mit allerlei Pasteten und Kuchen gefüllt hatten. Den Obolus für die Hausmesse hatte er bereits in St. Marien entrichtet, als er um die Segnung des neuen Darne'schen Anwesens gebeten hatte.

Die Knechte und Mägde, die bei der kleinen Messe gelauscht hatten, machten sich wieder an die Arbeit. Es gab viel zu tun, denn es waren Gäste geladen auf den Abend. Die lange Tafel stand bereits aufgebockt in der Diele, die Festtücher waren schon darübergebreitet. Plötzlich stand Katharina alleine in dem Trubel, den schläfrigen Bertram auf der Hüfte sitzend. Der Knabe lehnte den Kopf an ihre Schulter und steckte das Däumchen in den Mund. Leise drehte sie sich mit dem Kind hin und her und summte dabei eine kleine Melodie.

Unter Katharinas Kleid rundete sich ihr Bauch langsam, sie war wieder schwanger. Heute Abend würde sie es Michael sagen, sozusagen als Geschenk zum Einzug in das neue Haus. Noch immer roch es nach Mörtel, frischem Holz und Wandkalk, wenn man zur Tür *hereinkam. Sie hatten bereits zwei Nächte unter diesem Dach geschlafen. Und es war ein guter Schlaf, tief und traumlos. Auch das Kind benahm sich ganz unbefangen, erkundete die neue Umgebung zielstrebig und ohne Scheu.*

Konnte es sein, dass sie am Ende doch noch dem Schatten ihrer Familie entkommen war? Katharina fühlte sich befreit, seit ihre Mutter aus der Stadt war. Es kamen gute Nachrichten von deren Altenteil auf dem Lande: Der Müller schrieb, dass Margarethe Wulflam wieder etwas zu Kräften gekommen sei, sodass sie das Bett verlassen und schon einige Male auf der Bank vor dem Haus in der Sonne sitzen konnte. Kürzlich habe sie um eine Handvoll Haferkörner gebeten, um die Hühner zu füttern. Jetzt käme das Federvieh schon angelaufen, wenn sie nur die Türe öffne, denn die Dame habe immer ein paar Brotkrumen in der Schürzentasche. Auch die Pflegerin berichte, dass Margarethe zwar wählerisch sei mit den Speisen, aber gut esse, wenn es ihren Geschmack treffe. Die Medizin gegen den Husten brauche man nur noch gelegentlich. Die frische Luft und die milde Wärme sorgten für ein Abklingen der Gebresten. Ein wenig gewöhnungsbedürftig sei nur, dass Frau Margarethe so wenig spreche. Sie pflege mit niemandem auf dem Hof ein wenig Umgang …

Das wunderte Katharina nun wiederum überhaupt nicht, denn sie kannte den Dünkel ihrer Mutter. Alle, die sie auf dem Gehöft und an der Mühle traf, standen so weit unter ihr, dass sie niemals ein Gespräch mit ihnen begonnen hätte. Da galt es nur, Befehle zu erteilen. Die junge Frau erwartete wirklich nicht, dass Alter und Schwäche ihre Mutter milder stimmen würden. Aber wenigstens zermürbte sie die einfachen Menschen um sich herum nicht mit Herrschsucht und unerträglichem Dünkel. Margarethe war klug genug, um zu wissen, dass sie von diesen Bauern abhängig war, wollte sie ihr Leben in Sauberkeit, Sattheit und Würde zu Ende bringen.

Jetzt kehrte Michael von der Verabschiedung des Priesters zurück und kam strahlend auf sie zu. »Soll ich dir Bertram abnehmen?«, fragte er.

»Nein, lass nur. Ich trage ihn gleich in sein Bettchen, er schläft ja schon fast.«

»Leg dich doch auch ein wenig hin, du siehst müde aus.«

»Aber es gibt noch so viel vorzubereiten für das Festessen«, protestierte Katharina.

»Das erledigt sich auch ohne dich, du hast die Mägde gründlich unterwiesen. Was nützt mir die schönste Festtafel, wenn meine Hausherrin daran vor Erschöpfung einschläft«, beruhigte sie Darne. Dann schob er Frau und Kind sanft Richtung Kemladen. Ehe sie hinaufging, drückte er ihr noch einen zärtlichen Kuss in den Nacken.

Nachdem Katharina mit dem Kind gegangen war, konzentrierte sich Michael wieder ganz auf seine Arbeit. Und davon gab es reichlich im neuen Haus. Von überallher kamen Warenlieferungen, die Speicherböden füllten sich erfreulich. Auf seinem Pult vor dem großen Kamin häufte sich die Korrespondenz. Seine Mittelsmänner waren emsig dabei, ein dichtes Netz aus Gütern, Partnern, Passagen und Transporten zu weben. Alles ließ sich gut an. Nur das bare Geld wurde knapp. Der Kauf und die Ertüchtigung des Hauses hatten ihn mehr Taler gekostet, als für sein Geschäft gut waren. Das wusste der junge Handelsherr genau. Schon in der allerersten Rundfahrt ging es hart auf hart: Blieb der erwartete Gewinn aus, konnte er seine weitspannenden Pläne vergessen und musste ganz klein wieder anfangen.

Trotzdem bereute Michael Darne keine einzige Sundische Mark, die er in dieses Haus und seinen Schutz gesteckt hatte. Nach der letzten Begegnung mit Margarethe Wulflam hatte er noch einmal gründlich nachgesucht, war in jeden Winkel gekrochen und hatte sogar die Wände abgeklopft, um vielleicht doch noch einen versteckten Fluch der boshaften Schwiegermutter zu finden. Doch seine Suche war vergebens gewesen. Nichtsdestotrotz hatte er seine Beziehungen in alle Himmelsrichtungen genutzt, um Schutzzauber zu besorgen. Am wirkungsvollsten erschien ihm ein Pergament aus Norwegen, das einen Bannfluch gegen Zank, Neid und Missgunst beinhaltete. Die Sprache war altertümlich und sollte von den wilden Nordmännern stammen, die an allen Küsten der bekannten Welt gemordet und geplündert hatten.

Darne vertraute aber keineswegs allein auf die Wunderkraft alter heidnischer Weisen, sondern vor allem auf den christlichen Gott, an den er selbst glaubte. Er hatte heute nicht nur einen Haussegen aussprechen lassen, sondern auch in allen drei großen Stralsunder Stadtkirchen Messen und Fürbitten für seine kleine Familie bestellt. Schließlich hatte er dem Kirchenherrn von St. Marien die Aufstellung eines sündhaft teuren Reliquienschreins in einer kleinen Kapelle versprochen, sobald seine Geschäfte Früchte trugen. Offenbar glaubte der Prior an Darnes aufsteigenden Stern. Und wenn ein Gottesmann so in seine Zukunft vertraute, dann sollte ihm ja wohl auch nicht bange sein.

Nein, Michael Darne sah keinen Grund, ängstlich auf die nächsten Monate zu blicken. Selbst wenn der große Wurf nicht gleich gelang, würden sie nicht am Hungertuch nagen. Das Haus war bezahlt und konnte jederzeit beliehen werden. So hätten sie immer ein Dach über dem Kopf, selbst wenn seine Pläne nicht die erhofften Blüten trugen. So, und nun genug der Gedanken, jetzt waren Taten gefordert. Michael ging mit federnden Schritten hinauf zu den Packknechten, die im zweiten Speichergeschoss Ballen stapelten.

Der Abend brachte das erhoffte fröhliche Fest. Darnes hochbetagte Eltern saßen an der Stirnseite der Tafel, wo man ihnen die Ehrenplätze zugewiesen hatte. Mehrere seiner Geschwister waren mit ihren Familien gekommen, etliche Kinder wuselten zwischen den Erwachsenen umher und tollten durch das geräumige Haus. Der kleine Bertram wollte ihnen überallhin folgen, war aber noch recht unsicher auf seinen Beinchen, dass er nicht so schnell folgen konnte und deshalb in Tränen ausbrach. Eine seiner halbwüchsigen Basen nahm ihn schließlich an die Hand und führte ihn umher, was den Knaben sogleich wieder zum Strahlen brachte.

Auch einige Kaufleute aus der Stadt hatten die Darnes geladen. Junge, ehrgeizige Leute wie Michael, große Pläne im Kopf und voller kühner Ideen. Sie zechten gerne zusammen und lachten laut, denn sie kannten noch nicht das Joch der Verantwortung. Die Tafel bog sich unter Bergen von Ochsenfleisch, Hammel und Kapaunen, dazu pralle runde Käselaibe, getrocknete und frische Früchte, Speck und Grütze. Pasteten mit feinen Kräuterfüllungen und allerhand Fisch erfreuten Junge wie Alte. Als schon viele verstohlen die Schließen an ihren Westen und Hosenbünden öffneten, kamen auch noch die Kuchen und Süßigkeiten auf den Tisch, auf die besonders die Kinder gewartet hatten. Sie stibitzten Rosinenwecken und Karamellstangen und rannten mit ihrer Beute zu neuem Spiel davon. Und in allen Speisen fand sich ein Hauch seltener Gewürze, die endgültig bewiesen, dass sich die Darnes das Einweihungsfest für ihr Haus wirklich etwas kosten ließen.

Als die Tafel endlich aufgehoben und hinausgetragen war, saßen die Gäste noch lange bei Bier und Wein beisammen. Aber als es auf Mitternacht ging, leerte sich die Diele allmählich. Zuerst brachten die Knechte Darnes Eltern mit einem kleinen Karren nach Hause, denn der Weg quer durch die Stadt über den Alten Markt fiel ihnen schon recht schwer. Dann verabschiedeten sich auch die Geschwister und jungen Herren. Sie sammelten ihre schlummernden Kinder ein und trugen sie ins eigene Bettchen. Ruhe senkte sich über die Stadt am Sund, über der eine drückende frühsommerliche Schwüle lastete.

»Wird wohl Gewitter geben«, grummelte die Magd, die ein wenig Glut in eine Laterne häufte, damit man morgen früh zügig das Feuer im Ofen entfachen konnte. Sie war die letzte von allen, die im Haus noch auf den Beinen war, denn die Herrin verlangte auch nach einem solchen Fest, dass die Küche blitzblank hinterlassen wurde.

20

»… Darum empfehle ich der Bürgerschaft, der Bereitstellung von Haushaltsmitteln zuzustimmen, um die Schulbibliothek zurückzukaufen und fachgerecht restaurieren zu lassen, damit dieses Kulturgut den Stralsundern zugänglich bleibt.«

Aufgeregtes Gemurmel reihum am Beratungstisch, vereinzeltes Klatschen, aber auch ärgerliches Abwinken. Oberbürgermeister Joachim Drechsler biss die Zähne zusammen und ballte die Faust um den hochwertigen Füllfederhalter, den er die ganze Zeit in den Fingern gedreht hatte. Was erdreistete sich dieser Röhrich, diese kleine Laus. Dieser eingebildete Pinsel mit der Intellektuellen-Attitüde, dieser Kultur-Fuzzi mit Beamtengehalt! Das war so nicht abgesprochen. Der stiehlt mir glatt die Show, dachte der Verwaltungschef verärgert. Und: Warum bin ich nicht auf diese Idee gekommen? Jetzt liegt der Schwarze Peter bei der Bürgerschaft. Nun sollen die Herrschaften mal entscheiden, ob ihnen dieses mäusezerfressene Altpapier wirklich einen Griff ins Stadtsäckel wert ist. Was fangen sie dann an mit dem Schulschrott aus fünf Jahrhunderten? Soll er womöglich auch noch ein Museum dafür bauen?

In Gedanken trieb Drechsler die Fraktionskollegen aus seiner Partei an: Kommt schon, kommt schon, dafür müssten wir den halben Haushalt umbauen. Was sagen dann unsere Sportler dazu, die eine größere Halle wollen? Was ist mit dem Schulneubau-Programm? Was ist mit dem Baugebiet Richtung Parow, für das noch Flächen dazugekauft und erschlossen werden müssen? Denkt nach, die Hälfte von euch will doch selbst dort bauen! So einen schönen Wasserblick findet man sonst nirgends mehr in Stadtnähe. Drechslers Kiefer mahlten. Er konnte sich an dieser Stelle der Diskussion nicht einmischen, das sollten die gewählten Herrschaften mal hübsch allein ausdiskutieren. Vor allem sollten sie sich mit Röhrichs Rücktritt befassen und nicht mit dieser absonderlichen Rückkaufidee. Oder hatte er vielmehr die Pflicht, jetzt einzugreifen und Tacheles zu reden? Sollte er ihnen vor Augen halten, dass sie ihr bisschen Haushaltsgeld gefälligst verantwortungsvoller einsetzen sollten? Wachstum statt Rückschau! Lasst uns die Stadt weiter voranbringen und nicht immer nur den letzten Resten einer wie auch immer gearteten Vergangenheit nachtrauern.

»Ich stehe Ihnen für Rückfragen zur Verfügung«, beendete Dezernent Axel Röhrich soeben seine Rede und setzte sich mit einer geradezu ekelerregenden Miene der Unterwürfigkeit auf seinen Platz zurück. Drechsler spürte sein Herz bis zum Hals schlagen. Der Bursche hatte es geschickt angestellt, das musste man ihm lassen. Hatte sich förmlich in Reue gesuhlt, weil er den alterssenilen und fachlich inkompetenten Archivleiter – an den aber dummerweise arbeitsrechtlich nicht mehr ranzukommen war – nicht besser auf die Finger gesehen habe. Weil der Neubau des Archivdepots und der dazugehörigen Dienststelle seine ganze geistige Kapazität gebunden habe. Ach, was konnte der Röhrich bestürzt tun! So ein Fisch mit kaltem Temperament, dass dem das gelang, die ganze Truppe an der Nase herumzuführen – unfassbar!

Und dann erdreistete sich der Kerl auch noch – dezent, aber unmissverständlich – Druck von oben anzudeuten. Schon schielte die linke Schickeria in seine Richtung. Drechsler konnte ihre abwertenden Blicke auf sich spüren. Der Röhrich war so ein Deckskerl!

Jetzt kamen die ersten Nachfragen: Gibt es denn rechtlich überhaupt die Möglichkeit, einen solchen Verkauf rückgängig zu machen? – Müsste die Rechtsabteilung prüfen.

Hat denn mal jemand mit dem Antiquar in Nürnberg gesprochen, ob die Sammlung überhaupt noch beisammen sei? – Kontakt ist geknüpft, der Käufer sei gar nicht so glücklich mit seiner Erwerbung.

Drechsler traute seinen Ohren kaum. Was hatte dieser Kerl denn alles in den paar Tagen hinter seinem Rücken getrieben? Seit wann hatte Röhrich wieder Kontakt zu dem Fuzzi aus Nürnberg? Und was hieß hier, *nicht mehr so glücklich*?

»Was heißt hier ›nicht mehr so glücklich‹?«, hakte denn auch prompt ein Stadtvertreter ein.

Es wurde ganz still im Sitzungssaal, als Röhrich mit demütig vor der Brust gefalteten Händen sagte: »Nun ja, Graf van Hagnat äußerte mir gegenüber, dass er inzwischen mit der Sichtung der Schulbibliothek so weit durch sei, dass er ihren Zustand beurteilen könne. Der sei wohl nicht der beste. Mal abgesehen von den zu erwartenden Gebrauchsspuren zeigten viele Bücher einen heftigen Schimmelbefall. Ohne aufwendige Reinigung könne man sie kaum zum Weiterverkauf anbieten.«

Diese Information war neu. Der OB drehte und wendete sie im Kopf. Worauf wollte der Dezernent hinaus? War das ein Hintertürchen, um die Bürgerschaft von einem Rückkauf abzuhalten? Dann wäre das wirklich ein schlauer Plan von Röhrich, dann sei ihm sein Schmierentheater verziehen …

»Damit haben wir nicht nur die Stadt ihrer Geschichte beraubt, sondern auch noch einen ehrlichen Geschäftsmann übers Ohr gehauen, indem wir ihm schimmelbefallene Bücher verhökert haben?« Schrill gellten die Anschuldigungen der kleinen Dame aus der roten Ecke durch das allgemeine Gemurmel. Was für ein Schwachsinn! Der OB stöhnte leise und hätte am liebsten den Kopf auf die Tischplatte gehauen. Aber er wollte die allgemeine Hysterie nicht weiter anheizen.

Jetzt war es kein Gemurmel mehr, jetzt schimpften die Bürgerschaftsmitglieder laut durcheinander. Joachim Drechsler gab ihnen noch ein paar Minuten, damit sie sich austoben konnten. Aber gleich würde er einschreiten, um sie auf den rechten Weg zurückzuführen. Nämlich den der Vernunft. Dieser holländische Ramschhändler hatte schließlich lange genug seine Praktikantin im Archiv gehabt, um den Zustand der Bestände zu beurteilen. Der solle mal jetzt nicht so tun, als hätte er nicht gewusst, was für einen Mist er da einkauft. Außerdem: Es muss ja wohl auch ein paar unverschimmelte Stücke gegeben haben, denn im Internet wurden reichlich pommersche Devotionalien mit Stempel der Stralsunder Schulbibliothek angeboten. Hatte er selbst fix recherchiert. Da genügten ein paar Klicks und schon hatte man die Auswahl: Militärgeschichte längst vergangener Kriege, Reformationsschriften, Landkarten pommerscher Gebiete, Erbauliches und Erstaunliches jeder Art. Und meistens ganz hübsche Preise. Da hatte man nicht das Gefühl, der arme Herr in Nürnberg hätte ein schlechtes Geschäft gemacht.

Röhrich hob schüchtern die Hand, woraufhin sofort Ruhe eintrat und sich alle Augen wieder auf ihn richteten. Dann antwortete er: »In diesem Zusammenhang sollte man überhaupt prüfen, ob es noch weiteren Schimmelbefall im Archiv gibt. Nicht ohne Grund haben wir den Neubau vorangetrieben. Das alte Klostergebäude wies keineswegs ideale Bedingungen für diesen Zweck auf. Wenn jetzt die Umzugskartons gepackt werden, kann man das gleich mit machen. Wir sollten diesen Skandal nutzen, um eine ehrliche Bestandsaufnahme im Archiv vorzunehmen und mit offenen Karten zu spielen.«

Wie eine Rakete schoss Drechsler der Ärger durch die Venen. Der Röhrich war eindeutig nicht bei Verstand! Wenn da jetzt noch ein Generalputz für die Archivbestände bevorstand, konnten sie den Umzugsplan vergessen. Mittlerweile hatte sich der Personalbestand selbst entschärft – drei Tote und ein Verrückter in Krankenhaus West. Wer sollte das also machen? Und vor allem: Wer sollte das alles bezahlen?

Ein heftiger Schmerz entflammte in der Brust des Oberbürgermeisters. Die Luft blieb ihm weg, weil es sich anfühlte, als würde ein Laster über seine Rippen rollen. Es war das Herz, nicht zum ersten Mal. Er musste jetzt ganz ruhig sitzen und einige Male tief Luft holen, dann verging das von alleine. Kannte er alles schon. Aber er musste jetzt auch dringend in die Debatte eingreifen. Dezernent Röhrich überschritt hier jedes vernünftige politische Maß mit seinen Enthüllungen. Der brauchte gar nicht von der Bürgerschaft abgesetzt werden, Vertrauensfrage hin oder her. Das würde er als Dienstherr ganz alleine machen, unverzüglich. Und dann konnte der Röhrich im Archiv Akten entschimmeln, bis er schwarz wurde. Die Degradierung hatte er wahrlich verdient für den Schaden, den er hier heute Abend anrichtete.

»Joachim, geht es dir nicht gut?«, hörte er vom anderen Tischende wie durch eine Wattewand. Mühsam richtete er die Augen auf seinen Parteikameraden, der die Sondersitzung leitete und hilfeheischend Blickkontakt suchte, denn dass die Sache hier aus dem Ruder lief, war nicht mehr zu übersehen. Dabei bemerkte er, dass sein Bürgermeister schweißgebadet nach Fassung rang. Ganz langsam schüttelte Drechsler den Kopf und versuchte, die Krawatte zu lockern. Aber der linke Arm gehorchte ihm nicht richtig. Eine Frau beugte sich über ihn und redete aufgeregt auf ihn ein, das heftige Rauschen in seinen Ohren ließ ihn nichts verstehen. Ein paar Sekunden kämpfte Drechsler noch gegen die kreisenden Feuerreifen vor seinen Augen an, dann senkte sich gnädige Dunkelheit über ihn und beendete das wilde Krampfen seines Pumporgans.

Nachstehende Werke und Zeitschriften sind in allen Buchhandlungen (in Stralsund in C. Löfflers Buchhandlung) zu haben.

Verlags-Bericht des Jahres 1839

von Baumgärtners Buchhandlung in Leipzig.

Die israelitische Bibel,

enthaltend: den heiligen Urtext. Die deutsche Uebertragung. Die allgemeine, ausführliche Erläuterung. Mit mehr als 500 englischen Holzschnitten. Herausgegeben von Dr. L. Philippson. Lexic. 8. 1ste bis 4te Lief. Preis 6 Gr.

Dieses vortreffliche Werk erregt nicht allein das Interesse aller gebildeten Israeliten in hohem Grade, sondern findet auch Eingang bei christlichen Theologen aller Classen, denen diese Auffassung des Textes der heil. Schrift und sein rechtes Verständniß am Herzen liegt. Die im Werke enthaltenen Holzschnitte sind in Deutschland früher noch nicht publicirt.

Biblia.

Księgi Starego Testamentu z łacinskiego na język polski przełożone przez Ks. Jak. Wujka z Wągrowca. Ozdobione 360 Obrazkami. Wydanie Stereotypowe Uczynione za pozwoleniem Przewielebnego Generalnego Konsystoryum Katolickiego w Królestwie Saskiem. Poszyt 1—16.

Każden poszyt kosztuje Zło. pols. 1. albo gro. dob. 4.

Im vorigen Jahre erschien davon das neue Testament, im Preis von 1 Thlr. 10 Gr.

W. Shakspeare's sämmtliche Werke

in Einem Bande. Im Verein mit mehreren übersetzt, und herausgegeben von Julius Körner. Mit 40 Holzschn. und Shakspeare's Portrait. Preis 5 Thlr.

The complete Works

of William Shakspeare. Printed from the text of the most renowned editors, with nearly 270 engravings Shakspeares portrait on steel etc. Editor Dr. J. G. Flügel. Preis 4½ Thlr.

Encyclopädie der Diätetik oder allgemeines Gesundheits-Lexikon.

Ein vollständiges Real-Wörterbuch des geistigen und körperlichen Verhaltens im gesunden und kranken Zustande für Jedermann, jedes Alter, Geschlecht, Temperament, jeden Stand, und alle Verhältnisse des Lebens. Ein Volks- und Hülfsbuch zum augenblicklichen Nachschlagen und zur ferneren Belehrung. Von Dr. J. A. Hofmann, ausüb. Arzte. 11te Lief. zu 6 Bog. in gr. Lexikon-Format, zu 8 Gr.

Das Werk geht jetzt im Alphabet bis Sinne, ist also seiner Vollendung nahe.

Anleitung zur praktischen Chirurgie

mit erläuternden Abbildungen nach der Natur von John Lizars, Professor der Chirurgie rc., aus dem Englischen übersetzt. 1. Abtheil. mit 18 Kupfertafeln. gr. 8. Preis 1 Thlr. 12 Gr. Die 2. Abtheil. ist unter der Presse.

Encyklopädie der gesammten Thierheilkunde

oder Vollständiges Real-Wörterbuch sämmtlicher Krankheiten der landwirthschaftlichen Hausthiere, ihrer Ursachen, Entstehungsweise, Vorbauung und gründlicher Heilung, für Aerzte, Physicatsärzte, Landwirthe, Beamte und Leser aller Stände. 1.—3. Lief. von 6 Bogen in groß Lexic.-Format zu 8 Gr.

Das Ganze wird aus 9 bis 10 Lieferungen bestehen, geht jetzt bis Knorpelfistel und soll in Jahresfrist erscheinen.

Allgemeines ökonomisch-technologisches

Kunst- und Gewerbe-Lexikon.

Ein reichhaltiges Magazin der wichtigsten und anwendbarsten Entdeckungen und Erfindungen in der Haus- und Landwirthschaft, so wie in den Künsten und Gewerben. Zur Aushülfe in allen Fällen, wo Rath und Hülfe wünschenswerth ist. Für Haus- und Landwirthe, Künstler und Gewerbtreibende aller Art gesammelt und zu leichterer Auffindung der Gegenstände alphabetisch geordnet von Dr. Theodor Thon, außerord. Professor an der Universität Jena rc. zweispaltig gedr. in 8. Preis 3 Thlr.

Vollständiges Lehrbuch der höhern Zimmerkunst.

Für Bau-Akademien, Bauschulen, Baumeister und Zimmerleute. Von J. C. G. Hampel gr. 8. Mit 35 Tafeln. gr. Quer-Folio. br. Preis 4 Thlr.

CORPUS JURIS CIVILIS

recognosci brevibusque adnotationibus criticis instrui coeptum a Dr. Alberto et Dr. Mauritio fratribus Kriegeliis, continuatum cura studioque Dr. Aemilii Hermanni absolutum studio Dr. Eduardi Osenbrüggen. Editio stereotypa. Opus uno volumine absolutum XI. Cod. Lib. 3—5. XIV et XV. Nov. 57—168 Fasc. et Partem appendicis exhibens.

Anweisung für Dorfrichter, Schöppen

und andere Gemeindevorstände des Königreichs Sachsens zur zweckmäßigen Verwaltung dieser Aemter und Führung der dabei vorkommenden Geschäfte von Chladenius. Vierte Aufl. Von einem prakt. Juristen. 370 Seiten in 8. br. Preis 16 Gr.

M. Tulli Ciceronis Oratio

pro A. Licinio Archia Poeta. Mit Anmerkungen von Dr. Rudolph Stürenburg, ordentl. Lehrer am Gym. zu Wismar. gr. 8. 207 S. Preis 1 Thlr.

Carl Hausmann,

die sechzehn Satiren des Decimus Junius Juvenalis von Neuem in deutschen Jamben nebst beigefügter neu durchgesehener Urschrift. gr. 8. broch. Preis 1 Thlr. 12 Gr.

Commentarius in Epistolam

divi Pauli ad Philippenses. Conscripsit Arm. Gustav. Hoelemannus. Phil. Doct. etc. Kl. Lexicon 8. XXXIV S. Vorrede LXII S. Prolegomena und 530 S. Commentar und Index. Preis 3 Thlr. 12 Gr.

Methodik und Materialien

des populären christlichen Religionsunterrichts. Ein Handbuch für angehende Lehrer an Kirche und Schule. Von Dr. J. A. G. Hoffmann, Professor der Theologie. gr. 8. Preis 1 Thlr. 16 Gr.

Der Unsichtbare

oder Menschenschicksale und Vorsehung. Ein historisch-moralisches Lesebuch. Zur Belehrung und zum Troste für Zweifler und Leidende. 2. Aufl. gr. 8. br. Preis 21 Gr.

Leitsterne für das Familienleben

oder Erbauung und Belehrung im Hause. Herausgegeben von Ludwig Würkert. Mit 1 Titelkupfer. 8. Elegant cartonn. Preis 1 Thlr. 16 Gr.

Sammlung ausgewählter Dichtungen

zum Behufe der Declamation. Enthaltend eine strenge Auswahl von den beliebtesten Gedichten, Dialogen, Monologen und Erzählungen, ernsten und launigen Inhalts, nebst Erläuterungen über den Vortrag derselben; von C. F. Golbrig. 2. Aufl. gr. 8. broch. Preis 1 Thlr.

Paul und Virginie,

eine wahre Geschichte d. J. 1726—1744, dem treu bewährten und väterlichen Freunde der Vollendeten nacherzählt von Bernardin de Saint-Pierre. Aus dem Französischen. Mit 5 engl. Stahlstichen und einer Karte. 8. carton. Preis 1 Thlr. 12 Gr.

Le Robinson des Glaces,

dedié A. S. M. la Reine des Français, par Ernest Fouinet. Mit sprachwissenschaftlichen Noten und einem Wörterbuch. 10 Bog. 8. br. Preis 12 Gr.

Wir empfehlen hier die früher erschienenen schönen Schulausgaben: Lettres d'Héloise et Abailard 12 Gr. Elisabeth ou les exilés de Sibérie par Me. Cottin. 9 Gr. Paul et Virginie et la chaumière par B. de Saint-Pierre. 2. Aufl. 12 Gr. Choix du livre de cent et un. 16 Gr. Le diable boiteux par Lesage. 16 Gr. Atala et les Aventures du dernier Abencerage par Chateaubriand. 2. Aufl. 9 Gr. Magasin des Fées par Perrault, Me. Leprince de Beaumont, de Fénélon, et de Me. d'Aulnoi, mit vielen Holzschn. 1 Thlr. 8 Gr. The Life and Voyages of Columbus by W. Irving. 2. Aufl. 18 Gr. Voyages and Discoveries of the Companions of Columbus by W. Irving. 1 Thlr. Exercises on the Genius of the english language by Dr. Feller. 16 Gr. Shakespeares King Henry IV. 1 Thlr. Romeo and Juliet. 9 Gr. Sheridan Knowles the Hunchback. 9 Gr. the wife 9 Gr. Manzoni Promessi Sposi. 2 Thlr. 8 Gr. S. Pellico le mie Prigioni. 18 Gr. Dei doveri degli uomini. 9 Gr. Ortis ultime lettere. 18 Gr. Cervantes Novelas ejemplares. 12 Gr. Neugriechische Chrestomathie v. D. Th. Kind. 21 Gr. Bélisaire par Marmontel. 2. Aufl. 12 Gr. Voyage en Orient 1832—1833. par Lamartine. 2. Aufl. 18 Gr.

(Bibliothek unterhaltender Wissenschaften.)

(XIV.) Fähigkeiten und Kräfte der Vögel.

Aus dem Englischen mit vielen Abbildungen. 2te Abtheilung von J. Rennie. 11½ Bog. 8. br. Preis 18 Gr. (Beide Abtheilungen 1 Thlr. 12 Gr.)

Früher sind von dieser Bibliothek erschienen und sind einzeln, oder zusammen, dann zu einem ermäßigten Preise, zu haben:

I. Alexander v. Humboldt's Reisen und Forschungen rc. Mit Abbild. 2 Abthl. 18 Gr. II. Rennie's Baukunst der Vögel mit Abbild. 1 Thlr. 16 Gr. III. Pompeji, 2 Bde. mit Abbild. 4 Thlr. 16 Gr. IV. Die Neuseeländer, mit Abbild. 1 Thlr. 16 Gr. V. Entdeckungen und Abenteuer in den Polar-Seen. Mit Abbild. 1 Thlr. 12 Gr. VI. Neueste Reise in Palästina. Mit Abbild. 16 Gr. VII. Entdeckungen und Abenteuer in Afrika. Mit Abbild. u. Charten. 2 Thlr. 12 Gr. VIII. Die Menagerien oder die merkwürdigsten und nützlichsten vierfüßigen Thiere rc. Mit Abbild. 1 Thlr. 18 Gr. IX. Die Lebensweise der Vögel, von J. Rennie. Mit Abbild. 1 Thlr. 16 Gr. X. Wunder der Insektenwelt, oder Insekten-Verwandlungen, von J. Rennie. Mit Abbild. 1 Thlr. 18 Gr. XI. Indien oder die Hindus. Mit Abbild. 3 Thlr. XII. Ansiedlungen in den Urwäldern von Canada. Mit Abbild. 1 Thlr. 8 Gr. XIII. Pflanzen. Mit Abbild. in 8. Preis 1 Thlr. 8 Gr.

Malerische Reise in Süd- und Nordamerika.

Eine geordnete Zusammenstellung des Wissenswürdigsten von den Entdeckungsreisen eines Columbus, Las Casas, Oviedo, Gomara, Garcilazo de la Vega, Acosta, Frezier, La Condamine, Ellis, Ulloa, Phipps, Molina, Cook, Vancouver, Bartram, Stedman, Mackenzie, Montgomery, Pike, Azara, Humboldt, Bradbury, Antonio del Rio, Franklin, Beltrami, Coffod, Long, Mawe, Miers, Hamilton, Cochrane, Clarke, Rengger, Aug. von Saint Hilaire, Spix und Martius, Prinzen von Neuwied, d'Orbigny u. a. m. verfaßt von einer Gesellschaft Reisender und Gelehrten, unter der Leitung des Herrn Alcide d'Orbigny. Deutsch von Dr. A. Diezmann. 12te bis 20ste Lieferung in 4to. Mit gegen 300 Abbildungen, jede zu 3 Bogen. 4 Kupfer. Preis zu 6 Gr. 20 Lieferungen bilden das ganze Werk. Preis 5 Thlr.

1412

Das Gewitter näherte sich der Stadt, nachdem im Darne'schen Haus endlich alle in tiefen Schlaf gefallen waren. Es begann mit einem fernen Wetterleuchten und dunklem Grummeln über dem Sund. Dann frischte der Wind auf und trieb die unheilschwangeren Wolken rasch auf Stralsund zu. Das Donnergrollen folgte den Blitzen immer schneller nach und schwoll zu ohrenbetäubendem Krachen an.

Katharina war als Erste wach. Mit weit aufgerissenen Augen lauschte sie dem Unwetter, das über ihren Köpfen tobte. Sie betete, dass Bertram nicht aufwachen möge und vor Angst schrie, denn sie hatte mit einem heftigen Unwohlsein zu kämpfen. Sie versuchte sich damit zu beruhigen, dass es von der neuerlichen Schwangerschaft herrühre und nicht etwa von dem Getöse da draußen. Denn welche erwachsene Frau wollte sich schon eingestehen, dass sie sich vor einem Gewitter ängstigte?

Als Blitz und Donner sich in ihrer unmittelbaren Nähe zu einem mächtigen Schlag vereinigten, griff Katharina aber doch erschrocken nach ihrem Mann. Michael war augenblicklich wach, schlug die Decke zurück und schlüpfte in die Pantinen, die vor dem Bett standen. »Wo willst du hin?«, flüsterte sie ängstlich und versuchte, ihn am Hemdärmel zurückzuhalten.

»Will nur mal schnell nachsehen, wo es eingeschlagen hat«, murmelte er zurück.

»Woher willst du wissen, dass es eingeschlagen hat?«

»Davon bin ich aufgewacht, das war doch nicht zu überhören.« Mit diesen Worten sprang er aus dem Bett und war schon halb zur Tür hinaus, als sich der Junge quäkend zu Wort meldete. Auch Katharina rappelte sich auf, griff nach einem Umhängetuch, schlug es um sich und lief dann zum Bettchen des Kindes, um es zu beruhigen.

Von der Straße her erschollen die ersten Rufe von Nachbarn. »Feuer! Feuer!«, rief jemand und der Schrecken in der Stimme übertönte das Unwetter, das sich langsam von der Stadt wegbewegte.

Michael Darne stieg schleunigst in seine Hose und stürzte die Treppe hinunter. Auf der Straße liefen von allen Seiten Menschen zusammen. »Wo ist das Feuer? Wo hat der Blitz getroffen?«, rief der Kaufmann die Vorbeihastenden an. Ein Mann blieb kurz stehen und zeigte mit besorgtem Blick auf den Neuen Markt. Michael folgte seinem ausgestreckten Arm und sah es: Aus dem Dach von St. Marien lohten Flammen.

Auch Katharina stand jetzt unter der Eingangstür, den weinenden Bertram an sich gepresst und mit einem Zipfel ihres Tuches umwickelt. Sie folgte dem Strom der Menschen, bis sie das Feuer auf dem Kirchendach sehen konnte. Ein großer Mann aus der Nachbarschaft stellte sich zu ihr und sagte beruhigend: »Das ist nicht allzu heftig. Das bläst der Wind von alleine aus. Merkt Ihr, wie es auffrischt? Gleich kommt der Regen.«

Einen Augenblick fühlte sich Katharina durch die Worte des Nachbarn beruhigt. Aber lieber hätte sie das *von ihrem eigenen Manne gehört. Michael indes war nirgends zu sehen. Er musste wie viele andere in den Kirchhof gelaufen sein, um zu helfen, sollte Hilfe nötig werden. Während sie noch bange nach ihm Ausschau hielt, setzte mit großen schweren Tropfen der Regen ein. Genau, wie man es ihr gesagt hatte. Erleichtert schlüpfte sie zurück ins Haus, um Bertram und sich vor dem Guss in Sicherheit zu bringen.*

Zunächst schien ihr das Unwetter damit überstanden, doch das aufgeregte Getrappel auf der Straße nahm eher zu als ab. Alle Bewohner des Hauses drängten sich nun in der Diele. Schnell gab die junge Hausherrin ein paar Anweisungen: Ein Diener sollte als Feuerwache auf den obersten Dachboden steigen und das Gebälk im Auge behalten. Alle sollten sich so weit bekleiden, dass sie Wasser aus dem Brunnen im Innenhof schöpfen und damit sämtliche zur Verfügung stehenden Gefäße füllen konnten. Die Dienerschaft stob auseinander, um den Befehlen der Herrin zu folgen, die ihnen sehr sinnvoll erschienen. Einer der Mägde legte Katharina den wieder schläfrigen Bertram in den Arm, dann ging sie erneut auf die Straße, um nach Michael Ausschau zu halten.

Der Anblick, der sie dort erwartete, trieb ihr das Grauen in alle Glieder: Nicht nur das Kirchendach brannte, sondern auch die ganze Zeile kleiner Häuser, die an der Marktseite den Kirchhof von St. Marien begrenzten. Der Wind hatte inzwischen Sturmstärke erreicht und trieb die Flammen von einem Giebel zum nächsten. Noch trennte sie der geräumige Marktplatz von der Feuersbrunst, aber die Funken stoben dicht in Richtung Stadt. Schon flammte links von ihr das erste Gebäude an der Ostseite des Marktes auf. Unbarmherzig jagte der

Wind die tanzenden Funken von einem Fachwerk auf das nächste.

Die Menschen auf der Straße rannten wild durcheinander. Unablässig strömten sie auf den Marktplatz zu, um beim Löschen zu helfen. Andere rafften Hab und Gut, Kinder und Eltern und versuchten, in die entgegengesetzte Richtung vor der Katastrophe davonzulaufen. Überall Schreie und Befehle, Hilferufe und Karrengerumpel.

Katharina drückte sich ängstlich an ihre Haustür. Die Panik schien sie zu lähmen. Sie starrte in das Flammenmeer, das sich vor ihren Augen ausbreitete und hatte nur einen Gedanken: Wo war Michael? Michael würde wissen, was zu tun war. Er würde sie und Bertram und alle anderen retten. So stand sie starr vor Schreck und ließ kostbare Zeit verstreichen.

Doch Michael kam nicht. Ob der Rauch ihn erstickt hatte, herabfallendes Gebälk seinen Körper zerschlagen, das Feuer sein Leben beendet hatte? Katharina begann zu weinen, die schlimmen Befürchtungen schnürten ihr die Kehle zu. Inzwischen hatte das Feuer das erste Haus in der Haakstraße erreicht. Viel Zeit blieb nicht mehr, wollte man sich in Sicherheit bringen.

In diesem Moment hörte Katharina das Weinen ihres Sohnes hinter der Tür, an der sie sich krampfhaft festhielt. Bertrams Schluchzen brachte sie wieder zu Verstand. Der Junge dürfte kaum weniger Angst haben als ich, dachte Katharina. Sie rannte in die Diele und rief erneut alle Hausbewohner zusammen. Der Knecht auf dem Dachboden ließ sich gleich am Seil durch die Luken hinuntersausen, denn es war ihm allein in der Dunkelheit doch sehr mulmig zumute geworden.

Mit einem Blick in die Runde prüfte Katharina die Mienen der Hausangestellten. Auch ihnen stand die Angst deutlich ins Gesicht geschrieben. Sie musste jetzt für diese Menschen Entscheidungen treffen. Und das tat die junge Frau Darne: »Ich kann und will euch nicht zwingen, dieses Haus gegen das Feuer zu verteidigen. Hab und Gut kann man ersetzen, nicht aber unser Leben. Ihr greift euch alle einen Mantel oder ein warmes Tuch und was an Essen noch in der Küche umhersteht. Dann geht ihr aus dem Haus und flüchtet zum Alten Markt. Wir sammeln uns am Haus meiner Schwiegereltern. Sollte sich der Brand bis dorthin ausbreiten, nehmen wir die alten Leute mit und flüchten durchs Kniepertor aus der Stadt.«

Während die Frauen bereits losrannten, um schnell ein paar Habseligkeiten zu holen, scharten sich die Knechte um Katharina. »Aber Herrin, die Speicher sind voll mit frischer Ware. Das können wir doch nicht einfach alles so …«, meinte einer der Knechte kopfschüttelnd.

»Doch, können wir. Denkt an eure Familien. Was nützte es ihnen, wenn ihr ein paar Bündel auf die Straße schleppt und dabei vom Feuer eingeholt werdet? Meint ihr, sie feiern euch als Helden? Bleibt am Leben und helft ihnen, wieder von vorne anzufangen!«

Katharina hatte die richtigen Worte gefunden, die meisten setzten sich in Bewegung und schlossen sich den Mägden an, die treppauf, treppab eilten. Doch einer der Männer konnte sich noch nicht fügen: »Und was ist mit dem Hausherrn? Können wir den einfach im Stich lassen?«

Sofort stiegen Katharina wieder die Tränen in die Augen. Was war, wenn Michael schon nicht mehr unter den Lebenden weilte? Doch sie kämpfte mit aller Macht gegen die Panik an und sagte: »Wir nageln eine Nachricht für ihn an die Tür, wo wir zu finden sind. So, und jetzt will ich keinen Widerspruch mehr hören. Macht euch auf den Weg!«

Mit schnellen Schritten eilte Katharina ans Schreibpult ihres Mannes und kritzelte mit knappen Federstrichen eine kurze Nachricht auf eine Ecke Pergament. Dann kramte sie den Haustürschlüssel aus dem Pult. Zusammen mit der Magd, die den wimmernden Bertram trug und den letzten beiden Dienern verließ sie ihr neues Haus und schloss die Tür ab. Einer der Männer nagelte mit zwei, drei kräftigen Schlägen ihre Botschaft an. Dann drehte er sich noch einmal zu seiner Herrin um: »Ihr dürft mir nicht zürnen, Frau Darne, aber das Davonlaufen ist nicht unsere Sache. Wir gehen den Herrn suchen und helfen, wo noch zu helfen ist.«

»So tut ihr gut daran. Sagt ihm, dass wir unversehrt sind, wenn ihr ihn findet«, antwortete Katharina. Dann eilte auch sie Richtung Alter Markt davon.

21

Sie kamen morgens um 6:45 Uhr, was an sich schon eine Beleidigung für Armin Graf van Hagnat war. Absolut nicht seine Zeit. Er hatte sogar selbst öffnen müssen, denn seine Frau war vor einer Woche ausgezogen. *Ehe-Auszeit* hatte sie das genannt. Um Abstand zu gewinnen und ihre Gefühle zu prüfen. War abgereist zu einem Selbstfindungs- und Yoga-Seminar auf Mallorca. Oder war es Menorca? Du meine Güte, was machte sie nur für ein Buhei um den kleinen Seitensprung mit Beatrix, den sie ihm unter die Nase gerieben hatte. Und sie hatte nicht mal Beweise, nur vage Ahnungen nach ihrer kürzlichen Begegnung mit Beatrix. Ganz *zufällig* auf der Straße hatten sich die beiden Mädels getroffen und seine Assistentin habe sich so mokant verhalten, so seltsam selbstsicher, da habe eine erfahrene Ehefrau gleich gewusst, woran sie sei …

Das Luder hatte sich also in der Stadt herumgetrieben, ohne ihn zu kontaktieren. Also nicht jetzt seine Frau, die war ihm herzlich egal. Nein, Beatrix! Ihre fristlose Kündigung hatte sie erst per Mail aus Schweden geschickt, dann per Einschreiben formgerecht hinterher. Während er auf einem Geschäftsessen mit dem Direktor der Schriftensammlung im Germanischen

Nationalmuseum saß – was sich ob des unerschöpflichen Redeflusses dieses Herrn immer etwas hinzog – hatte seine Lieblingsassistentin mir nichts, dir nichts ihren Schreibtisch ausgeräumt und die Rechner gesäubert. Ex-Lieblingsassistentin, musste man jetzt wohl sagen. Und ihre Wohnung war auch leer, das wusste er von dem Makler, der sie neu zur Vermietung anbot. Echt der Hammer. Beatrix war effektiv wie eh und je. Das Biest verschwand einfach aus seinem Leben, ohne Adieu zu sagen. Kein Wort der Erklärung, keine letzte Nacht, nichts. Dass Beatrix ihn so schmählich verließ, kränkte seine Eitelkeit viel mehr als die alberne Ehe-Auszeit seiner überspannten Gattin.

Siebzehn Beamte konnte er zählen in dem ganzen Gewusel, etwa die Hälfte davon in Uniform. Als hätte er *Milliarden* beiseitegeschafft oder ein geheimes Waffenlager im Keller. Eine Frechheit, ihn aus dem Bett zu klingeln und mit dem Hausdurchsuchungsbefehl zu wedeln.

Eine von den Staatsmacht-Damen blieb ständig an seiner Seite. Ein echtes Mannweib hatten sie ihm da als persönliche Bewachung abgestellt. Noch so eine Ohrfeige für ihn als Ästheten. Hätte es nicht die hübsche Blonde sein können, die ihre Polizeiweste kaum schließen konnte über den prallen Brüsten? Die hatte bestimmt zwei Körbchengrößen investiert, um in ihrer Uniform so sexy auszusehen. Aber nein, an Armins Hacken klebte eine brünette Mitfünfzigerin mit strengem Pferdeschwanz und Oberlippenbart, gewandet in ein Billig-Kostüm von C&A und an den Füßen völlig ausgelatschte Treter. Ob sie von der Kriminalpolizei stamme, hatte er sie gefragt. Nein, hatte sie geantwortet, von der Finanzbehörde. Ob man sie da so schlecht bezahle, dass sie sich nicht mal einen hübschen Schuh leisten könne, hatte er sich dann mit seinem charmantesten Lächeln erkundigt. Der Dragoner hatte daraufhin steile Zornesfalten am Nasenansatz gezeigt, sich aber zur Ruhe gezwungen und erwidert, sie leide unter Plattfüßen und trage deshalb orthopädisches Schuhwerk. Und das sei keineswegs billiger als Markenartikel, nur eben sehr viel bequemer. Während der Graf noch nach einer passenden Antwort suchte, fuhr sie bereits barsch fort: Ihr Schuhwerk sei heute auch gar nicht Gegenstand der Untersuchung, vielmehr könne er die Zeit jetzt nutzen, um den Durchsuchungsbefehl gründlich zu studieren und gegebenenfalls einen Rechtsbeistand zu organisieren.

Jetzt hockte Armin in seinem seidenen Hausmantel, den er eben noch so über den Pyjama werfen konnte, mit nackten Füßen leicht fröstelnd im Sessel vor dem Panoramafenster und blätterte in dem mehrseitigen Schreiben, das man ihm unter die Nase gehalten hatte. Auf Diebstahl, Betrug und Steuerhinterziehung lautete der Vorwurf. Achgottchen, was wollten sie ihm da schon nachweisen. Die Papiere waren eigentlich immer ganz in Ordnung gewesen. Zumeist hatte er Konglomerate eingekauft. Kein Mensch konnte Herkunft und Weg jedes einzelnen Buches nachvollziehen, das je durch seine Hände gegangen war. Außerdem lief an der Oberfläche nur das Billiggeschäft. Die passwortgeschützten Seiten für die Sammler, wo die richtig guten Sachen eingestellt waren, fanden die Beamten niemals.

Dann las er in dem Bescheid der Behörden, dass sich die Durchsuchung nicht nur auf sein Wohnhaus, sondern auch auf das Geschäft in der Innenstadt und das kleine Lager in Maiach bezog. Dort auf dem Hafengelände am Main-Donau-Kanal war er nur Untermieter bei einem Lackfarbenhersteller, der ihm einen kleinen, abgesperrten Verschlag abgetreten hatte. War mal als Kontor gedacht, wurde aber nie benutzt. Jedenfalls warm und trocken und völlig unscheinbar. Und bestens gesichert in dem weitläufigen Farbenlager. Kam kein Mensch drauf, dass er dort ein paar Bestände zwischenlagerte. Woher wussten die das nur? Das konnte man in keinen Unterlagen nachvollziehen. Oder doch? Hatte er in der Steuererklärung dafür Mietkosten geltend gemacht? So dumm würde sein Buchhalter doch nicht gewesen sein …

Das plattfüßige Trampeltier stieg mit einem übertrieben großen Schritt über seine ausgestreckten Beine hinweg, weil ein Zivilbeamter in der benachbarten Bibliothek sie zu sich herangewunken hatte. Nach einem kurzen Wortwechsel kehrte sie zurück und pflanzte sich vor ihm auf: »Wir hätten jetzt gern die Schlüssel für die beiden abgedunkelten Vitrinen.«

»Sind Sie bei Trost? Das sind UV-geschützte, feuersichere Klimaschränke! Da liegen ein paar Lieblingsstücke drin, von denen ich mich nicht wirklich trennen mochte. Meine Altersvorsorge sozusagen, falls ich mal richtig über die Stränge schlagen will, hahaha …« Die Beamtin guckte nur streng auf ihn herunter und fiel nicht in Armins Lachen ein. Deshalb schob er zur Erklärung schnell hinterher: »Die werden bei Tageslicht nicht geöffnet. Das ist nicht gut für die Bücher.« Doch die Frau zeigte kein Erbarmen, sondern streckte ihm nur die offene Hand hin und verkündete, ohne die Stimme zu heben: »Den Schlüssel jetzt bitte. Sonst beauftragen wir unverzüglich eine Firma mit der Öffnung der Schränke.«

Seufzend drückte sich der Antiquar aus dem Sessel hoch und tappte hinüber in die Bibliothek. Um die Klimaschränke zu öffnen, musste er die beiden kleinen Schlüssel aus dem Tresor holen. Lag dort irgendetwas, was für die Polizei von Interesse sein könnte? Sein Reisepass. Na gut, seine beiden Reisepässe, der uralte und der jetzige. Und ein Bündel Bargeld. Na gut, ein paar Bündel Geld, die Anzahlung für seine Yacht. Und – ganz bürgerlich – seit der Hochzeit das Buch der Familie mit seiner Abstammungsurkunde. Das war allerdings ein bisschen heikel, denn in dem graugrünen Büchlein steckte auch der gefälschte Adelsbrief, den er in Holland gekauft hatte. Sie hätten dann in Nullkommanix heraus, dass sein wirklicher Name Piet Haasman war. Der Hasenmann – damit konnte man doch unmöglich durchs Leben laufen als Mann! Ach was, jetzt war schon alles egal. Jedenfalls hatte Piet Haasman eine saubere Weste, da konnten sie in seiner Vergangenheit rumsuchen, so viel sie wollten.

Er schob sich an ein paar Beamten vorbei, die die Papiere in seinem Schreibtisch begutachteten und nahm auf dem dritten Regalbrett eine achtbändige Goethe-Ausgabe heraus. Und zwar im Stück, die Bände waren seiner Bequemlichkeit halber zusammengeleimt und geschraubt. Goethe, interessierte sich sowieso kein Mensch mehr dafür, belehrte er lächelnd die umstehenden Leute. Obwohl, er habe da mal eine Ausgabe gesammelter Werke vom Anfang des 20. Jahrhunderts gehandelt, da steckten Granatsplitter drin. Die Ausgabe kam aus Dresden! Verstehen Sie, Herrschaften? Die Goethe-Bände hatten die Bombardierung Dresdens überstanden! Leicht verletzt, aber immerhin, hahaha. Keiner lachte heute mit ihm, es war zwecklos.

Hinter seiner Goethe-Dekoration kam der kleine Tresor zum Vorschein, der hingegen sofort die Aufmerksamkeit der versammelten Staatsmacht weckte. Fröhlich verkündete Armin, dass er jetzt ein paar Zahlen eintippen müsse, aber sich niemand zu fürchten brauche, es handele sich nicht um eine Bombe! Die Beamten sahen sich mit versteinerten Gesichtern an. Die hatten aber auch wirklich gar keinen Humor. Während der Graf die Kombination eingab, versuchte er, den Blick auf das Zahlenfeld mit seinem Körper zu verdecken. Doch der Zerberus, den man ihm als Bewachung an die Seite gestellt hatte, schaute mit langem Hals über seinen vorgebeugten Rumpf und konnte bestimmt einen Blick erhaschen, da war er sich ganz sicher. Nachdem die Tresortür aufgesprungen war, nahm er das Zweischlüssel-Bund für die Spezialvitrinen heraus und wollte den Panzerschrank schnell wieder schließen, aber schon fasste ihn jemand energisch bei der Schulter und zog ihn zurück. Nun ja, einen Versuch war es wert.

Er schlenderte zu den Vitrinen hinüber und schloss sie nacheinander auf. Dann forderte er die Beamten lautstark auf, sich gefälligst Baumwollhandschuhe überzuziehen, ehe sie die museumswerten

Stücke anrührten. Zu seinen persönlichen Schätzen gehörte eine Ausgabe von Shakespeares Komödien von 1632, eine gute halbe Million wert, eine Utopia-Originalausgabe von Thomas Morus, London 1516, und die Erstausgabe des »Kapital« von Karl Marx. Auch seine illustrierte Ausgabe von Vergil, 1517 erschienen und mit herrlichen Stichen versehen, war nicht von schlechten Eltern. Dazu kamen einzelne Blätter aus Manuskripten des frühen 15. Jahrhunderts, die sehr dekorativ koloriert waren und immer einen Käufer fanden. Zugegeben, eine recht populäre Sammlung, aber überaus marktgängig und damit ihr bares Geld wert. Zu jedem Stück hielt der Antiquar einen launigen kleinen Vortrag, um den Staatsdienern der Gegenwart ein wenig Respekt vor den Kulturschätzen der Vergangenheit einzutrichtern. Er war eben mit Leib und Seele ein Buchverkäufer, das ließ sich nicht einfach abstellen nach all den Jahren. Einer der jungen Männer fuhr ihm in die Parade und wünschte zu wissen: Finden sich in den Vitrinen auch Stücke aus der Stralsunder Schulbibliothek? Aha, daher also wehte der Wind! Um diese unsägliche Rückkauf-Aktion der Deppen von der Ostsee ging es also. Da konnte er gerne Auskunft geben: Nein, beschied Armin den Beamten, die Stralsunder Schulbibliothek hätte keine Stücke enthalten, die auch nur annähernd so wertvoll gewesen wären, dass sie in seine Privatsammlung gepasst hätten. Davon könnten sich die Herrschaften gerne selbst überzeugen, denn die Stralsunder Bücher enthielten zumeist einen Stempel des alten Gymnasiums.

Wieder keine Reaktion, man bat ihn schlicht, zurückzutreten und den Weg freizugeben. Noch einmal protestierte der Antiquar und forderte eine vorsichtige Behandlung seiner Schätze, sonst würde er bei den Vorgesetzten Schadensersatz geltend machen, doch die Beamten schienen ihn gar nicht zu hören. Sie raschelten mit Listen und suchten in seinen Spezialschränken augenscheinlich nach ganz bestimmten Exemplaren. Na so was, die waren offenbar bestens informiert und zielsicher auf der Suche. Wer hatte denn da geplaudert? Und wenn schon, in seiner Bibliothek konnten sie nichts Belastendes finden, so viel war mal sicher. Etwas anders sah es da hingegen mit seinem Lager in Maiach aus. Die Schlüssel dafür hatte er im Geschäft. Und wie es in Maiach aussah, das wusste außer ihm nur noch eine einzige Person. Eine Person, der er einstmals sehr vertraut hatte …

Graf van Hagnat war danach, sich aus dem Getümmel zurückzuziehen und seine Gedanken zu ordnen. Deshalb erkundigte er sich bei seiner persönlichen Aufsicht freundlich danach, ob er jetzt duschen und sich anziehen dürfe, die Sache ziehe sich ja wohl noch ein wenig hin. Und wenn sie auch noch ins Geschäft und ins Lager wollten, könne er ja wohl unmöglich im Pyjama mitkommen. Kollegin Plattfuß nickte zustimmend, verkündete aber, dass sie zu seiner Bewachung vor der Türe stehen werde. Armin seufzte theatralisch und ergab sich seinem Schicksal.

Unter der Dusche biss er die Zähne zusammen, dass sie knirschten. Er war so unaussprechlich wütend. Irgendwer wollte ihm da an den Karren fahren. Und derjenige schien sich in seinen Geschäften gut auszukennen. Das alles hatte er Beatrix zu verdanken, da war er sich ziemlich sicher. Aber wofür bestrafte ihn die Ziege eigentlich? Er hatte sie gut bezahlt, verwöhnt, gelobt, geliebt, ihre wirklich bösen Schandtaten gedeckt und fast noch seine Ehe für sie aufgegeben. Wahrscheinlich hatte er sich damit ziemlich zum Deppen gemacht.

Der Graf überlegte fieberhaft, was er wegen des kleinen Lagers in Maiach unternehmen konnte, während ihm das heiße Wasser den Nacken herunterrauschte. An sein Handy kam er nicht heran, das hatten sie gleich zu Anfang kassiert. Im Schlafzimmer hatte er noch einen Festnetz-Anschluss. Ewig nicht genutzt, aber auch nicht abgemeldet. Vielleicht war schon jemand im Geschäft, den er erreichen und nach Maiach schicken konnte. Aber die jungen Leute, die bei ihm Dienst taten, waren noch nie dort gewesen. Es würde ewig dauern, bis er ihnen den Weg durch das weitläufige Hafengelände erklärt hatte. Das Einpacken müsste dann schnell gehen. Vier, fünf Kisten vielleicht. Im Wesentlichen die Leckerbissen, die Beatrix in Stralsund gefunden und rausgeholt hatte. Das waren die Bücher, an denen Blut klebte. Huch, jetzt wurde er aber wirklich theatralisch. Sicher, es waren die Kisten, die Beatrix in den weißen Transporter von Mike geladen hatte, als ihr der Archivmitarbeiter vor den Kühler sprang, um sie am Davonfahren zu hindern. Hatte sich dann für den armen Mann erledigt. Nach der Fracht hat niemand gefragt, sah halt aus wie ganz normale Umzugskartons. Und den alten Zausel vom Stadtarchiv – wie hieß der Mann gleich noch, sein Gedächtnis wurde auch nicht besser – hatten sie so unter Druck gesetzt, dass er ihr die besten Bestände im Archiv freiwillig zeigte. Erst hatte sie ihn angemacht – du meine Güte, einen Tattergreis, die ekelte sich wirklich vor gar nichts –, dann hatte sie ihn erpresst, weil er ihr einmal unter den kurzen Rock gefasst hatte. Ob Beatrix einkalkuliert hatte, dass der Kammer – haha, da war ja der Name wieder: Christoph Kammer, sein Gedächtnis verließ ihn also doch noch nicht – gleich einen Herzkasper bekommt? Muss spektakulär gewesen sein, wie sie ihn durchs ganze Archiv gejagt hat, bis er vor Angst unter seinen Schreibtisch gekrochen ist. Der konnte jedenfalls auch nichts mehr ausplaudern. Und was Beatrix mit dem Dr. Müntzer angestellt hat, konnte er nur mutmaßen. Darüber hatten sie nie ein Wort verloren.

Graf van Hagnat alias Piet Haasman stieg unter der Dusche hervor und presste sich lange ein Handtuch vors Gesicht. Ihm trachtete das mordlüsterne Weib ja nun auch irgendwie nach dem Leben. Naja, nicht buchstäblich, aber nach seiner ganzen Existenz. In Maiach lagen die besten Stücke aus der Stralsunder Schulbibliothek, die er der Stadt auch nicht zurückverkauft hatte, weil sie nie Bestandteil des Vertrages gewesen waren. Wenn er darüber jetzt stürzte, dann würde er seine Assistentin mitreißen, so viel war mal sicher. Da konnte sich Beatrix noch so gut verstecken, mit Mord kam sie nicht einfach davon. Er musste jetzt vor allem Mike anrufen, der wurde inzwischen zu einem wichtigen Zeugen. Der Junge durfte endlich mal die Wahrheit sagen, was den nächtlichen Unfall mit dem Transporter betraf. Am besten, der ging gleich von alleine zur Polizei. Da war er sicher vor Beatrix, der war ja wohl wirklich alles zuzutrauen.

Er frottierte sich eilig trocken, ging ins Schlafzimmer und schlüpfte in frische Unterwäsche. Dann hob er vorsichtig den Telefonhörer aus dem Akku und hörte mit Erleichterung das Freizeichen. Die Nummer von Mike hatte er glücklicherweise im Kopf, die hatte er in letzter Zeit ja einige Male gebraucht. Es dauerte eine Weile, bis das Signal seinen Weg fand. Doch dann kam prompt die automatische Ansage: Der Teilnehmer stehe momentan nicht zur Verfügung, man möge es später noch einmal versuchen. Ehe die Wut ihn erneut übermannen konnte, war seine Aufpasserin eingetreten und nahm ihm energisch den Hörer aus der Hand. »Ich hoffe, Sie wollten lediglich Ihren Rechtsbeistand informieren. Alles andere muss ich Ihnen jetzt leider untersagen«, meinte sie ruhig, aber bestimmt.

Komisch, Mike war eigentlich einer der Typen, die ihr Handy niemals ausschalteten. Warum, verdammt, war der Bursche gerade jetzt nicht zu erreichen? Oder hatte Beatrix bereits dafür gesorgt, dass er nie mehr an sein Handy gehen würde?

»Ich glaube, ich brauche Ihre Hilfe, werte Dame. Ich möchte gern eine Aussage machen. Wer hat hier eigentlich das Kommando?«, fragte Armin Graf van Hagnat, während er in seine Jeans schlüpfte.

Armin Graf van Hagnat erlebte an diesem langen, aufregenden Tag mehrere Gespräche mit verschiedenen Vernehmern, die den mitteilungsbedürftigen Holländer kaum bremsen konnten. Für den Geschmack der Ermittler schob er ein bisschen viel auf seine Komplizin, jene mysteriöse Beatrix, deren Aufenthaltsort man auf jeden Fall noch feststellen musste. Den Handlanger aus Groningen namens Mike konnten die Behörden indes nicht mehr anhören. Er war vor wenigen Tagen an einer Überdosis Kokain gestorben. Seine Mutter berichtete, dass er Besuch von einer sehr netten jungen Frau erhalten habe, eine ehemalige Schulkameradin. Die beiden hätten lange geplaudert und viel gelacht, laute Musik gehört und ein bisschen Party gemacht. Könne es sein, dass das Fräulein auch Stoff dabei gehabt hat? Daran habe sie gar nicht gedacht, das Mädel sei so freundlich gewesen und habe wohlerzogen gewirkt. Nein, das könne sie sich gar nicht vorstellen. Sie hielt den Jungen ja kurz mit dem Taschengeld, Koks habe er sich gar nicht mehr leisten können, seit sie die mütterliche Kontrolle über seine Finanzen ausgeübt habe. Alles nur zu seinem Besten, damit er endlich wegkäme von dem Teufelszeug! Die hübsche Schulfreundin sei erst nach Mitternacht gegangen, habe sich aber sehr nett von ihr verabschiedet und gesagt, man habe schöne Erinnerungen ausgetauscht. Dann war Ruhe in der Kammer des Jungen gewesen. Als Mike gegen Mittag aber immer noch nicht aufgestanden sei, habe sie mal nach ihm geschaut. Und ihren Sohn tot vorgefunden. Gott sei seiner Seele gnädig.

Was die Ermittler kaum weniger überraschte als den verdächtigen Raritätenhändler war das Lager im Gewerbegebiet Maiach. Es war nämlich gänzlich leer. Keine Einbruchspuren. Da hatte sich Graf van Hagnat ein wenig voreilig belastet, indem er zugab, dort Diebesgut aus Stralsund versteckt zu haben. Um welche Bücher und Dokumente es sich handelte, war kaum mehr feststellbar, denn es gab nur lückenhafte

Bestandslisten. Es tauchte auch in den sozialen Medien nichts davon auf, jedenfalls nicht auf den für jedermann zugängigen Marktplätzen. Erwartungsgemäß schob der falsche Graf auch dies wieder auf seine ungetreue Assistentin Beatrix. Sie sei die einzige seiner Angestellten gewesen, die das Lager kannte und genau wusste, wo die Schlüssel verwahrt wurden. Sollte die Frau aber tatsächlich das männermordende Monster sein, das ihr ehemaliger Arbeitgeber in seinen Aussagen von ihr malte, dann war dieser neuerliche Diebstahl ihr geringstes Problem. Jedenfalls wurde Beatrix einen Tag nach Piet Haasmans Verhaftung zur Fahndung ausgeschrieben.

Eine Tatsache, mit der sie durchaus gerechnet hatte, die Beatrix aber wenig störte. Die Kostbarkeiten aus Stralsund sah sie als gutes Startkapital für ihr eigenes Geschäft an, die waren sicher versteckt. War schließlich ihr Verdienst, die Sachen ausfindig gemacht zu haben in den bodenlosen Labyrinthen des muffigen Stralsunder Stadtarchives. Im Grunde hatte sie die Schätze von dort gerettet. Jeden Tag eine gute Tat.

Dem falschen Grafen weinte sie keine Träne nach. Auch er war ihr Mittel zum Zweck gewesen, sie hatte einiges gelernt über den internationalen Handel mit kostbaren Büchern. Ein diskretes Geschäft, für das Armin eigentlich viel zu plump war mit seiner Leutseligkeit und unerträglichen Heiterkeit. Und als Liebhaber? Achgottchen, genauso unbefriedigend wie die Gesamtdarstellung. Sie war ganz froh, dass sie den Kerl gründlich abservieren konnte, der ihren Intellekt auf der ganzen Linie beleidigt hatte. Alle waren ihrer

Krümelspur, die sie als anonymer Archivar im Internet gelegt hatte, brav bis zu Armin gefolgt.

Dass der die Schuld auf sie abwälzen wollte, war vorhersehbar. Sollte die Polizei ruhig nach ihr suchen, sie war auf der ganzen Welt zuhause. Momentan hatte sie ihren Laptop auf einer Segelyacht stehen, mit der sie nun doch noch einmal die Schären erkundete. Das Boot gehörte einem geschmeidigen Professor aus Uppsala, der versuchte, den mittelalterlichen Schutzzauber gegen Zank, Neid und Missgunst von ihr zu erwerben. Die wissenschaftliche Auswertung des Dokuments sollte die Krönung seiner akademischen Laufbahn werden. Noch ließ sie ihn ein bisschen zappeln, das steigerte den Reiz und den Preis. Erst mal sehen, wie er sich so als Skipper machte. Die Schären waren doch eigentlich ganz hübsch zu dieser Jahreszeit.

22

Harald und Sabine saßen sich beim Frühstück gegenüber, leicht verlegen, aber immerzu lächelnd und stets versucht, sich über den kleinen Tisch hinweg zu berühren. Sie hatten die Nacht miteinander verbracht, was nicht beabsichtigt war, sich aber ganz selbstverständlich ergeben hatte. Eigentlich wollte Harald die Buchhändlerin abends wieder zum Essen ausführen, aber sie hatte keine Lust. Der Tag war lang und vollgepackt gewesen, die Saison zog schon mächtig an. Hundert fremde Gesichter im Laden, hundert Geschichten, hundert Gespräche, da zog es sie nur noch nach Hause an den heimischen Herd. Kochen konnte Sabine gut, es war ihre Art Ausgleichssport für die Hektik des Geschäftes. Also lud sie den Architekten auf »eine Pfanne voll« zu sich ein und musste ihn nicht lange überreden.

Aus dem gemeinsamen Kochen wurde ein gemeinsames Essen, dann gemeinsames Musikhören und Weintrinken. Und dann hatten sie sich plötzlich bei den Händen gehalten und geküsst. Es schien alles ganz selbstverständlich und folgerichtig. Und heute Morgen waren sie ein Paar, daran hatte Sabine keinen Zweifel mehr.

Die Sonne schien herrlich zum Fenster hinein, es würde ein schöner Sommertag werden. Als sie bei der zweiten Tasse Kaffee waren, lief Sabine schnell hinunter an den Briefkasten und holte die Zeitung. In einem großen Artikel wurde über die Festnahme des Nürnberger Händlers berichtet, der im Zusammenhang mit dem Stralsunder Archiv-Skandal stand. Wie sie dem Artikel entnehmen konnten, wurde auch nach seiner früheren Mitarbeiterin gefahndet, die eine Weile als Praktikantin in der Hansestadt gearbeitet und den umstrittenen Verkauf der Schulbibliothek vorbereitet hatte. Ihr legte man mindestens einen der mysteriösen Todesfälle in dieser Behörde zur Last, wenn nicht gar mehr.

Das waren wahrlich skandalöse Nachrichten, die die Zeitung in epischer Breite genüsslich auswalzte.

»Was treibt solche Menschen nur an?«, fragte Harald Kron kopfschüttelnd, nachdem Sabine ihm den Artikel vorgelesen hatte.

»Pure Gier, nehme ich mal an«, antwortete sie.

»Und den Herrn Oberbürgermeister Drechsler dürfen wir auch nicht vergessen. Mehr oder weniger ist er ebenso ein Opfer dieser Affäre. Der wird sich von seinem Herzinfarkt nie wieder richtig erholen, munkelt man in der Stadt.«

Sabine hob den Zeigefinger und blätterte eine Seite weiter: »Zu dem Thema steht hier auch was«, kündigte sie an und las dann vor: *»Kulturdezernent übernimmt Amtsgeschäfte kommissarisch.«*

»Wer ist denn der Kulturdezernent?«, erkundigte sich Harald.

»Das ist ein Axel Röhrich. So ein geschniegelter junger Verwaltungsmensch, der immer auftaucht, wenn eine Ausstellung eröffnet oder eine renovierte Schule wieder eingeweiht wird. So ein Händeschüttler mit schickem Anzug. Ganz anderer Schlag als der alte Haudegen Drechsler. Aber ich habe den Röhrich noch nie persönlich erlebt.«

»Kein Kunde bei dir?«, erkundigte sich Harald.

»Nö, noch nie gesehen im Laden. Der bestellt bestimmt online und hält das noch für besonders modern«, gab sie zurück. Dann blickte sie noch einmal in die Zeitung und vermeldete: »Hier steht, dass er eine spätere Kandidatur für das Amt des OB nicht ausschließe. Was aber nicht ganz einfach werden dürfte, weil er parteilos sei.«

»Ein parteiloser Mann könnte doch mal ganz gut sein, oder?«

»Ja, finde ich auch, darauf kommt's ja nun wirklich nicht an. Rückgrat muss er haben!«

»Charakter.«

»Persönlichkeit!«

»Und Stil.«

»Genau! Das wäre doch mal ein OB, oder? Willst du nicht dafür kandidieren, mein Lieber?«

»Findest du, dass ich all diese Eigenschaften besitze?«, fragte Harald und sah ihr strahlend in die Augen.

»Na klar, nicht zu knapp. Aber hast du Lust, dich mit einer Stadtverwaltung herumzuschlagen? Und erst die Bürger! Handballverein, Kleingärtner, Heringsangler, Theaterfans. Unzufriedene Eltern, unzufriedene Lehrer, genervte Busfahrer, hyperaktive

Rentner, tratschsüchtige Kantinentanten? Mürrische Einheimische, fordernde Zugezogene …?«

»Hör auf, mir wird himmelangst! Nein, dafür bin ich nicht der Mann. Ich schlage mich lieber mit Bauherrn, Denkmalpflegern, Statikern, Bauämtern und Handwerkern herum. Das ist mir genug Arbeit für dieses Leben.«

»Ach du Armer. Und jetzt musst du dich auch noch mit mir herumschlagen.«

Harald griff schmunzelnd nach ihrer Hand: »Das ist keine Arbeit.«

Sabine seufzte: »Hast du eine Ahnung. Kommenden Freitag zum Beispiel musst du die ganze Prehn'sche Blase ertragen.«

Der Architekt schluckte, ließ ihre Hand aber nicht los. Nach einer kleinen Pause meinte er leise: »Zunächst mache ich ja nur die Führung durchs Haus. Da bin ich auf meinem Terrain. Da kann eigentlich nichts passieren.«

»Richtig. Und wenn die Bande dir nicht zuhört, kriegt sie von mir eins zwischen die Hörner.«

»Es scheint doch recht gewalttätig in deiner Familie zuzugehen«, foppte er sie.

»Mhm, manchmal …«

»Und das lassen sich deine großen Brüder so gefallen? Dass die kleine Biene sie rumkommandiert?«

Sabine lachte: »Da musst du erst noch die kleine Sandi kennenlernen, wie die ihre Onkels, Tanten, Basen und Vettern im Griff hat. Die droht ihnen glattweg mit Zwangseinweisung.«

Auch Harald musste lachen, aber es klang nicht überzeugend. Er mochte diese Frau. Er verstand sich mit ihr besser als je mit seiner Ehefrau. Sie war so natürlich, lebensklug und herzlich. Aber sie hatte auch zwei Kinder und eine unüberschaubar große Familie. Und das war ihm ein bisschen viel Anhang für den Anfang. Deshalb erkundigte er sich jetzt vorsichtig: »Wie oft trefft ihr euch so in der Familienrunde?«

»Leider gar nicht so oft. Früher haben wir viel mehr zusammengesteckt. Zu DDR-Zeiten waren wir sehr aufeinander angewiesen. Aber ein- oder zweimal im Jahr kriegen wir das immer noch hin. Und selbst wenn wir monatelang nichts voneinander gehört haben, genügt ein Anruf, wenn man Hilfe braucht. Auf die Bande ist Verlass!«

»Schön«, sagte Harald, »so was habe ich nie kennengelernt.«

»Deshalb macht es dir ein wenig Angst, stimmt's?«

Woher hatte die Frau nur diesen untrüglichen Instinkt für seine Gefühle, fragte sich Harald Kron einmal mehr. Er konnte sich wirklich nicht vor ihr verstecken. Und wollte es auch nicht. Deshalb straffte er die Schultern und sagte: »In der Tat. Du genügst mir eigentlich. Jedenfalls vorläufig.« Dann setzte er entschuldigend hinzu: »Ich hatte nie eine große Familie. Da waren die Cousins und Cousinen eher Konkurrenten. Um Zensuren, um Weihnachtsgeschenke, um Aufmerksamkeit von Seiten der Erwachsenen. Deshalb bin ich ganz froh, dass ich seit Jahren von niemandem aus der Verwandtschaft etwas gehört habe.«

Sabine beugte sich vor und sah ihm fest in die Augen: »Du brauchst dich vor den Meinen nicht zu fürchten. Nimm sie alle, wie sie sind, es sind herzensgute Menschen. Und wenn es am Freitag nicht klappt zwischen euch, kannst du dich jederzeit zurückziehen und nach Hause gehen. Das ändert nichts an unserem Verhältnis.«

»Ach, haben wir ein Verhältnis?«, scherzte er.

»Könnte man so sagen«, schloss Sabine die Diskussion.

23

Der Freitag mit der Geburtstagsfeier rückte unglaublich schnell näher und dann war es plötzlich so weit: Eine in Haralds Augen sehr große Menschenmenge versammelte sich vor dem Museumshaus und versperrte den Passanten in der Fußgängerzone den Weg. Schnell zählte er mal durch: 32 Leute unterschiedlichen Alters. Und sie waren alle mit Sabine verwandt? Noch war die Prehn'sche Sippschaft sehr mit sich beschäftigt, mit Umarmen, Drücken, Händeschütteln, Grüße austauschen. Drei Herren konnte er ausmachen, die unzweifelhaft Familienähnlichkeit trugen. Allesamt große Männer mit gepflegten, grauen Bärten und Bauchansatz. Das mussten Sabines Brüder sein. Und die junge Frau, die stets an ihrer Seite war, dürfte die Tochter Sandra sein. Sie trug ein buntgeblümtes Sommerkleid, recht kurz über den wohlgeformten, sonnengebräunten Beinen. Diese phantastischen Beine endeten in klobigen Stiefeln mit neon-pinken Schnürsenkeln. Genauso kreischend pink wie die Haarspitzen in ihrer wilden Mähne. Ein bisschen verrückt, die junge Dame. Aber das sollen Psychiater ja alle irgendwie sein, sah Harald ein uraltes Vorurteil in Dr. Sandra Prehn bestätigt. Während er so über sie nachdachte, drehte sie plötzlich den Kopf und sah ihn direkt an. Als hätte sie seine Gedanken gelesen. Mein Gott, wie peinlich! Doch er hielt ihrem Blick stand und erntete dafür ein wissendes Lächeln. Ein Lächeln, das genauso warmherzig und ehrlich war wie das von Sabine. Mutters Tochter war ihm auf Anhieb sympathisch und er konnte nur hoffen, dass sie das genauso empfand.

Nach einer kleinen Weile, als alles sich begrüßt hatte, hielt Sabine eine kleine Ansprache. Darin brachte sie ihre Freude zum Ausdruck, dass sich die Prehns endlich wieder mal so zahlreich trafen und dann auch noch, um ihren Geburtstag zu feiern. Darauf anzustoßen und Geschenke zu verteilen, vertage man indes auf später, erst wolle man »der Ahnen gedenken«, meinte sie mit Betonung: »Ich finde es wunderbar, dass wir uns hier im Haus unserer Kindheit treffen, wo Ömchen Anna für uns gekocht und gewaschen und gestopft hat …«

»Und Kopfnüsse verteilt«, platzte ihr ältester Bruder Bernd in ihre Rede.

»Die bekam nur, wer sie auch verdient hatte«, konterte Sabine schlagfertig und alle lachten. Dann fuhr sie fort: »Jedenfalls können wir in diesem Jahr das 15-jährige Bestehen meines Buchladens feiern und den 20. Geburtstag der Restaurierung des Häuschens. Ich habe einen wahren Fachmann eingeladen, uns seine Erlebnisse und Erkenntnisse bei der Sanierung zu schildern. Bitte begrüßt mit mir den Architekten, der damals die Rettung dieses Hauses leitete – Dr. Harald Kron.«

Damit überließ sie ihm das Feld. Alle Augen richteten sich neugierig auf ihn. Sabines Ankündigung war eigentlich ganz unverfänglich und neutral gewesen, keine Andeutung, dass ihre Beziehung zueinander inzwischen eine andere war. Harald war ihr dankbar dafür. Mit sicherer Stimme bat er die Gesellschaft ins Haus und begann seine Führung. Und was er zu erzählen hatte, war gerade auch für die zahlreichen Baufachleute aus der Familie Prehn hochinteressant.

Harald erinnerte an die kritischen Momente, als der ganze Straßengiebel plötzlich in Bewegung geriet und abzureißen drohte. Er berichtete von der Millimeterarbeit, die die Bauleute leisteten, als sie die langen Stahlträger zur Verstärkung der Böden einziehen mussten. Und er lobte die Findigkeit der Handwerker, die den einsturzgefährdeten Bogen an der Hofseite mit einer Spezialkonstruktion retteten. All diese kleinen und großen Meisterleistungen ernteten anerkennendes Gemurmel der Besucher.

Er erzählte von der abenteuerlichen Jagd nach passenden Dachziegeln, denn die auf dem Haus waren vielfach zerbrochen und lückenhaft. Zeitgleich gab es in der Stadt einige historische Gebäude, die ebenfalls saniert wurden und wo ähnlich alte Dächer auf die Neueindeckung warteten. Er wollte unbedingt historische Ziegel wiederverwenden, die in die Entstehungszeit passten. Auf der ersten Baustelle hatte er erfolgreich verhandelt, aber als er am nächsten Tag einen Laster zum Abholen schickte, waren die Ziegel schon weg – verkauft an einen »Investor« aus Berlin, der wohl mehr geboten hatte. Auf der zweiten Baustelle wollte er die Ziegel ebenfalls einen Tag später holen, doch er fand so schnell kein Transportmittel.

Da hauten sie die kostbaren Tonziegel einfach in den Bauschuttcontainer – abgeholt und verloren für immer. Bei der dritten Baustelle und der wahrscheinlich letzten Gelegenheit für authentisches Material stellte er einen Mann als Wachposten auf, mietete auf eigene Kosten einen Transporter und kam nach Feierabend mit ein paar Männern zurück, denen er ein saftiges Trinkgeld geben musste. So bekam das Museumshaus ein Dach mit den gleichen jahrhundertealten Ziegeln, wie es sie einst besessen hatte. »Geschichten, die das Leben schreibt«, kommentierte Bruder Bernd und fügte hinzu: »Was glauben Sie, was wir zu DDR-Zeiten alles angestellt haben, um an ein paar ordentliche Steine zu kommen. Besonders bei Fliesen – da sind wir schon mal mit Räucheraal quer durch die Republik gefahren. Mit dem Trabi!« Beifälliges Gemurmel und Kopfnicken in der Gruppe.

»Tja, wenn einer eine Baustelle hat, da kann er was erleben«, schwenkte Harald auf den Ton ein und erinnerte sich als Nächstes an die schwierige Arbeitsatmosphäre, als die Restauratoren mit ins Boot kamen. Was der Maurer als Dreck unter seinen Stiefeln zertrat, galt dem Restaurator als unwiederbringliches Wandfragment. Während die einen mit Schaufel und Schubkarre klotzten, um möglichst viel Material zu bewegen, pusselten die anderen stundenlang an winzigen Ausschnitten. Die Bauarbeiter mussten jeden Tag vor Feierabend sauber machen und Ordnung schaffen, darauf hatte er ein strenges Auge. Kein Wunder, dass sie sich bald darüber beschwerten, dass die »Künstler« überall mit ihren Wassergläsern herumkleckerten und ihre Pinselsammlungen stehen und liegen ließen, wo es ihnen gerade passte. Dazwischen zu vermitteln und klare Anweisungen an alle Seiten zu erteilen – auch dafür war ein Architekt gut.

Die Führung endete nach einer knappen Stunde wieder unten in der Diele. Harald und Sabine standen an der Wand vor der Kellerluke dicht beieinander. Die Gastgeberin erzählte eine letzte Episode aus der Bauphase: »Eines Tages rief Dr. Krohn mich an und bat mich auf die Baustelle. Wir standen fast genau hier und er zeigte nach oben an den Balken: Da sind zwei dicke, geringelte Aufhängungen, Frau Prehn. Ich habe keine Ahnung, aus welchem Jahrhundert die stammen und wozu die dienten. Wurde da eine Wäscheleine dran gespannt?«

Sabine kam nicht weiter, denn ihre Brüder lachten schon. Wieder fiel Bernd ihr ins Wort: »Die hat Vaddern angebracht, da war Sabine gerade so auf der Welt. Lässt sich also genau datieren.«

»Richtig!«, fuhr Sabine fort. »Und an dieser Aufhängung hing unsere Schaukel! Wenn schlechtes Wetter war, haben wir den ganzen Nachmittag in der Diele geschaukelt. Was für eine wunderbare Erinnerung.«

Und was für ein wunderbares Schlusswort, dachte nicht nur Harald, denn die Gruppe fing an zu applaudieren, womit die Führung eindeutig beendet war. Nach und nach traten alle hinaus auf die Straße und wärmten sich im Licht der tief stehenden Sonne. Auch die Damen von der Wachmannschaft wippten bereits mit den Schuhspitzen, denn ihr Feierabend stand bevor und das Museum musste pünktlich geschlossen werden, darauf legten sie penibel Wert.

Harald und Sabine blieben noch einen Moment in der Diele stehen, während das Aufsichtspersonal ins Haus ausschwärmte, um Luken zu schließen und Lichter zu löschen.

Sabine lehnte sich in den äußersten Winkel an die Holzwand hinter sich und strahlte den Architekten an. Harald trat ganz dicht an sie heran und flüsterte: »Na? Wie war ich?«

»Umwerfend«, hauchte Sabine mit kokettem Augenaufschlag.

Schnell reckten beide die Hälse nach links und rechts, ob sie auch wirklich allein waren in der dunklen Ecke. Dann legte Sabine die Hände um seinen Hals und sie küssten sich hingebungsvoll.

In diesem Moment stürmte ihre Tochter Sandra wie ein Wirbelwind wieder herein, um ihre Mutter zum Aufbruch zu mahnen. Gleichzeitig kamen die Kassen-Damen die Treppe heruntergepoltert, die Schlüssel in der Hand und fertig für den Feierabend.

Das Paar fühlte sich ertappt, machte aber auch keine Anstalten, auseinanderzuspringen. Sie schauten sich noch einen Augenblick lächelnd in die Augen – und da geschah es. Der Boden unter ihnen tat sich buchstäblich auf.

Eine der großen Steinplatten unter ihren Füßen gab nach und zerbrach in drei ungleiche Teile. Die uralte Fliese, die Jahrhunderte in einer kaum genutzten Ecke überdauert hatte, mochte wohl ihrer beider Gewicht nicht tragen. Sabine schrie auf und Harald machte schnell einen Schritt zurück, ehe er sie zu sich heranzog. Dann schauten alle ungläubig auf das Loch, das entstanden war.

»Da muss ein Hohlraum drunter sein, sonst hätte die Platte nicht nachgegeben«, meinte der Architekt und kniete sich hin, um den Schaden genauer zu besehen. »Hat mal jemand eine Taschenlampe?«, fragte er in die Runde, ohne den Kopf zu heben.

Eine Museumswärterin sprang sofort in den Kassenraum und war ein paar Sekunden später mit einer kleinen Stablampe zurück, die sie aus einer Schublade gezogen hatte. Sabine nahm das Licht in die Hand und leuchtete von oben. Vorsichtig entfernte Harald eine der drei entstandenen Scherben. Der Stein war mindestens vier Zentimeter dick und an der Unterseite nur grob behauen, während er an der Oberseite vom Steinmetz gut poliert worden war. »Ölandstein«, murmelte er dabei, »den haben die Hanse-Koggen von der Insel Öland als Ballast mitgebracht.« Es knirschte unangenehm, dann hatte er den zweiten Bruchstein herausgelöst und legte ihn vorsichtig neben das Loch. Unter den kritischen Augen des Kassenpersonals und Sabines Versicherungen, er sei ein ausgewiesener Baufachmann mit Doktortitel, versuchte er, die Öffnung zu erweitern, ohne dass benachbarte Platten nachrutschten. Nebenbei referierte Harald leise: »Maritimer Kalkstein, oft mit fossilen Einschlüssen. Wegen seiner hohen Qualität auch als Marmor der Ostsee bezeichnet …« Mit einer kleinen Drehung der Hände löste er das letzte Fragment aus dem Fußboden und reichte es an die Museumsdamen weiter.

Vor ihnen lag eine quadratische Öffnung von etwa 50 mal 50 Zentimetern. Alle rückten näher, um einen Blick hinein zu erhaschen, aber Harald gebot ihnen mit den Armen Einhalt. »Nicht zu viel Gewicht auf diesen Punkt, sonst geben womöglich noch mehr Platten nach.« Dann ließ er sich von Sabine die Taschenlampe reichen und leuchtete in die finstere Höhlung.

Atemlose Stille breitete sich über die Szenerie. »Ist da was drin?«, fragte Sandra schließlich neugierig.

»Vor allem Dreck«, raunte Harald. Seine Stimme schien aus der Unterwelt herüberzutönen, denn mittlerweile war sein halber Kopf in dem schwach erleuchteten Geviert verschwunden.

»Vielleicht sollten wir die Museumsleitung informieren. Wenn da ein Schatz drin ist, müssen die Kuratoren kommen«, wisperte eine Aufsicht und blickte ihre Kollegen zweifelnd an. Die Dame neben ihr zeigte jedoch auf ihre Armbanduhr und drehte die Augen. Der heilige Feierabend war in Gefahr.

Schließlich richtete sich der Architekt wieder ein Stückchen auf und schob langsam eine Hand in die Öffnung. »Bringen Sie mal eine Zeitung oder irgendeine Unterlage«, wies er mit zusammengebissenen Zähnen die Wachfrauen an. Diejenige, die auch die Taschenlampe geholt hatte, stürzte sofort wieder los. Schließlich kam sie mit einer Pappe zurück und legte sie neben das Loch.

Dr. Kron zog vorsichtig ein kleines graues Bündel aus dem geheimen Hohlraum unter dem Fußboden. Es war über und über mit Staub bedeckt und schien aus einem weichen, textilen Material zu bestehen. Er legte es auf der Pappe ab und betrachtete es von allen Seiten. Als er den Lichtstrahl darauf richtete, sahen es alle: An einer Ecke glänzte es golden durch den verrotteten Lumpen.

»Jetzt ruf ich aber doch die Chefin an«, meinte die eifrige Aufsicht und rannte zum Telefon an der Kasse.

Als Finder des versteckten Schatzes und als Baufachmann durfte Harald Kron dabei sein, als die Museumsleiterin und zwei der Kuratoren kamen, um sich den Befund zu besehen – genau wie den Schaden, der am Dielenfußboden entstanden war. Sabine und Sandra Prehn mussten, so leid es ihnen auch tat, mit ihrer Verwandtschaft zum Essen gehen, denn die Meute wurde vor dem Haus langsam unruhig. Auch die Wachmannschaft wurde nun endlich verabschiedet, die Leitung würde später selbst abschließen. Zunächst holte man noch den Stadtarchäologen aus dem Feierabend. Er brachte starke Strahler mit, um den dunklen Fundort in helles Licht zu tauchen.

Bei der ersten Begutachtung sahen die Fachleute nicht mehr als Harald Krohn: ein finsteres Loch voller Staub. Ein über die Jahrhunderte unentdeckter Hohlraum unter dem Fußboden, kaum 20 Zentimeter tief und fast vom gleichen Umfang wie die darüberliegende Bodenplatte. Die hatte nur knapp mit den Rändern auf dem Fundament der benachbarten Steine gelegen. Ein Wunder, dass sie nicht längst nachgegeben hatte. Selbst bei der gründlichen Sanierung vor 20 Jahren war in diesem stillen Winkel niemandem das Geheimversteck aufgefallen.

Dass es ein solches war, bewies der verrottete Lappen mit dem glänzenden Inhalt, den die Museumsleute als Nächstes unter die Lupe nahmen. Nach einigem Hin und Her entschied die Direktorin, wenigstens einen Blick in das Paket hineinzuwerfen, sonst könnten sie alle nicht in den Schlaf kommen. Mit einer Pinzette lüftete sie die Lumpen an einer Ecke vorsichtig und konnte sie zurückschlagen. Darunter kam ein kleines Kästchen zutage. Goldbeschlagen und mit Edelsteinen, Perlmutt und Elfenbein verziert. Nein, es war gar kein Kästchen, entdeckten die Historiker dann, als sie die Schließen an der Seite erkannten. Es war ein Buch!

Die weiteren Untersuchungen der nächsten Wochen ergaben, dass es sich dem Titel nach um ein Stundenbuch handelte, dem Inhalt nach jedoch um einen Zauberspruch. Und zwar einen der übelsten Art. Ein Fluch geradezu, der dazu angetan war, seine Mitmenschen zu Zank, Neid und Missgunst aufzustacheln. Wem dieser Bann gegolten hatte, ließ sich dem Text nicht entnehmen. Der Übersetzer, ein Altphilologe von der Humboldt-Universität Berlin, der die Worte viele Male vor sich hin gemurmelt hatte, wurde nicht glücklich mit dieser Arbeit. Seine Frau wurde zänkisch und rechthaberisch, bis sich die Eheleute zur Scheidung entschieden. Die älteste Tochter verließ das Haus ohne ein Abschiedswort und schickte nur noch Geldforderungen aus ihrem Studienort. Die Kollegen mieden ihn und luden ihn nicht einmal zur Weihnachtsfeier ein. Und obendrein wurde auch noch sein Auto geschrottet, das vor dem Institut geparkt war. Fahrerflucht, keine Chance, den

Täter zu finden. Dass das alles im Zusammenhang mit der Übersetzung stand, an der er arbeitete, kam dem Wissenschaftler nicht in den Sinn.

Das *Böse Buch*, wie es in den Medien inzwischen genannt wurde, kehrte jedenfalls nach einem Jahr nach Stralsund zurück und bildete das Prunkstück einer neuen Ausstellung im Stralsund-Museum, die sich dem Bibliotheks- und Archivwesen in der Stadt widmete. Auch die historische Schulbibliothek, um die es so viel Streit gegeben hatte, wurde glanzvoll ins Licht der Öffentlichkeit gerückt. Die Ausstellung erntete viel Lob vom amtierenden Bürgermeister Axel Röhrich, der inzwischen einer von sechs Kandidaten für die turnusmäßige Wahl des Verwaltungschefs im Herbst war. Er erinnerte in seiner Laudatio noch einmal an die erschütternden Ereignisse im Stadtarchiv, die wahrscheinlich mehrere Mitarbeiter um Verstand und Leben gebracht hatten.

Hätte Dr. Norbert Müntzer noch gelebt, der zweifellos der hellste Forscher unter den Stralsunder Archivaren gewesen war, dann hätte er vielleicht irgendwann den Zusammenhang erkannt zwischen *Wulflams Schatz, Margarethes Stundenbuch* und dem *Bösen Buch*, das man unter der Diele des Museumshauses entdeckt hatte. Aber ob ihm jemand geglaubt hätte?

Bücher-Anzeiger. № 22.

Nachstehende Bücher sind in der Carl Löfflerschen Buchhandlung in Stralsund und bei Ludwig Bamberg in Greifswald, sowie in allen übrigen Buchhandlungen für beigesetzte Preise zu haben.

(Preussische Nationalschrift.) Wer war größer: (Höchst interessant!)

Friedrich der Große oder Napoleon?

Eine vergleichende Schilderung dieser großen Männer als Mensch, Held, Staatsmann und Fürst. Von C. C. A. Baron v. Görtz. Erstes Heft. 8. Preis: 12½ Sgr.

Diese vergleichende Darstellung der beiden größten Männer der neuern Zeit, in Hinsicht ihrer geistigen Größe, ihrer Ansichten, ihres Charakters und ihrer, die Welt erschütternden und allgemein angestaunten Thaten, verbunden mit einer höchst anziehenden Erzählung derselben, muß mit Recht das allgemeinste Interesse erregen, und darf zu den unterhaltendsten und belehrendsten Schriften der Gegenwart gerechnet werden; alle Stände finden hier eine eben so interessante, als mannichfaltige Unterhaltung. Das 2te Heft à 10 Sgr. ist ebenfalls so eben erschienen. — Das Ganze zerfällt in drei Haupt-Abtheilungen, welche circa 8 Hefte umfassen werden. Im Nachstehenden theilen wir, zur nähern Uebersicht, den reichhaltigen Inhalt des Werkes in der Kürze mit.

Erste Abtheilung. Friedrich der Große und Napoleon als Mensch.

I. Friedrich der Große, geschildert 1) in seinen Lebensverhältnissen, und zwar in Hinsicht auf seine Familie und auf nicht verwandte Personen; 2) als Philosoph, Historiker, Dichter rc. — II. Napoleon, in dieser Hinsicht geschildert.

Zweite Abtheilung. Friedrich der Große und Napoleon als Held.

I. Friedrich der Große. 1) Warum und wodurch ward er ein Held? 2) Rechtliche Gründe zu den schlesischen Kriegen und zum siebenjährigen Kriege. 3) Was that er als Held? a) Geschichte der schlesischen Kriege, b) Geschichte des siebenjährigen Krieges. (Diese Kriege sind höchst lichtvoll, unterhaltend und belehrend erzählt und nach den besten Quellen bearbeitet.) — II. Napoleon. 1) Der italienische Feldzug, 1796. 2) Der Feldzug nach Aegypten, 1800. 3) Der zweite italienische Feldzug; Schlacht bei Marengo. 4) Feldzug gegen Oesterreich und seine Verbündeten, 1805. 5) Der Feldzug gegen Preußen und Rußland, 1806 und 1807. 6) Der Krieg gegen Spanien. 7) Krieg gegen Oesterreich im Jahre 1809. 8) Der große russische Krieg im Jahre 1812; Schlacht bei Smolensk; Borodino oder an der Moskwa; Einnahme von Moskau; der Brand Moskau's; Rückzug; gräßliche Jammerscenen; Uebergang über die Beresina; schreckliche Scenen menschlichen Elends und der Verzweiflung; Napoleon verläßt das Heer und kommt in Paris an. 9) Der deutsche Freiheitskampf 1813 und 1814; Friedrich Wilhelm ruft sein Volk zum Kampfe gegen Frankreich auf; Schlacht bei Lützen, Bischofswerda, Bautzen, Wurschen; Waffenstillstand; auch Oesterreich erklärt Napoleon den Krieg; Schlacht an der Katzbach, bei Dresden, bei Kulm. Völkerschlacht bei Leipzig, 18. October 1813; Schlacht bei Hanau; Rückzug der Franzosen über den Rhein. 10) Krieg im Jahre 1814. Ganz Deutschland erklärt sich für die Alliirten; Einnahme von Paris; Napoleons Entthronung; Frieden von Paris, am 30. Mai 1814; Ludwig XVIII. König von Frankreich; Napoleons Verbannung auf die Insel Elba. 11) Krieg im Jahre 1815; Napoleon landet am 1. März 1815 bei Antibes, kommt am 20 in Paris an und setzt ein neues Ministerium ein; Schlacht bei Belle Alliance; N. legt am 21. Juni die Krone nieder; am 2. Juli capitulirt Paris; am 7 ziehen die Alliirten dort ein; am 8. trifft Ludwig XVIII. wieder ein. N. wird nach der Insel St Helena verbannt und stirbt dort am 5. Mai 1821.

Dritte Abtheilung. Friedrich der Große und Napoleon als Staatsmann.

I. Friedrich der Große. 1) Sein politischer Charakter. 2) Ueber sein Verhalten gegen die Abgesandten auswärtiger Mächte an ihn, und gegen seine Abgesandten an sie, sowie über seine Blicke auf auswärtige Dinge, Verhandlungen und Begebenheiten. 3) Ueber die geheimen Quellen der Berichte, die er von Vorfällen an auswärtigen Höfen und von andern wichtigen Angelegenheiten erhielt. 4) Ueber die englische Allianz im 7jährigen Kriege und ihre Folgen, sowie über die Theilung von Polen und über den deutschen Fürstenbund. 5) Briefwechsel des Kaisers und der Kaiserin Königin mit dem König in Betreff der bairischen Erbfolge. 6) Fr.'s Hauptgrundsatz bei der innern Staatsverwaltung. 7) Fr.'s Monopolien. 8) Die französische Verwaltung seiner Accisen und Zölle. 9) Ostindische Compagnie und Seehandlungs-Societät. 10) Fr.'s Schatz. 11) Ueber das Münzwesen im 7jährigen Kriege. 12) Von den Finanzen nach diesem Kriege. 13) Vom Kriegszustande nach demselben Kriege u. s. w. —

Geographisches Handwörterbuch.

Comtoir- und Zeitungs-Lexikon

für alle Stände.

Enthaltend die geographisch-statistische Beschreibung aller Länder, Meere, Seen, Flüsse, Inseln, Gebirge, Reiche, Provinzen, Städte, wichtigsten Flecken und Dörfer, Fabrikörter, Bäder rc. in Hinsicht der Lage, Größe, Produkte, Merkwürdigkeiten, Staatseinrichtungen, Hauptbeschäftigungen, Fabrikate, des Handels, der Anzahl der Bewohner und Häuser. In alphabetischer Ordnung. Für Geschäftsmänner, öffentliche Büreaux, Comtoirs, Kaufleute, Fabrikanten, Manufakturisten, Zeitungsleser, Reisende, überhaupt für gebildete Stände und Jeden, der über Gegenstände der Geographie schnell belehrt sein will. Von Dr. Friedr. Alb. Riemann. Zweite Auflage. gr. 8. Erstes Heft. Preis 10 Sgr.

Das Ganze erscheint in sieben Heften (à 8 Gr. = 10 Sgr.) und wird binnen drei Monaten beendigt.

1412

Der Brand wütete noch einige Stunden ungebremst weiter, bis ein neuerliches Gewitter genügend Regen mit sich brachte, um dem Inferno Einhalt zu gebieten. Das Feuer hatte das ganze Quartier um den Neuen Markt gefressen und sich bis zum Apollonienmarkt ausgebreitet, wo es in den Holzhütten der kleinen Höker reichlich Nahrung fand. Dicker Rauch lag über der Stadt, sodass die Sonne nur als fahle Scheibe über den ausgebrannten Giebeln stand.

Die Steinhäuser hatte es nicht ganz so arg erwischt, aber die Dachstühle waren hinüber, zumeist die oberen Speicher verloren, stellte Michael Darne fest, als er endlich nach den Seinen sehen wollte. Er hatte vor allem in St. Marien geholfen, wo er gemeinsam mit etlichen mutigen Männern aufs Dach geklettert war, um die Flammen zu bekämpfen. Michael taten alle Glieder weh. Er hatte Eimer um Eimer Wasser in die Balken geschleudert, bis er meinte, seine Arme würden brechen. Als die Männer endlich – klitschnass, rußgeschwärzt und mit rissigen Lippen – in die Turmhalle hinabstiegen, lagerten dort dicht an dicht Menschen. Viele von ihnen wiesen Brandwunden auf, waren von herabstürzenden Balken verletzt oder schlicht obdachlos geworden und wussten nicht wohin. Die Priester gingen zwischen ihnen umher, schenkten Wasser in irdene Schalen aus, verteilten etwas Brot und sprachen tröstende Worte. Da packte Michael Darne eiskalt die Angst um Katharina und Bertram, um seine Eltern, Geschwister und alle Freunde, die er in der Stadt hatte. Er vergaß sofort den Wunsch, sich einfach auf den Kirchenboden sinken zu lassen und die Erschöpfung wegzuschlafen. Vielmehr mobilisierte er die letzten Reserven und rannte quer über den Markt zu seinem Haus.

Schon von Weitem konnte er erkennen, dass sich eine kleine Menschenmenge vor dem Gebäude versammelt hatte. Sie reckten die Köpfe und Arme und bestaunten, was sie sahen: Während das Feuer fast die ganze Häuserzeile vernichtet hatte, stand das Darne'sche Kaufmannshaus praktisch unbeschädigt zwischen ausgebrannten Ruinen. Michael traute seinen Augen kaum. Da stand sein frisch umgebautes und erneuertes Heim, die Fassade ein wenig angerust, aber ansonsten scheinbar vollkommen verschont. Er stürzte auf das Eingangstor zu und prallte schmerzhaft mit der Schulter dagegen, denn es war verschlossen. Als wären die Bewohner allesamt zu einem fröhlichen Maigrafenreiten aufgebrochen.

Michael wusste nicht, was er davon halten sollte. Er rüttelte an der Pforte, weil er keinen Sinn in die Sache bekam. Wo waren die Seinen? Und warum stand sein Haus als Einziges unversehrt in der zerstörten Gasse? Immer mehr Menschen umringten ihn und erkannten ihn als den neuen Nachbarn Darne. Ein Mann mit geschwärztem Gesicht legte ihm beschwichtigend die Hand auf die Schulter. Eine alte Frau bekreuzigte sich fortwährend. Immer lauter machte ein Wort die Runde: »Ein Wunder! Ein Wunder!«

Michael rief laut nach Katharina, doch es antwortete niemand aus dem Inneren des Hauses. Der rußverschmierte Mann rüttelte ihn und wies auf einen angekokelten Zettel, der Michael bislang entgangen war. Das in der Hitze zusammengeschmurgelte Pergament war an die Haustür genagelt worden. Darne riss es kurzerhand ab und starrte darauf. Es zerbröckelte zwischen seinen Fingern, Buchstaben oder Zeichen waren darauf nicht mehr zu finden. »Die Hausherrin hat ordentlich abgeschlossen und Euch eine Nachricht hinterlassen«, meinte der Nachbar und klopfte ihm grinsend auf den Rücken. Hell strahlten seine Zähne aus dem geschwärzten Gesicht.

Die Leute begann zu lachen, erst verhalten, dann immer lauter. Nur Michael konnte es nicht fassen. Sollte seine Familie tatsächlich ungeschoren davongekommen sein? Jetzt fiel es ihm wieder ein: Gestern war der Priester da gewesen und hatte das Haus gesegnet. Und alle seine Insassen. Und dann waren da auch die anderen Schutzzauber, die er aufgetrieben hatte. Es schien, als hätten alle Götter gemeinsam schützend die Hand über seinen Besitz und die Lebenden darin gehalten.

»Wir haben gestern erst Einweihung gefeiert und eine Hausmesse abgehalten«, erklärte er den Umstehenden und seine Kehle schmerzte beim Sprechen vor Trockenheit. Wieder erklangen »Wunder! Oh Wunder!«-Rufe in der Runde. Und »Gedankt sei dem Herrn im Himmel!« Die Leute schienen ihren eigenen Verlust völlig vergessen zu haben ob des unerhörten Glücks der Darnes.

Von hinten kam jetzt Bewegung in den Pulk. Die Menge teilte sich und ließ Katharina durch, die den kleinen Bertram an der Hand führte. Im Unterschied zu den meisten anderen war sie sauber und unversehrt – als käme die Jungfrau Maria persönlich zu ihnen, um sie in ihrem irdischen Elend zu trösten. Sofort bekreuzigten sich die Weiber wieder und ein junger Bursche fiel gar auf die Knie und betete inbrünstig. Doch Michael stürzte an ihnen vorbei und riss seine Frau in die Arme.

Katharina fing sofort an zu schluchzen, überwältigt von der Erleichterung, dass ihr Mann lebte und das Inferno unverletzt überstanden hatte. Immer wieder küsste sie ihn auf das verdreckte Gesicht und hob ihm auch das Kind entgegen, damit es seinen Vater umarmen konnte. Bertram indes fürchtete sich vor dem schwarzen Mann und wehrte sich nach Leibeskräften. Erst an der Stimme erkannte er seinen Vater, war aber nicht zu einem Kuss zu überreden. Die Umstehenden lachten und weinten und beteten gemeinsam mit der kleinen Familie, bis Katharina den großen Haustürschlüssel aus der Schürzentasche zog und das Tor öffnete. Michael rief über die sich ständig vergrößernde Menge: »Kommt herein, liebe Nachbarn, es ist Bier für euch alle in meinem Keller! Lasst uns noch ein wenig weiter löschen …« Unter großem Jubel schob sich die Menschenmenge in die Diele und feierte das Leben, das ihnen erhalten geblieben war. Das Aufräumen nach dem Feuer konnte noch eine Weile warten.

Die Ereignisse dieses denkwürdigen Tages fanden am Nachmittag eine Fortsetzung: Ein Bote brachte die Nachricht, dass Margarethe Wulflam in der Gewitternacht verschieden war. Im wilden Toben der Elemente hatte ihr Herz, das zu Lebzeiten wenig Liebe gekannt hatte, endgültig aufgehört zu schlagen. Michael betrachtete mit Sorge das Gesicht seiner Gattin, als er ihr diese Botschaft übermittelte. Wieder musste Katharina weinen, aber wiederum geschah es vor Erleichterung. Tief in sich spürte sie, dass ihr eigentliches Leben jetzt erst beginnen könne. »Die Menschen kommen und gehen«, sagte sie zu Michael, den Kopf an seine Schulter gelehnt. »Meine Mutter ist gestorben und wir bekommen wieder ein Kind.« Ihr Mann konnte sein Glück kaum fassen.

Sechs Monate später wurde den Darnes eine Tochter geboren. Sie nannten sie nicht Margarethe, sondern Ursula – nach Michaels Mutter.

Bertram und Ursula blieben nicht die einzigen Kinder der Darnes. Darnes Familie wuchs und gedieh. Auch Michaels geschäftliche Pläne gingen weitgehend auf und sicherten der Familie Wohlstand und Ansehen in der Stadt. Als sein Haar ergraut war, setzte sich Michael zur Ruhe und überließ den Kindern den Handel. Er selbst zog mit Katharina nach Riga, denn dies dünkte ihm die schönste Stadt, die er je auf seinen Reisen erkundet hatte. Einige seiner Töchter gingen mit und er verheiratete sie gut mit Handelsherren aus dem Baltikum. So verzweigte sich der Stammbaum der Darnes und schlug Wurzeln in halb Europa.

Was weder die Darnes noch ihre Nachbarn an diesem dramatischen Frühsommertag nach dem Stadtbrand im Jahre 1412 wissen konnten: Es sollte so bleiben mit dem Glück ihres Hauses. Wann immer es in der Stadt loderte, ob Soldaten den Krieg brachten oder Krankheit sich ausbreitete, ob Hochwasser die Straßen überschwemmte oder Aufruhr in den Mauern tobte – stets blieb das Händlerhaus der Darnes fast gänzlich verschont. Und das nicht nur zu ihren Lebzeiten, sondern durch die Jahre und Jahrhunderte.

Die Eigentümer gingen und kamen, gestalteten neu und dekorierten nach dem Geschmack ihrer Zeit um. Es wurde geboren, gelebt und gestorben in diesen Mauern, aber nie ging das Haus verloren. Die Zimmer wurden umgebaut und verschönert, schließlich geteilt und nochmals geteilt, bis nur noch Kammern und Verschläge da waren für die zahlreichen Bewohner. Der einstige Glanz verblasste in Zeiten von Not und Elend. Der Mangel indes sorgte dafür, dass kein Bauteil verloren ging, sondern sich stets eine Lücke fand, wo man es noch brauchen konnte. Aus dekorativen Türen wurden praktische Trennwände, aus Schreibtischplatten Fußböden gezimmert. Darüber zogen sich Rohre und Leitungen, kreuz und quer verlegt, Tapetenschicht klebte auf Tapetenschicht, bis die Räume bis zur Unkenntlichkeit verwohnt waren.

Und doch schienen sie überwiegend glückliche Menschen zu sein, die in diesem uralten Kasten hausten. Trotz der Enge nagte an ihnen kein Neid, sie verfolgten ihre Nachbarn nicht mit Missgunst und Zank. Sie alle trugen ihr Päckchen an Arbeit und Armut und Ärger, aber sie liebten ihr schlichtes Zuhause, das dem Verfall trotzte bis zuletzt. Das alte Händlerhaus an der Mönchstraße stand zweifelsohne unter einem mächtigen Schutzzauber.

Das

schönste Weihnachtsgeschenk

empfohlen durch die

C. Löffler'sche Buchhandlung in Stralsund und L. Bamberg in Greifswalde.

Hundert Fabeln

mit

hundert Bildern.

Schön gebunden $2^2/_3$ Thaler.

Zu einem Weihnachtsgeschenke kann nicht leicht ein Buch so sehr empfehlenswerth sein, als das hier angezeigte. Und warum? — Weil nicht einem, sondern sämmtlichen Familiengliedern, eine Freude dadurch bereitet wird. Jung und Alt, Jeder ohne Ausnahme wird einen eignen Reiz, einen eignen Zauber in diesen überaus witzigen und geistreichen Bildern des genialen Grandville finden.

Das Publikum wolle nach obigen Vignetten nur die Compositionen, nicht aber die Ausführung der Holzschnitte beurtheilen, denn bei dem Drucke dieser Anzeigen konnte keine Sorgfalt darauf verwendet werden.

Leipzig, Druck v. Ph. Reclam jun.

NACHWORT

Die Sage von der »armen reichen Frau« lautet in etwa so: Vor vielen Jahren lebte in der Stadt Stralsund ein Kaufmann und Ratsherr namens Wolf Wolflamm. Der war so reich, dass man seinesgleichen an der Ostsee keinen Zweiten fand. Aber er war auch hochmütig und verschwenderisch. Am Tag seiner Hochzeit ließ er von seinem Haus bis zur Kirche das feinste englische Tuch auf die Straße legen und ging darüber zur Trauung. Besonders herrlich aber habe sich sein Weib gegeben, weit mehr als ihrem Stande gemäß. Dafür traf sie der Zorn des Himmels. War schon ihr Mann Wolf Wolflamm in seinem Reichtum gar übermütig und trotzig geworden und wurde deshalb im Streit auf dem Kirchhofe zu Bergen auf Rügen erschlagen, so wurde sie noch liederlicher und ergab sich aller Art von Verschwendung und Völlerei. So brachte sie alles durch – bis auf eine silberne Schale. Die hat sie nicht verkaufen wollen, damit sie eine Erinnerung an früheren Glanz und Vermögen behielt. Mit dieser Schale ist sie betteln gegangen, bis sie in größtem Elend und Armut verstarb. Beim Betteln gebrauchte sie die Worte: »So gebt doch der armen reichen Frau um Gotteswillen ein Stück Brot.« Darum hat sie diesen Namen erhalten.

Nachzulesen ist die wohl bekannteste Stralsunder Stadtlegende schon bei Thomas Kantzow (geboren 1505 in Stralsund, gestorben 1542 in Stettin), dem ersten großen Chronisten der pommerschen Geschichte. Und der Volksmund dichtete der selbstherrlichen Wulflam-Gattin noch weit mehr an. Im »heimlichen Gemach« habe sie besten Rigaer Flachs zur Reinigung benutzt. Ein Material, das sich arme Leute kaum leisten konnten, um daraus ihre schlichten Leinenhemden zu weben. Und täglich habe die Frau gleich zweimal in kostbarem Ungarwein gebadet …

All diese – sicherlich stark übertriebenen – Legenden sind Ausdruck dessen, dass die Wulflams als Traumpaar ihrer Zeit gegolten haben dürften. Und dass ihr steiler Absturz im Volke die niedrigsten Instinkte von Neid und Missgunst weckte. Den Superreichen traute man jeden verschwenderischen Frevel zu, ob er nun tatsächlich stattgefunden hatte oder nicht.

Bis heute entzündet sich an der Geschichte von Aufstieg und Fall des einflussreichen Stralsunder Händlergeschlechtes, das die Politik der Hanse wesentlich mitbestimmte, die Phantasie der Menschen. Auch die der Autoren. Die in Norddeutschland bekannte Heimatschriftstellerin Wilhelmine Fleck (1864-1946) verarbeitete den Stoff in ihrer 1928 erschienenen hochdramatischen Erzählung »Die Wulflams – Roman aus der Zeit der Hansa«.

Der nun vorliegende neue Stralsund-Roman »Der Schatz der Wulflams« setzt in seiner historischen Erzählung dort an, wo Wilhelmine Fleck aufhört, nämlich bei der Zukunft der nächsten Wulflam-Generation. Und deren Geschichte dürfte weit weniger spektakulär gewesen sein, denn die berühmte Familie verliert sich bald im Nebel der Zeit. Einzig ihr Nachruhm wirkt bis heute und manifestiert sich auch in einem schönen Stück Architektur – dem vielfältig genutzten Wulflam-Haus am Alten Markt.

Ein zweiter Strang dieses Romans nutzt Motive des sogenannten »Stralsunder Archiv-Skandals«. 2012 schlugen die Wogen hoch, als bekannt wurde, dass die Stadt große Teile der historischen Gymnasial-Bibliothek an einen privaten Antiquar verkauft hatte. Zunächst gaben Fachverbände Alarm, schließlich beteiligten sich auch zahlreiche Stralsunder Bürger an Unterschriftensammlungen und Protestaktionen. Die Details des Archiv-Skandals sind in zahlreichen Veröffentlichungen nachzuverfolgen (z. B. Frankfurter Allgemeine Zeitung vom 11.11.2012 oder Deutschlandfunk vom 21.11.2012). Die Stadtverwaltung Stralsund sah sich schließlich gezwungen, die Bestände zurückzukaufen. Was dabei auch aufgefallen war: Die Stralsunder Archiv-Schätze waren von Schimmelbefall betroffen. Seitdem wurde nicht nur für die fachgerechte Reinigung der Bestände gesorgt, sondern auch ein neues Depot errichtet, in dem das Stadtarchiv jetzt untergebracht ist. Für das ehemalige Domizil, das Johanniskloster, laufen Sanierungsmaßnahmen. Es gibt umfangreiche Planungen, diese jahrhundertealte Bausubstanz wieder nutzbar und öffentlich zugänglich zu machen. Wann das jedoch so weit sein wird, ist nicht bekannt.

Am nächsten an der Realität sind in diesem Roman indes die Schilderungen aus dem Museumshaus. Als sich die Deutsche Stiftung Denkmalschutz als neuer Eigentümer der ruinösen Immobilie 1996 entschloss, die Zeitschichten in diesem Gebäude sichtbar und öffentlich zugänglich zu machen, beschritt sie völlig neue Wege.

Zwar war es in Deutschland seit Langem Usus, historische Gebäude zu restaurieren, um darin museale Sammlungen zu zeigen. Aber dass ein solches Gebäude selbst als Ausstellungsstück fungierte, war eine ziemlich neue Idee. Die übrigens in den Folgejahren landauf, landab Schule gemacht hat.

Allen Lesern sei ein Besuch dieses einmaligen Museums empfohlen. Und natürlich auch der STRANDLÄUFER Verlagsbuchhandlung, die sich in diesem Haus befindet.

Für uns ist das alte Händlerhaus in der Mönchstraße 38 ein Ort immerwährender Inspiration.

Katrin und Peter Hoffmann